이런 뜻이었어?

생각 없이
내뱉는
무서운
말들

...

별 지음

이런 뜻이었어?

Would it be all good just if it were old sayings?

휴엔스토리

CONTENTS

시작하면서 8

1 빈말이라도 고마워! 17
2 오는 말이 고와야 가는 말도 곱다 21
3 머리 검은 짐승은 거두는 게 아니다 24
4 피는 물보다 진하다 29
5 폼생폼사 33
6 사소한 것에 목숨 걸지 마라?! 41
7 넌 도대체 누굴 닮았니? 44
8 우리 애는 절대 그럴 애가 아니에요! 47
9 내 너 그럴 줄 알았어! 56
10 불가능은 없다!? 60
11 모나지 않고 둥글둥글하게 살아야 한다 ... 66
12 좋은 게 좋은 거 아냐? 74
13 난, 아무거나 상관없어 78
14 이 정도는 괜찮지 않을까?/어쩌다 한 번은 괜찮지 않을까? 82

15 이게 다 너 잘되라고 하는 말이야! ⋯⋯⋯⋯⋯⋯⋯ 85

16 예수 믿고 구원받으세요 ⋯⋯⋯⋯⋯⋯⋯⋯⋯ 88

17 내일 일은 내일 염려하라. 한 날의 괴로움은 그날에 족하니 ⋯ 100

18 믿음, 소망, 사랑 이 세 가지는 항상 있을 것인데,
그중에 제일은 사랑이라 ⋯⋯⋯⋯⋯⋯⋯⋯⋯ 103

19 겨자씨만 한 믿음만 있어도 산을 옮길 수 있다 ⋯⋯⋯⋯ 108

20 믿을 수가 없어! ⋯⋯⋯⋯⋯⋯⋯⋯⋯⋯⋯⋯ 120

21 그건 잘 모르겠고, 여하튼 나한테는 잘해줘요 ⋯⋯⋯⋯ 130

22 아는 만큼 보인다 ⋯⋯⋯⋯⋯⋯⋯⋯⋯⋯⋯ 137

23 하나님이 자기들의 형상을 따라
자기들의 모양대로 사람을 창조하시고 ⋯⋯⋯⋯⋯ 142

24 우리의 삶 속에서 역사(役事)하는 하나님? ⋯⋯⋯⋯ 151

25 하늘은 스스로 돕는 자를 돕는다
/ 지성(至誠)이면 감천(感天) ⋯⋯⋯⋯⋯⋯⋯⋯ 156

26 내일 지구의 종말이 오더라도,
나는 오늘 한 그루의 사과나무를 심겠다 ⋯⋯⋯⋯⋯ 167

27 도(道)를 아십니까? ⋯⋯⋯⋯⋯⋯⋯⋯⋯⋯⋯ 170

28 인생 뭐 있어? ⋯⋯⋯⋯⋯⋯⋯⋯⋯⋯⋯⋯ 182

29 인간은 생각하는 동물이다! 191

30 그게 밥 먹여주니? 197

31 누구나 행복하게 사는 게 인생의 목표 아닌가요? 200

32 친구 따라 강남 간다 213

33 가만히 있으면 중간이라도 가지 215

34 자리가 사람을 만든다 222

35 야! 너는 안 그럴 것 같아? 225

36 강한 자가 살아남는 게 아니라 살아남는 자가 강한 자다!? 229

37 늙으면 죽어야 해 233

38 유유상종(類類相從) 235

39 짚신도 짝이 있다 236

40 자존감이 떨어졌어! 239

41 초심을 잃지 마라! 242

42 호랑이는 가죽을 남기고, 사람은 이름을 남긴다 247

43 빈 수레가 요란하다 250

44 시간이 약이다 253

45 사랑은 움직이는 거야! 256

46 누구나 인생에 세 번의 기회는 온다 259

47 높이 나는 새가 멀리 본다 262

48 내 일 아닌데 뭐 / 나랑 상관없는데 뭐 265

49 세상에! 어떻게 그럴 수가 있지? 270

50 우리나라에도 굶주리는 사람이 많은데
    해외 후원이 말이 돼? 278

51 수신 제가 치국 평천하 280

52 네 인생[가치관]이 소중한 만큼 내 인생도 소중해! 282

53 어디 두고 보자! 284

54 역사가 판단해 줄 것이다! 285

55 암탉이 울면 집안이 망한다!? 289

56 닭 모가지를 비틀어도 새벽은 온다! 293

57 귀신은 뭐 하나? 저런 놈 안 잡아가고 295

58 난 물만 마셔도 살이 쪄 300

59 어떤 경우에라도 폭력과 살인은 정당화될 수 없다!? 302

60 해봤어? 해보지도 않고는 무슨… 314

61 부러워하면 지는 거다!? 319

62 옷깃만 스쳐도 인연!? 321

오늘 생각하고, 내일 말해라(Think today and speak tomorrow).

벽에도 귀가 있다(낮말은 새가 듣고 밤말은 쥐가 듣는다 / Walls have ears).

　인간이 언어적 존재인 것을 생각해 보면, 어느 나라든 말과 관련된 금언(禁言)이나 격언(格言)들이 수두룩한 건 너무도 당연하다. 생각이나 독백 그러니까 스스로 자신과 대화할 때도 반드시 언어[말]를 사용해야 하기에, 언어학뿐만 아니라 철학과 심리학에서도 특별히 언어를 다루는 분야가 있다. 타인이나 동물 같은 다른 존재들과 의사소통할 때도 언어[말]는 필수여서, 온갖 스피치(speech) 관련 전문가들이 활동하고 있다. 그리스도교에서는 입으로 소리내어 신앙을 고백하는 것이 더욱 중요한가 보다. 일제 강점기 때 예수를 부인하는 말 한마디 하는 게 뭐 그리 어려운 거라고, 수많은 신자가 목숨을 버린 걸 보면 말이다.

말은 대화의 필수 전제조건이고, 개념 정의는 말의 필수 전제조건이다. 그런데 우리는 안타깝게도 개념 정의의 중요성을 간과하곤 한다. 그래서 말이 통하지 않아 대화가 막히고, 결국 그런 대화의 불통이 이혼의 가장 큰 이유가 된다. 가장 흔한 단어인 '사랑'만 봐도, 크게 네 종류나 있다. 남녀 간의 육체적인 사랑과 감각적인 쾌락을 뜻하는 '에로스(Eros)', 신뢰와 배려를 바탕으로 가족이나 친구 사이에 형성되는 우리나라의 '정(情)'에 가까운 사랑인 '스토르게(Storge)', 존중과 책임감을 바탕으로 친구나 동료 사이에 형성되는 이성적이고 합리적인 사랑인 '필리아(Philia)', 그리고 신 또는 부모가 상징하는 절대적이고 무조건적인 사랑인 '아가페(Agape)'.

범위를 에로스로 좁혀 보자. 첫째 많은 남성과 여성이 매일 수십 번 문자와 전화를 하고, 일주일에 거의 매일 만나서 시간을 함께 보내는 것을 사랑이라고 생각한다. 둘째 어느 정도의 사적인 시간을 확보해 놓은 상태에서 나머지 시간을 함께 보내는 것을 사랑이라고 생각하는 사람도 있다. 칼릴 지브란의 말처럼, 사랑은 '따로 또 같이' 있는 거라면서 말이다. 하지만 극단적으로, 셋째 연락하고 만나지 않아도 마음속에 상대방을 사랑하는 사람이라고 결정 내리면 그것으로 충분하다고 확신하는 사람도 있다. 만약 첫 번째 사례의 여성이 세 번째 사례의 남성과 사귄다면? 대화가 단절될 것이다. '친구'라는 단어도 그렇다. 몇 번 만난 사이라면 친구라고 생각하는 사람도 있겠지만, 극단적으로 자기의 목숨까지 줄 수 있는 사람만 친구라고 생각하는 사람도 있다. 따라서 처음엔 힘들겠지만, 가능한 한 중요한 단어들은 그 개념 정의를 서로 물어서 공동의 합의에 도달하려고 노력하는 습관을 들이길 바란다.

개념 정의는 어찌어찌했다고 쳐도, 아직 대화의 길에 들어서기 위해선 하나의 단계가 더 남았다. 대화는 혼자 떠드는 강의나 연설이 아니다. 대화란 말하고, 그 말을 들은 사람이 물으면 그 물음에 다시 답하는 과정의 연속이다. 따라서 말하고자 하는 핵심만 간단히 말하는 훈련이 필요하다. 그 외의 사항이 궁금하다면, 듣는 사람이 물어볼 테니까. 재수생들은 1교시 수업 전에 담임에게 전화로 결석 사유를 알려야 한다. 대부분 학생은 "선생님, 저 있잖아요. 제가 어제 집에 가다가 친구를 만났는데요…" 이렇게 시작되는 말은 한참 이어진다. 담임이 한가하다면야 모르지만, 그렇지 않을 때가 대부분이기에 이런 말은 짜증을 유발한다. 이건 대화가 아니라 혼자만 떠드는 연설이다. 대신 핵심부터 두괄식으로 말해 보자. "선생님, 저 오늘 결석합니다." 사유가 궁금하다면 선생이 질문할 것이다. "왜?" "아파서요." "어디가?" "배요." "왜?" "어제 먹은 음식이 상했었나 봐요." "이런, 조심하지. 알았어. 몸조리 잘하고 내일 보자." 이것이 묻고 답하는 대화다.

'아' 다르고 '어' 다르다는 말은, 마음속에 품고 있는 '뜻'이 아니라 말을 통해 겉으로 드러나는 '표현'의 중요성을 강조하는 말이다. 누군가 음식이나 음료를 권할 때 "됐습니다"는 상대방을 무안하게 만들지만, "괜찮습니다"는 상대방의 성의를 배려하고 존중하는 표현이다. 긍정이나 허락을 뜻하는 짧은 "네"는 괜찮지만, 길게 반복하는 "네~네~"는 상대방을 무시하는 표현이 된다. 말하는 본인은 상대방을 무안하게 만들거나 무시하려는 '의도[뜻]'가 전혀 없었을지라도, 상대방은 그렇게 받아들인다는 게 중요하다. 자기의 '의도'가 좋거나 진지하다면, 그에 걸맞은 (어휘·억양·표정·제스처 등의 총칭인) '표현' 역시 그만큼 고민하고 디자인해야 한다. 비싸게 산 옷을 비닐봉지에 담아서 다니지는 않듯이 말이다. 내면과 외면의 '균형'을 말하는 것이다.

말이 씨가 된다. 쉽게 말하자면 자기가 자기 자신을 '가스라이팅(gaslighting)' 한다는 것이고, 폼나게 말하자면 '자기충족적 예언(self-fulfilling prophecy)'이라고 할 수 있다. 이렇게 겉으로 드러나는 말은 씨가 되기에 가는 말이 고와야 오는 말도 곱고, 말 한마디에 천 냥 빚을 갚기도 한다. 발 없는 말(言)이 하루에 천 리도 거뜬히 가고 웃자고 한 말에 초상이 날 수도 있기에, 입은 비뚤어졌어도 말은 바로 해야 한다. 병(病)은 입으로 들어가고 화(禍)는 입으로 나오는 것이기에, 곰은 쓸개 때문에 죽고 사람은 혀 때문에 죽는다. 그래서인지 많은 사람이 많은 경우에 옛말을 인용한다. 책임에서 벗어날 수 있고 그래서 안전하다는 생각에서일까? 그렇다면 특별히 문제 될 건 없다. 하지만 인용하는 옛말이 '사실' 또는 그것을 넘어 '진리'라고 생각해서라면, 그때는 그냥 넘길 수 없다. 세 치 혀에 얹힌 말이 다른 사람을 죽일 수도 있기 때문이다.

옛말을 인용할 땐, 두 가지 정도는 고려해야 하지 않을까 싶다. 하나는 '모르는 게 약'이지만 '아는 게 힘'이라는 말처럼, 대부분의 옛말엔 그와 동등한 무게감을 지니면서도 정반대의 뜻을 지닌 또 다른 말이 존재한다는 사실이다. 따라서 고려해야 할 또 다른 하나는 자연스럽게 '상황' 또는 '맥락'이다. 연설이나 강의하는 사람에게 '침묵은 금'이라는 말은 할 수 없잖은가! 나아가 특정 옛말이 만들어진 배경까지 안다면, 더없이 좋다. 앞으로는 누가 무슨 말을 하든지, '권위에 대한 맹신(盲信)'에서 벗어났으면 싶다. 특정한 말을 한 사람의 인격적인 수준을 판단해서 어느 정도만 받아들일지 결정하고, 논리의 체로 그 말을 거르며, 그 말이 통용될수록 누가 이익을 보는가 하는 수혜자(受惠者)를 고려하고, 절대(絕對)와 유일(唯一)로 포장한 것은 무엇이든 멀리한다면, 수많은 가짜뉴스와 사기꾼의 빈말과 사이비 종교의 유혹에서 벗어날 수 있으리라!

『삶은? 달걀! PART1 Built-out』(2024)에서 미처 언급하지 못한 이들이 있다. 처음 출판한 책이라 정신없었음을 핑계 삼아본다. 휴앤스토리 출판사 분들에게 먼저 감사의 인사를 전한다. 어디에서도 받아 주지 않던 원고를 격려의 말과 함께 흔쾌히 받아주신 김양수 대표님, 머리글부터 표지까지 하나하나 신경 써주신

편집부 이정은 과장님, 『삶은? 달걀! PART1 Built-out』 출판 시 A4 용지 수백 페이지에 걸쳐 셀 수 없이 등장하는 영어와 외국 저자와 저서를 하나하나 꼼꼼하게 모두 찾아보고 교정하는 믿을 수 없는 작업을 몇 번씩 묵묵히 해주신 연유나 대리님.

철없던 학창 시절의 나를 진심으로 대해 준 중화동 친구들이 있다. 가장 먼저 나를 인정해 주었으나 지금은 생사를 알 수 없는 천진석, 내게 큰돈을 뜯기고도 지금껏 수십 년째 단 한 번의 보챔도 없는 중화동파의 정신적 지주였던 강호영, 수도 없이 자신의 방에서 나를 재워 주던 무엇이든 스쳐도 기억하던 천재 정경오, 늘 허허하는 웃음소리가 먼저 떠오르지만 내면은 매우 강인했던 김용오, 둘 다 철이 없어서 웃음과 구박을 수시로 주거니 받거니 했지만 속임 없이 순수했던 이성희, 꺾이지 않는 의지로 자신의 삶은 물론 좋은 가정까지 이뤄낸 고마운 친구 김춘하, 모두 너무 보고 싶다. 하지만 부족했고 지금도 부족한 내 모습에, 선뜻 연락하지 못하고 마음으로만 안부를 전할 뿐이다. 그리고 문득문득 무척이나 안부가 궁금해지곤 하는 두 놈(?)도 있다. 아버지의 뒤를 이어 목사가 됐을지 궁금한 이정민, 군산에서 과외 선생으로 살고 있다는 소식을 들은 지도 벌써 수십 년이 지난 권택경.

이 책에서 다룬 항목들 외에도, 우리 주위에 무서운 말들은 훨씬 더 많다. 나머지 것들은 이 책 내용을 관통하는 '논리적 분석'과 '관점의 전환' 그리고 '수혜자 문제'를 고려하면서 여러분 각자가 응용하고 적용해 나가기를 간절히 바란다. 끝으로, 니체는 『차라투스트라는 이렇게 말했다』에 '모두를 위한 책이면서 그 누구를 위한 것도 아닌 책'이라는 부제를 달았다. 『삶은? 달걀! PART1 Built-out』은 '(내 바람으로는) 모두를 위한 책이지만 (현실적으론) 대다수를 위한 것은 아닌 책'임을 충분히 인지하고 예상한 상태에서 썼지만, 이 책은 말 그대로 '모두를 위한 책'이 될 수 있으리라 생각한다.

빈말이라도
고마워!

인간은 언어적 존재고, 우리의 모든 사고(思考)는 말이 지배한다. 내가 나를 대상으로 언어를 통해 말을 거는 게 '생각'이다. 생각의 깊이를 더하고 싶을 땐 보통 눈을 감는다. 시각은 생각을 방해하기 때문이다. 타인과 대화할 때도 시각은 집중을 방해한다. 사실상 언어는 소리 즉 청각이 지배한다고 해도 과언이 아니다. 대체로 시각이 뇌의 80% 정도를 지배하는 낮조차도, 청각의 역할은 매우 크다. 시각은 1초에 20회 정도를 파악할 수 있지만, 청각은 그보다 10배가량 더 많은 200회 정도를 파악할 수 있다. 공포영화를 생각하면 충분히 알 수 있듯이, 공포와 두려움의 원천도 시각보다는 청각이다. 소리는 들리는데 아무것도 보이지 않는 상황에서, 뇌는 80%를 차지하는 시각의 빈자리를 오로지 상상력으로 모두 채우기 때문이다. 상대방을 향한 끌림도 시각적인 외모 못지않게 청각적인 목소리와 억양도 큰 영향을 끼침을 누구나 알고 있다. 그렇기에 본능적으로 빈말이라도, 괜찮다고 잘하고 있다고 다 잘될 거라고 위로하는 말을 듣고 싶어 하는 것이고 그러면 정말로 큰 위안이 된다.

모든 감정은 어떤 식으로든 말을 통해 표출해야 한다. 그렇지 않으면 우리의 마음은 온갖 감정의 쓰레기통이 되기 쉽고, 그런 상태는 자연스럽게 감정과 성격과 생각의 비뚤어짐으로 나아가기 십상이다. '친절한 말 한마디가 듣는 사람의 하루를 바꾼다 (One kind word can change someone's entire day).' 시각은 이미지 전달로 끝이지만, 청각은 상상력을 포함해서 우리의 전반적인 사고 능력을 자극한다. 이것이 부모가 아이들에게 이야기책을 수없이 읽어주는 이유고, TV를 시청하며 자란 아이보다 라디오를 듣고 자란 아이의 전반적인 지적 능력이 대체로 월등히 높은 이유이기도 하다.

하지만 아무리 좋은 약도 지나치면 독이 되는 법. 빈말은, 말 그대로 속이 비어있다. 내용 즉 의미가, 그리고 상대방을 향한 진정한 관심과 걱정이 없다. 일종의 공갈(恐喝)이요, 플라세보(placebo)요, 무관심의 다른 이름이다. 상대방이 정말 힘들고 괴로워할 때 빈말이라도 격려의 말을 잠시 건넨다면 더없이 좋은 위로가 될 수 있지만, 빈말이 일상의 매 순간을 차지한다면 우리의 삶은 현실에서 떨어져 망상(妄想)의 세계에 갇힐 수 있다. 한 친구가 좋지 못한 선택지 앞에서 서성이고 좋지 못한 길로 가려 한다. 그때도 명색이 친구라는 사람들 대부분은 "애도 아니고 성인인데 알아서 잘 선택하겠죠" "똑똑한 친구라 어련히 알아서 잘 헤쳐 나갈 겁니다"라는 말로 자신들의 무관심을 감춘다. 과연 여러분의 자녀나 형제자매가 같은 상황에 부닥쳤을 때도 그럴까? 절대 아닐 것이다.

빈말 한마디보다는 말없이 드러나는 마음과 행동이 훨씬 더 중요하고 우선하는 건 아닐지 싶다. 말이 중요하지 않다는 게 아니라, 지금 우리가 너무 빈말에만 치중되어 있다는 지적이다. 중학교 시절, 교회의 한 친구가 새벽마다 신문 배달을 했다. 형편이 어려워서 끼니를 거를 때가 더 많았다. 그래서인지 일요일엔 거의 교회에서 살았다. 어떻게든 밥을 얻어먹을 수 있었으니까. 교회 성도들은 그 친구를 볼 때마다 미사여구로 포장한 화려하고 교과서적인 온갖 위로와 격려의 말을 듬뿍 주었지만, 그 친구는 시큰둥했다. 그 친구가 절실히 원하고 눈물 나게 고마워했던 건, 말없이 건네주는 싸구려 빵과 우유였다.

자기만의 고민과 고통과 아픔과 어려움과 헤쳐 나가야 할 문제가 없는 사람은 단 한 명도 없다. 그래서 '앞으로는 좋은 일만 있을 거야' 또는 '이제부터는 꽃길만 걷기를 바랄게'라는 말은 현실적으로 거짓말이다. 경험상으로도 그렇고, '삶은 고통의 바다'라고 말한 부처의 말과도 대치된다. 이런 빈말이 힘을 주는 수준에서 멈춘다면 좋지만, 이런 빈말을 사실이라고 철석같이 믿을 땐 문제가 발생한다. 주위를 둘러보면, 다른 사람들은 모두 행복하게 사는 것만 같다. 그런데 유독 나에게만은 매 순간 온갖 고통과 어려움이 쉼 없이 다가온다. 이로부터 자연스럽게 자기 능력에 대한 불신과 신세 한탄이 쏟아져 나오고, 이것들이 쌓여서 타인과 사회를 향한 불만의 화살이 되어 날아가곤 한다. 따라서 빈말보다는, 위로의 말이면서도 현실을 반영하는 말을 예쁘고 멋지게 디자인해서 건네는 건 어떨까? '앞으로도 수없는 고통과 어려움에 직면하게 될 테고, 자주 힘에 겨워 쓰러져 울겠지만, 절대 좌절하지 않고 끝끝내 다시 일어서는 힘을 지닌 사람이 되길 바랄게'라고 말이다.

2

오는 말이 고와야
가는 말도 곱다

'가는 말이 고와야 오는 말도 곱다'와 같은 말이지만, 순서가 다르다. 극단적으로 모두가 '오는 말'만 기다린다면, 대화는 불가능해진다. 따라서 통 크게, '가는 말'부터 곱게 하자. '가는 말'을 곱게 했음에도 '오는 말'이 거칠고 품위가 없다면, 이후부터는 상대방이 나를 대했던 방식과 똑같이 대하든가 아니면 가능한 한 상대하지 않으면 된다. 이것이 대부분 생명체가 본능적으로 사용하는 가장 안정적인 '관계의 방식'인 '팃포탯(Tit for Tat)' 즉 받은 대로 주는 전략이고, 함무라비 법전과 모세의 율법1에도 나와 있는 '눈에는 눈 이에는 이'다. 일면 잔인해 보이는 함무라비 법전과 모세의 율법도, 사실은 받은 것 이상의 지나친 복수를 막고 법의 테두리 안에서 최대한 해결하려는 긍정적인 의도였으리라.

---

1 〈출애굽기〉 21:23~25

동물과는 뭐가 달라도 다른 존재라고 자부하는 게 우리 인간인데, 그렇다면 우리 인간만의 뭔가 세련된 전략은 없을까? 동서고금을 막론하고 많은 성인(聖人)은 말한다. 욕을 들었다고 같이 욕하고, 한 대 맞았다고 같이 한 대 때리는 건 상대방과 똑같은 사람이 되는 거라고 말이다. 그리고 대부분 사람이 그들의 이런 말을 무슨 진리인 양 떠받든다. 물론 일리 있는 말이지만, '무조건' 맞는 말은 아니다.

누가 내 뺨을 때리면 더 때리라고 다른 쪽을 내밀고 내 소유물 중 하나를 거저 달라고 하면 다른 것까지 아낌없이 더 주며[2] 일곱 번씩 일흔 번이라도 용서하라던[3] 예수조차도, 성전 내의 노상(路上) 판매대를 뒤엎었으며, 지금의 성직자들인 사두개인들과 신학자들인 바리새인들을 향해선 '화(禍) 있을진저'라며 저주도 마다하지 않았다. 속은 부패하고 썩어 문드러졌으나 고치려 하지 않은 채 겉으로만 깨끗한 척할 뿐이라는 뜻의 '(석)회칠한 무덤[4]'이라는 고강도의 욕설도 퍼부었고. 지금 우리가 사용하는 '무슨 무슨 새끼' 정도의 욕설은 그에 비하면 새 발의 피일 정도로 말이다. 물론 예수의 이런 행동은, 혈기 왕성한 30대 초반의 청년이 감정적인 흥분을 참지 못해 발산한 사적인 '화(禍)'라기보다는 이성적인 판

---

2 《마태복음》 5:38~42
3 《마태복음》 18:21~35
4 《마태복음》 23:27

단에 기인해 의도적으로 표출한 공적이고 정당한 '분노(忿怒)'였으리라. 게다가 수많은 설교를 '귀 있는 자는 들을지어다'라는 매정한(?) 말로 끝맺기도 했다. 우이독경(牛耳讀經), 즉 말로 해서는 결코 알아듣지 못하는 사람들이 있고, 그들까지 어떻게든 끌고 가볼 생각은 전혀 없다는 말이다. 따라서 말로 해서 알아들을 수 있는 사람에게는 예수의 가르침대로 하되, 그렇지 못한 사람들에게는 모세의 율법대로 하면 어떨까? 그렇다면 말로 해서 알아들을 수 있는 사람인지 아닌지 어떻게 구별할 수 있는가가 문제다.

3

머리 검은 짐승은
거두는 게 아니다

'피는 물보다 진하다'라는 말을 입에 달고 사는 사람들이 내뱉는, 참으로 남의 가슴에 못을 박는 못된 말이다. 대체로 입양한 아이가 어떤 잘못을 했을 때, 주변 사람들이 무심결에 또는 자신의 똑똑함을 드러내려고 일부러 앞다퉈 내뱉는 아주 악독한 말이다. '사람은 고쳐 쓰는 게 아니다'라고 믿기 때문이다. 만약 이런 믿음이 사실이라면, 우리 인간에게 교육과 문화는 아무 쓸모 없는 것이 된다. 많은 반려동물이 훈련을 통해 변한다는 사실과 비교해 본다면, 우리 인간은 반려동물보다도 못한 존재라고 결론짓는 셈이다. 그러면서도 자신이 큰 잘못을 했을 땐, 한 번만 용서해 주면 다시는 그런 잘못을 저지르지 않겠다고 맹세한다. 자신은 언제든 고쳐지고 변할 수 있다고 확신하는 것이다. 왜? 타인의 실수나 실패의 원인은 늘 그 사람 '내부'에 있지만, 유독 자기의 실수나 실패의 원인은 늘 '외부'에 있으므로 그것만 제거하면 된다고 착각하기 때문이다. 성공의 원인은 자신에게 돌리고 실패의 원인은 외부 상황으로 돌리는 아전인수(我田引水)식 판단이다. 이런 식의 '잘하면 내 탓, 못하면 남의 탓'이라고 생각하는 경향을 '자기 고양적(高揚的) 편견(self-serving bias)' 또는 자신이 행위자[성공]냐 관찰자[실패]냐에 따라서 귀인(歸因)의 방향을 바꾼다고 해서 '행위자-관찰자 편향(actor-observer bias)'이라고 한다. 한마디로 '내로남불'이다.

주위를 보면, 전혀 바뀌지 않는 사람이 대부분이지만 가끔은 완전히 바뀐 사람도 분명히 있다. 세상 자체가 대립물의 갈등과 통합의 끊임없는 과정인데, 그 속의 존재인 사람이 어찌 변하지 않겠는가? 다만 문제는 누가 바뀔 수 있는 사람이고, 누가 바뀌지 않을 사람인지 어떻게 알아볼 수 있을까 하는 것이다. 첫째 논리적이고 합리적인 생각의 스위치를 늘 켜 놓고, 둘째 사회문화적이고 시대적인 양심의 기준에 비춰 스스로 부끄러움[창피함]을 느낄 줄 알며, 셋째 모르거나 새로운 것은 하나라도 더 배우려고 하는 사람이라면 충분히 말로 해서 알아들을 수 있고 바뀌고 변할 수 있는 사람이다. 첫째 논리적이고 합리적인 생각의 스위치를 켜 놓는 사람은, 예수의 당부처럼 늘 깨어 있는 사람이다. 의식적이고 의도적인 노력으로 자연스러운 본능을 억누르고 있는 상태다. 이성이 감정을 리드(lead)하려고 노력하는 이런 사람은 타인의 말을 듣고, 이치에 맞는 건 인정할 줄 안다. 대화가 가능하다는 말이다. 둘째 사회문화적이고 시대적인 양심의 기준에 비춰 스스로 부끄러움을 느낄 줄 아는 사람은, 키르케고르의 표현처럼 신 앞에서 단독적이며 주체적이고 대중과는 선을 그은 자기 삶의 주인이다. 그런 사람은 마치 독자적인 기준과 레벨을 고고(孤高)하게 한결같이 유지하려는 명품 브랜드처럼, 타인의 평가나 인정에 무관심하다. 오히려 수많은 대중이 자신을 높게 평가하면, 자기가 뭘 잘못했기에 대중들이 자신을 인정하는지 반성한다. 셋째 모르거나 새로운 것은 하나라도 더 배우려고 하는 사람은, 행복의 전제조건인 '새로움(newness)과 낯섦(unfamiliarity)'을 소중히 여기며 인간으로서의 존재 이유인 궁금증과 호기심(curiosity)을 여전히 간직한 사람이다. 그런 사람은 '시청(視聽)'이 아니라 '견문(見聞)'을 추구하면서 늘 일상을 풍요롭게 변화시키고 싶어 한다. 이상(以上)은 특히 결혼 상대를 선택할 때 더욱 신경 써서 생각해 봐야 할 내용이다.

'죄는 미워하되 사람은 미워하지 말라'는 말이 있다. 장 발장(Jean Valjean)[5] 이나 오태식[6] 처럼 어쩔 수 없는 상황에서 불가피하게 실수로 범죄를 저지른 사람에게, 특히 그중에서도 스스로 부끄러움을 느낄 줄 알고 진정으로 뉘우치는 사람에게 거듭날 기회를 주자는 의도일 테다. 그런 의도라면 나도 찬성한다. 하지만 그런 좋은 의도보다는, 잘못 사용될 여지가 훨씬 더 크기에 딴지를

---

5 빅토르 위고(Victor-Marie Hugo), 『레 미제라블(Les Misérables)』(1862)의 주인공
6 영화 〈해바라기〉(2006)의 주인공, 김래원 분(扮)

걸어본다. 내가 당신에게 다가가 뺨을 한 대 때리고는, "죄는 미워하되 나는 미워하지 말라"고 말한다면 어떻겠는가? 가해자들이 가장 좋아할 말 아닐까? 선행을 한 사람에게 "선행은 칭찬하지만, 당신은 싫어!"라고 말하는 사람도 거의 없다. 가정폭력의 피해자들은 '폭력'을 두려워하는 걸까 아니면 '남편[아빠]'을 두려워하는 걸까? 이 둘의 분리가 가능하다고 생각하는가? 이론적으로야 가능하지만, '죄'와 '사람'의 분리는 현실적으로 불가능하다. 따라서 물타기도 이런 물타기가 없다. 다중인격으로 인한 심신미약을 주장하는 범죄자의 변명 중 이보다 더 좋은 말은 없다. 이 말 한마디로, 살인자는 '죽일 놈'에서 '불쌍한 사람'으로 이미지가 세탁된다. 마치 죄나 악마에 또는 자기가 원하지 않는 인격에 사로잡혀서 어쩔 수 없이 실수한 사람처럼 비치기 때문이다. 더 큰 문제는, 이 말 한마디로 피해자는 또다시 피해를 본다는 사실이다. 이 말을 하는 순간, 우리는 피해자에게 2차 가해자가 되는 셈이다. 이 말속에 피해자의 자리는 없기 때문이다. 피해자는 완전히 소외되어 있다. 살인자가 불쌍한 사람이라면, 피해자는 뭐가 되는가?

신의 역사하심에도 그리고 악마의 출현에도 반드시 사람이라는 매개체[대리인]가 필요하듯, 죄도 저 혼자서 저 자신을 드러내지는 못한다. 반드시 사람이라는 매개체가 필요하다. 신과 악마의 대리인은 신과 악마 그 자체와 동격으로 취급된다. 그렇다면 당연히 죄를 지은 사람 역시 죄와 완전한 동격이다. 신과 악마의 대리인으로 선택받은 사람이 신과 악마와 동등한 대접을 받듯, 죄의 대리자로 선택된 사람도 죄 자체와 동등한 대접을 받아야 한다. 그렇지 않으면 죄의 대가로 누구를 처벌해야 한단 말인가? 그래서 우리가 네로나 히틀러나 진시황을 미워하는 것은 정당하다. 특정한 죄를 지을 만한 사람이기에 또는 특정한 죄를 지을 만한 상황에 그가 있었기에, 그 죄가 그 사람에게 깃든 것이다. 토양과 환경이 맞아떨어져야만 특정한 식물이 자라거나 특정한 동물이 살 수 있듯이 말이다. 그러니 이제 '죄는 미워하되 사람은 미워하지 말라'는 말은 하지 말기를 바란다. 특히 피해자의 마음을 헤아린다면, 더욱 그래야만 한다. 아주 간혹 피해자 가족 중에서 가해자를 용서하는 사람이 있다. 하지만 그럴 때도 그는 '죄는 미워하되 사람은 미워하지 말라'는 말 대신에, "가해자를 미워하지 않을 수는 없지만, 가해자를 용서하는 게 무척 힘들지만, 그것과는 별개로 가해자에게 다시 한번 거듭날 기회는 주고 싶었다"라고 말해야 하리라. 그게 옳다. 그러지 않으면 가해자를 미워하고 용서하지 못하는 모든 피해자 가족을 욕보이는 셈이 되기 때문이다.

피는 물보다
진하다

맞다. 하지만 피뿐만 아니라 주스도 소변도 콧물도 잉크도, 모든 게 물보다 진하다. 가장 일반적 용매인 물보다 진하지 않은 것을 찾는 게 훨씬 더 어렵다. 따라서 논리적으로는 하나 마나 한 말이다. '호부(虎父)에 견자(犬子) 없다'라는 말도 마찬가지다. 인간이 돼지를 낳을 수 없는 것처럼, 발생학적으로 불가능하다. 그렇다면 왜 말해 봐야 입만 아플 이런 말을 하는 걸까? '피'가 세상 그 무엇보다도 가장 중요하다는 말을 하고 싶어서다. 어떤 분야에서건 최고의 자리에 있는 한 명만 이기거나 넘어서면 최고가 된다. 주위를 보니, 가장 흔하면서도 생명체의 생존에 가장 중요한 것이 쉽게 눈에 띈다. 바로 '물'이다. 하지만 피가 물보다 더 '중요하다'라고 하기에는 뭔가 억지스러움이 느껴졌나 보다. 그래서 물이 액체이므로, '중요하다'라는 표현을 '진하다'라는 표현으로 바꾼 것이리라.

피가 생명의 원천이니 그럴 수도 있겠다 싶지만, 그래도 우리는 피 즉 혈통(血統)에 너무도 지나치게 큰 의미를 부여하는 경향이 있다. 하지만 혈액형만 맞으면 쉽게 다른 사람의 피를 수혈할 수도 있고, 웬만한 수술 도중엔 수혈이 동반된다. 자신의 몸속에 다른 사람의 피가 섞여 있는 사람이 의외로 많다는 말이다. 따라서 '대(代)'를 잇는다는 생각은 어처구니없는 집착이다. 그런데 놀랍게도 성경 속 이스라엘 사람들 역시 우리처럼 피에 집착했다. 그래서 우리나라 사람들이 그리스도교에 특히 더 열광적인가 보다. (흔히 손톱이나 머리카락을 포함해서) 핏속에 그 사람의 영혼 또는 생명력 같은 신성한 뭔가가 들어 있으리라는, 돌도끼 돌리던 시절의 원시적인 사고방식에서 벗어나지 못한 셈이다. 대를 이어 이어지는 건 피가 아니라, 끊임없는 재조합과 변이를 겪는 (유전자를 구성하는) DNA뿐이다.

'왕의 혈통' 같은 건 없다. 지금까지 우리 역사만 봐도, 수많은 성씨가 수많은 나라에서 쿠데타를 통해 왕의 지위에 올랐다. '왕[대통령]은 하늘이 내려주시는 것'이라는 말은, 쿠데타를 성공시키기가 그만큼 어려움을 표현하는 동시에 쿠데타에 성공한 자신을 신성시하기 위한 것일 뿐이다. 우리나라나 세계의 왕과 대통령들의 면면을 살펴볼 때, 만약 왕을 하늘이 내리는 것이라면 참으로 능력 없고 이상하고 공정과 정의와는 담을 쌓은 하늘이 분명하다. '단일하고 순수한 혈통'도 존재하지 않는다. 단군 이래 수없이 많은 이민족과 피가 섞였다. 고려 태조 왕건도 조선 태조 이성계도, 말 그대로 순수한 우리 민족은 아니었다. 그리고 혈통을 찾으려고 할 때마다, 어쩔 수 없이 '무한 소급'의 문제에 빠질 수밖에 없다. 2024 파리올림픽에서 여자 양궁 임시현 선수가 3관왕을 달성하자, "양궁 임시현, 알고 보니 '임난수 장군' 후손"이라는 기사가 올라왔다.[7] 임난수 장군은 고려말 최영 장군과 함께 왜구 토벌에 큰 공을 세운 장군이다. 여기서 묻자. 첫째, 임난수 장군의 아버지와 할아버지 그리고 그 윗대 조상들의 이름은 언급조차 없다. 갑자기 임난수 장군만 활을 잘 쏘게 된 듯하다. 돌연변이다. 그렇다면 피[혈통]가 아니라 유전자[DNA]가 원인이다. 둘째, 임난수 장군 이후 600년 넘게 조용했다. 그 이후로도 왜구는 수없이 침범했는데, 장군의 집안[혈통]임에도 불구하고 언급되는 이름이 없다. 피가 말라버린 것일까? 셋째, 그러다가 갑자기 임시현이 등장하자 600년이라는 어마어마한 시간의 간격을 피로 연결한다. 너무 어이없고, 참으로 무지(無知)한 기사다.

피는 소중하다. 하지만 절대적인 건 아니다. 피는 생명 유지의 필요조건이지만, 충분조건은 아니다. 세상에 '단 하나'만으로 충분한 건 없다. 그렇게 보이는 하나의 속을 들여다보면, 서로 대립하는 것처럼 보이는 음과 양 두 속성이 한데 어우러져 있다. 피가

---

7 김소연, 〈한국경제〉, 2024. 8. 6.; 이상규, 〈매일경제〉, 2024. 8. 6.

건강하고 충분해도 심장이 뛰지 않으면 소용이 없고, 심장이 잘 뛰어도 폐와 간과 신장 등 하나하나의 장기가 모두 자기 역할을 하지 않으면 소용이 없다. 나아가 모든 장기가 모두 자기 역할을 한다고 해도, 치매처럼 기억을 잃어버리면 그를 온전히 살아있는 사람이라고 말하기도 어렵다. 모든 각각의 것이 건강하게 그리고 건강한 각각의 것이 모두 다시 건강하게 관계를 맺어야만 한다. 이것은 하나의 개체에도 사실이지만, 하나의 부부와 집단과 사회와 국가와 세계의 측면에서도 사실이다.

폼생폼사

영어(form)와 한자(生/死)의 합성어인데, 마치 사자성어처럼 너무 잘 어울린다. 야구나 축구나 당구나 골프를 배우건, 태권도나 격투기를 배우건, 그림이나 성악을 배우건, 모든 분야에 있어서 '폼'은 '기본(기)'인 동시에 완성으로 가는 '유일한' 지름길이다. 그래서 모든 분야 최고의 스승들이 이구동성으로 강조하는 게 '폼 [기본]'이다. 처음부터 잘못된 폼을 몸에 익히면 거기서 끝이다. 더 높은 수준으로 올라갈 수 없다. 또한 시간이 지나면서 폼은 흐트러지기 마련이다. 그럴 때마다 흐트러진 폼을 수정하지 않으면, 흐트러진 폼이 익숙해지고 습관이 되어 고착(固着)된다. 그러면 그 순간부터 또다시 발전은커녕 퇴보의 길로 들어서게 된다. 끊임없이 변화하는 세상 속에서 제자리에 가만히 있다는 건, 작동하는 러닝머신(treadmill) 위에 가만히 서 있는 것처럼 제자리가 아니라 퇴보와 퇴행을 거듭하게 되는 셈이기 때문이다. 이것이 '붉은 여왕 가설

(Red Queen's hypothesis)[8]이고, 늘 깨어 있으라는 예수의 당부다.

폼[형식]을 이야기할 때, 많은 사람은 마음[내용]의 중요성을 더 강조하곤 한다. 형식과 내용 무엇이 됐건 간에, 어느 하나를 더 강조한다면 그건 잘못됐다. 음과 양처럼, 둘 다 똑같은 중요도를 지니고 있기 때문이다. 존경하는 마음만큼 자연스레 허리를 숙여 인사하듯, 사랑하는 마음만큼 자연스레 더 좋고 값나가는 선물을 하고 싶어 하듯, 좋고 값나가는 선물일수록 자연스레 더 고급스러운 포장지와 포장방법을 고민하듯, 형식[외면]과 내용[내면]은 서로의 급(級)이 맞아야 아름다운 법이다. 마음이 즐거워야 얼굴에 미소와 웃음이 자연스레 나오지만, 반대로 의도적으로 미소와 웃음을 지으려고 노력해도 마음이 즐거워질 때가 많다. 마음이 예쁜 사람이 좋고 예쁜 말을 하지만, 반대로 의도적으로 좋고 예쁜 말을 하려고 노력해도 마음이 예쁘게 변한다. 이것이 언어순화를 강조하는 이유다. 나아가 가장 중요한 점은, 누구도 열 길 물속은 알아도 한 길 타인의 마음속을 들여다볼 수는 없다는 사실이다. 흔히 왜 자기 마음을 알아주지 못하냐는 푸념을 늘어놓곤 하는데, 겉으로 표현하지 않으면 누구도 여러분의 속을 알 수 없다. 여러분이 타인의 마음을 헤아리지 못하듯이 말이다. 하다못해 부

---

8 루이스 캐럴(Lewis Carroll), 『거울 나라의 앨리스(Through the Looking-Glass and What Alice Found There)』(1871)

부와 가족 간에도 표현 없이는 서로의 마음을 알 수 없다. 타인이 여러분을 평가할 방법은, 오직 단 하나 여러분이 겉으로 표현하는 말과 행동뿐이다.

'왜(WHY)'와 '어떻게(HOW)'를 늘 생각하기를 바란다. '왜'는 내용이고, 의미이며, 가치이고, 우리가 지켜내야 할 전통(傳統)이다. '어떻게'는 형식이고, 시대의 흐름이며, 관습(慣習)이다. 기억하기 쉽게, 나는 이것의 순서를 바꿔서 '하와이(HOWHY)'라고 부르곤 한다. 마치 질량보존의 법칙처럼, 부드러운 '왜'와 딱딱한 '어떻게'의 총량은 늘 일정량을 유지한다. 그래서 '왜'가 감소할 땐 '어떻게'가 증가해서 일정량을 유지하고, 반대도 마찬가지라고 할 수 있다. 부드러운 '왜'는 변하지 않아야 하고 잊으면 안 되지만, 딱딱한 '어떻게'는 늘 변해야 하고 완전히 새로운 모습으로 바뀌어야 한다. 모순 같은가? 이것이 세상과 우리 삶의 참모습인 걸 어쩌겠는가. 모든 종교의 창시자는 '왜'만 제시한 채 세상을 떠났고, 그의 추종자들이 창시자의 '왜'를 지키기 위해 당대에 알맞은 '어떻게'를 고안했다. 그것이 종교마다 각기 다른 모습을 하고 있는 '교단(敎團)'이다. '어떻게'는 '왜'를 알고 나서야 비로소 변화시킬 수 있다. 수천 년이 흐른 지금, 거의 모든 종교에서 창시자의 '왜'는 사라진 채 '어떻게'인 형식과 관습과 교단의 불변(不變)과 사수(死守)에만 혈안이 되어 있는 듯해 안타깝다.

사례 하나. 개그맨 윤성호가 법명 '뉴진스님'이라는 이름으로 찬불가(讚佛歌)에 EDM(Electronic Dance Music)을 입혀 디제잉(DJing)을 하는 것을 두고, 여러 국가의 불교계에서 많은 논란이 일고 있다. 법복(法服)을 아무나 입어도 되는지, 부처의 가르침을 한때의 흥으로 가볍게 소비해도 되는지 등이 쟁점이다.

사례 둘. 장례 절차에서도 '왜'를 잃어버린 채 '어떻게'만 난무한다. 나이 불문하고, 각 제사 절차의 '왜'를 아는 사람이 매우 적다. 왜 고인(故人)에게 두 번 절하는지, 향은 왜 피우는지, 왜 술잔은 세 번 돌리고 돌릴 땐 어느 방향으로 돌려야 하는지, 절할 때 양손은 어떤 식으로 포개야 하는지, 입관 때 왜 고인의 몸을 일곱 매듭 또는 스물한 매듭으로 꽁꽁 묶는지, 국과 밥과 삼색나물을 왜 특정한 순서로 놓아야 하는지 알지 못함에도 불구하고 알고 싶어 하지도 않는다. 그저 그렇게 해오던 것이기에, 해오던 대로만 할 뿐이다. '왜'를 알지 못하기에, '어떻게'의 변화를 맹목적으로 거부한다. 이유는 모른 채 형식에만 집착한다. 속은 텅 빈 껍데기만 있다. 나이 불문하고, 바로 이 모습이 소위 '꼰대'다. 사람의 본성상, '왜'를 모르는 만큼 '어떻게'를 더 붙들고 고집해서 총량을 맞춰야만 안정감을 느끼기 때문이다. 반대로 '왜'가 더 많은 부분을 차지하는 만큼, 더 융통성 있는 '어떻게'가 나온다.

사례 셋. 지금은 특별히 구별하지 않지만, 예전에 '짜장면'을

'자장면'으로 발음하자는 운동이 있었다. 강하고 과격한 발음을 자꾸 하다 보면, 마음도 강퍅해진다는 이유에서였다. '왜'를 정확히 안다면 수많은 응용이 가능하다. 그중 하나가 '짜장면'보다 발음이 더 센 '짬뽕'이다. 왜 짬뽕은 '잠봉'이라고 하지 않을까? 이런 궁금증 없이, 사람들은 오로지 '짜장면'에만 매몰되어 있었다.

관점을 조금 바꿔보자. 폼[기본]은 전혀 중요해 보이지 않는다. 그런데 그런 폼을 다지는 데는 반드시 긴 시간이 필요하며, 그 긴 시간 동안 조금씩이나마 발전하고 있다는 징조가 거의 보이지 않아 늘 지루함과 답답함과 불안감이 수시로 밀려온다. 기본이 중요하다는 사실을 모르는 사람은 없지만, 그 사실을 제대로 실천하는 사람이 매우 드문 이유다. 기본은 '복습'과 '인내'가 필요한 과정이다. 그래서 '빨리빨리'가 몸에 배고 '타인'이 개인 삶의 중심을 차지하고 있는 우리 한국인들에게, 기본은 특히 더 요원(遙遠)하다. 축구선수 손흥민의 아버지는 어린 손흥민에게 기본기만 7년 동안 무한 반복했다고 한다. 선진국일수록 기본을 강조한다. 기본이 곧 '상식'이다. 우리가 피 흘리며 쟁취하고자 하는 민주주의도, 결국엔 상식이 통하는 사회를 건설하려는 열망 중 하나다.

이 책 첫 두 부분에서 '말'을 다뤘는데, 말에도 폼이 매우 중요하다. '아' 다르고 '어' 다르다는 말처럼, 어떻게 말하느냐에 따라 말에 담긴 힘이 달라진다. 이것은 '허례(虛禮)'가 아니라 '교양'에 가깝다. 질문이 좋아야 대답이 좋다. 즉 먼저 디자인되고 폼나는 질문을 던질 줄 알아야 한다. "당신은 온유함의 미덕(美德)을 믿지 않습니까?"라는 질문은 디자인된 질문의 예다. 뭔가 너무했다는 주관적인 생각을 표현하면서도 그걸 직설적으로 드러내지는 않기 때문이다. 본인의 생각을 담으면서 상대의 생각을 묻고 있다. 언어는 생각의 집이다. 디자인되고 폼나는 말이 사람의 마음을 움직인다. 40대까지 알코올 중독이었던 조지 부시(George W. Bush)가 미국 43대 대통령 후보로 나왔을 때, 기자가 음주 운전 경력에 대해 어떻게 생각하느냐고 묻자 조지 부시는 "나는 실수를 통해 많은 것을 배웠다"라고 대답했다. "기억이 안 난다"라고 대답할 우리나라 정치인들의 수준과는 전혀 다르다. 당시 앨 고어(Al Gore)와 조지 부시가 후보 단일화를 해야 하는 상황에서, 한 상원의원이 '누군가는 양보해야 한다'라는 말을 이렇게 표현했다. "지금 우리에게 필요한 것은 한 사람의 대통령과 한 사람의 영웅입니다." 이렇게 디자인되고 폼나는 말들이 설득력이 있는 것이다.[9]

열 받거나 화가 나도 반대로 멋있어도 그 앞에 '개'를 붙이지 않고는 말 못 하는 요즘, 깊이 생각해 볼 부분이다. 말을 디자인해야 한다는 건, 어휘력을 키우고 말하고자 하는 핵심만 선별해서 가능한 한 하나의 문장으로 간략하게 천천히 차분한 톤(tone)으로 말하

---

9 박웅현, 『여덟 단어』(2013)에서 발췌

는 법을 훈련해야 한다는 뜻이다. '힐' '대박' 등 채 다섯 글자도 넘지 않는 말들과 천박한 어휘가 생각과 대화를 지배하다 보니, 조금만 긴 문장을 읽거나 들어도 두뇌의 정보처리 능력이 따라가지 못하는 게 안타까운 현실이다. 많은 사람이 하고 싶은 말을 제대로 전달하지도 못한다. 논리적으로 생각하는 훈련이 되어 있지 않아 머릿속이 엉망진창이고, 말할 때 그런 머릿속 상태가 그대로 튀어나오는 탓에 듣는 사람에겐 밑도 끝도 없는 말처럼 들린다. 어휘를 혼동하고, 주어와 목적어처럼 꼭 필요한 부분을 빠뜨리고, 정확한 순서도 없다. "핸드폰을 틀더니, 밥을 먹고 있는데 갑자기 말을 끊는 거 있지!" 핸드폰을 튼다는 게 무슨 말이냐고 물으면, 그제야 핸드폰이 아니라 TV라고 바꾼다. 누가 누구와 밥을 먹고 있었는지, 갑자기 말을 끊은 사람은 또 누군지 알 수 없다. TV를 튼 후 밥을 먹었는지, 밥을 먹으면서 TV를 튼 건지도 알 수 없고. 같은 한국인이지만, 많은 사람과의 대화가 내겐 너무 어렵다. 연습 없이 되는 건 아무것도 없다. 어떤 일이든 여러분이 꿈꾸는 일은, 힘들고 고통스럽고 오랜 시간 노력하고 훈련해야 하는 게 '기본' 즉 '당연한 것'이라는 생각을 항상 기억하라! 이것이 의지력과 끈기와 인내의 원천이다. 쉽고 편하고 대충해서 될 일 따위는 단 하나도 없다!

말과 함께 행동도 폼나게 디자인해야 한다. 음식은 입을 다문 채 씹고, 전화하거나 흡연하거나 건널목에 서 있거나 엘리베이터 안에 있을 때 괜스레 이쪽저쪽 힐끗거리지 마라. 주체성이 없고 자존감이 부족한 못난 사람들의 좋지 않은 습관이다. 뭐 그렇게 남들이 궁금한가? 그래서가 아니라고? 그렇다면 자기 눈동자와 머리와 몸조차 자기 의지대로 통제하지 못하는 바보란 말인가? 똥 마려운 강아지 마냥 왔다 갔다 하지도 마라. 그건 머릿속과 마음이 정신없이 산만하다는 방증(傍證)이다. 올곧게 똑바로 서 있으라. 걸을 때도 발을 끌거나 무릎을 탁탁 튕기며 걷지 마라. 몸을 꼿꼿이 세운 채 11자로 보행하라. 무의식중에 하는 이런 사소한 행동들을 살피고 수정하는 것이, 늘 자기 행동을 반성(反省)하는 자세 그리고 생각의 있고 없음을 드러내는 지표인 동시에 인간으로서의 품격[품위] 즉 '인격(人格)'을 판단하는 척도이기도 하기 때문이다. 인간으로서의 품위가 쓸데없는 짓이라고 생각하는 사람의 관점에서라면, 어차피 하룻밤 잠자기 위한 것일 뿐임에도 화려한 호텔 객실의 인테리어, 어차피 한 끼 먹기 위한 것일 뿐임에도 예쁘게 세팅한 레스토랑의 플레이팅(plating), 어차피 몸을 가리기 위한 것일 뿐임에도 고가의 옷과 액세서리, 어차피 죽어버려 끝난 것일 뿐임에도 정성을 다하는 장례 절차 모두 헛짓거리일 것이다.

사소한 것에
목숨 걸지 마라?!

    '양(量)'과 관련된 '물건 구매'나 '일 처리' 측면에서는 맞는 말이지만, '질(質)'과 관련된 '인격'적인 측면과 '대인 관계'에서는 틀린 말이다. 제한된 비용으로 필요한 물건들을 구매하려면 그리고 제한된 시간 내에서 최대한 많은 일을 해내려면, 가장 필요하고 중요한 것부터 구매하고 처리해야 한다. 두 가지 다 양(量)과 관련되어 있고, 그래서 '우선순위'에 따라야 한다. 누구나 큰 것, 즉 겉으로 보이는 것에는 누가 시키지 않아도 가장 많은 신경을 쓴다. '집·자동차·가구·옷·신발·헤어스타일' 등이 그런 것들이다. 하지만 '말하는 방법·억양·어휘·자세·손동작·눈빛·표정' 같은 것들은, 사람들이 쉽사리 간과하는 사소한 것들이다. 이렇게 흔히 간과되는 사소한 것들의 중요성을 강조하고 싶다. 이런 사소한 것들에는 목숨을 걸어라! '인격'적인 측면과 '대인 관계'에서는 이런 것들이 훨씬 더 중요하기 때문이다.

한 여성이 의자에 앉아 있다. 만약 구부정하게 또는 다리를 꼬고 앉아 있다면, 눈에 띄지도 않을 것이다. 그런데 그 여성이 등받이에서 약간 떨어져 등을 올곧게 편 채 다리를 가지런히 모으고 앉아 있을 땐, 눈을 떼지 못하겠더라! 사람이 그렇게 멋있어 보일 수가 없다. 왠지 쉽게 접근하면 안 될 사람 같은 분위기마저 풍겨 온다. 그런 자세 하나가 지질한 사람들의 수많은 시시콜콜한 집적거림을 원천 봉쇄한다. 별것 아닌 자세 하나가 그 여성의 인격과 품위를 확 끌어올리는 셈이다. 수업 시간에 고개가 45도로 기울어진 상태에서 눈을 게슴츠레 뜨고 있는 학생들을 볼 때마다, 내가 왜 선생 짓을 하고 있나 자괴감이 들곤 했다. 반대로 고개를 똑바로 세우고 눈을 부리부리 뜨고 있는 학생들을 볼 때면, 더 열심히 수업 준비를 해서 더 많은 걸 주고 싶다는 마음이 샘솟곤 했고.

자세 하나가 타인에게 수많은 정보를 전달한다. 호랑이가 고양이처럼 웅크리고 있다면, 호랑이의 위엄은 찾아볼 수 없을 것이다. 호랑이는 늠름하게 서 있어야 호랑이다운 법이다. 수십 년의 우정과 결혼 생활을 한 순간에 산산조각 내는 건, 큰일이나 큰 것이 아니다. 그저 아무 생각 없이 무심코 내뱉은 '사소한' 말 한마디, 자기도 모르게 어느새 습관이 된 '사소한' 표정일 때가 대부분이다. 그런 사소해 보이는 말 한마디와 표정 하나가 상대방의 마음에 '나는 당신을 신뢰하지 않아'라는 대못을 박기 때문이다. 말 한마디에 천 냥 빚을 갚는다. 왜? 돈을 빌려준 사람의 마음에 감동을 줬기 때문이다. 가짜뉴스(루머, rumor)와 뒷담화가 보여주듯, 세 치 혀로 사람을 죽일 수도 있다. 왜? 어느 TV 광고처럼, 우리 삶의 대부분은 '마음'이 하기 때문이다. 작은 차이가 명품을 만든다. 명품만 주렁주렁 치장할 생각 말고, 스스로 명품이 되려고 노력하기를 바란다. 천박한 자신 위에 명품만 치장한 모습은 '회칠한 무덤'[10]일 뿐이고, 그렇다면 지금의 SNS는 공동묘지일지도 모르겠다.

---

10 〈마태복음〉 23:27~28

7

넌 도대체
누굴 닮았니?

자녀를 낳은 부모 스스로가 답하고 책임져야 할 것을, 왜 자녀에게 묻는가? 유전학적으로, 자녀는 부모 각각의 특성을 50%씩 지닌 채 태어난다. 부모 중 한 명의 유전자만 온전히 받아서 태어나는 자녀는 없다. 따라서 정확히 말하자면 '그 아버지에 그 아들' 즉 부전자전(父傳子傳)은, 남존여비(男尊女卑) 사상 속에서 만들어진 잘못된 말이다. 그렇다면 누굴 닮았냐는 말과 부전자전은, 대체로 '성향[성격]'을 가리키기 위해 사용되는 표현이라고 볼 수 있다.

'선천적인 유전자'와 '후천적인 상황 또는 노력'의 협업이 개인의 성향[성격]을 결정하는 주된 두 가지 요인이라는 사실을 모르는 사람은 없다. 다만 이런 사실이, 전자는 전적으로 '부모의 책임'이고 후자는 전적으로 '자녀의 몫'이라는 구분으로 그대로 옮겨갈 수 있는 건 아니다. 유전적인 문제 때문에 인위적으로 어찌할 수 없는 경우를 제외한다면, 후천적인 상황 즉 성장배경도 많은 부분이 부모의 책임이기 때문이다.

대부분 집의 구조를 보자. 현관을 들어서면 엄청난 크기의 TV와 소파가 센터를 차지하고 그 옆으로 대형 에어컨과 안마의자 또는 운동기구가 있는 거실과 트인 주방이 있다. 소파 위에는 각각 TV를 시청하거나 휴대전화와 게임에 빠진 사람들만 있을 뿐, 가족(家族)은 없다. 한집[가(家)]에 있긴 하지만, 같은 부류[족(族)]는 아니기 때문이다. 책은 찾아보기 어렵고, 있다고 해도 허울 좋게 서재라는 이름의 가장 작은방에 감금되어 있으며, 그 종류도 아이들 책 아니면 수필이나 소설 그러나 대체로는 주식 투자나 여행이나 요리책 아니면 부자를 만들어 준다는 종류가 대부분이다. 자녀들이 보고 자란 부모는, 늘 소파에 널브러져서 대화라고는 돈·연예인·음식·외모가 주된 주제고, 그것도 몇 마디 가지 않아서 말다툼이나 비난으로 끝나기 일쑤인 모습뿐이다. 이런 집안 인테리어 그리고 삶에 관한 품격과 깊이 있는 대화가 전무(全無)한 상태를 만들어 놓고, 비싼 학원만 보내면 다일까? 그런 환경 속에서 머리 좋고 공부 잘하는 자녀는 나올 수 있지만, 그런 환경 속에서 자녀가 주체적이고 인격을 갖춘 올곧은 사람으로 성장하기를 바라는 건 도둑놈 심보다. 물론 그런 자녀가 나올 수도 있다. 그러나 어디까지나 그건 예외일 뿐이다. 개천에서 용이 튀어나올 수는 있지만, 그게 평범하고 일반적이기를 바라는 건 절대 옳지 않다. 자녀가 문제인가? 그렇다면 그 책임은 부모에게 훨씬 더 많다.

8

우리 애는 절대
그럴 애가 아니에요!

사람은 누구나 수많은 상황마다 그에 맞는 페르소나(persona, 가면)를 꺼내 쓴다. 자녀의 수많은 페르소나 중 부모가 아는 건 두세 개에 지나지 않는다. 자녀가 혼자 있을 때, 형제자매와 있을 때 그리고 가족이나 지인 또는 친척들과 있을 때 정도뿐이다. 친구들과 있을 때, 선배들과 있을 때, 후배들과 있을 때, 어른들과 있을 때, 학교에서, 선생 앞에서, 그리고 친구들과 함께 후배를 대할 때, 친구들과 함께 선배를 대할 때, 친구들과 함께 모르는 사람들을 만날 때 자녀가 어떤 페르소나를 꺼내 쓰고 어떤 행동을 하는지는 거의 알지 못한다.

자녀의 행동을 결정하는 주된 원인이 자녀의 '본 모습' 즉 '자녀의 개인적인 성격[성향]'이라고 생각하고 있다면, 크나큰 착각이다. 이런 착각을 '기본적 귀인(歸因) 오류(Fundamental Attribution Error)[11]'라고 한다. 누군가의 행동에 대해 원인을 찾을 때, 상황보다는 "쟤는 원래 그런 놈이야!"라는 식으로 그 사람 자체의 기질이나 성향을 훨씬 더 중요한 원인으로 생각하려는 경향이다. '기본적[근본적]'이라는 건, 의식적으로 주의해서 신경 쓰지 않으면 대체로 그렇게 진행되기 일쑤인 '선천적이고 무의식적인 과정'이라는 의미다. '귀인(歸因)'이라는 건, '원인 또는 인과관계 찾기'를 말한다. 우리 뇌는 우연적이고 무질서하며 무의미하고 불확실한 것을 조금도 참지 못한다. 그래서 '패턴 완성'을 통해서 어떻게든 정보의 빈틈을 채워 넣는다. 그 결과 '인과관계'라는 나름의 '질서'가 형성되면서 세상의 모든 것이 '필연'으로 색칠되고, 그럼으로써 나름의 '의미'를 지니게 된다. 그러나 결국 이것은 '오류'를 피할 수 없다.

대체로 개인의 행동을 결정하는 주된 원인은 '상황'이고, 특히 청소년기라면 친구들과 함께 있을 때의 상황이다. 청소년기에 또래 집단은 거의 모든 판단의 준거틀이기 때문이다. 여기에 집단 개개인이 통제할 수 없는 '군중심리'와 헤겔의 '인정투쟁'까지 가미되면, 말 그대로 어디로 튈지 모르는 럭비공이 된다. 그런데도 특히 어머니들은, 자기 뱃속으로 난 아이라며 자기가 자녀를 가장 잘 안다고 착각한다. 그런 착각이 만들어 낸 환상이 바로, 우리 애는 절대 그럴 애가 아니라는 근거 없는 확신이다. 물론 자녀가 출생한 순간부터 집안

---

11   리처드 니스벳 & 리 로스, 『사람일까 상황일까(The Person and The Situation)』(1991)

에 온종일 있을 때까지는, 어머니가 자녀를 가장 잘 안다. 그러나 자녀가 유치원이든 학원이든 집 밖의 세상으로 걸음을 떼는 순간부터, 그 시간이 늘어나면 늘어날수록 자녀에겐 어머니가 도무지 알 수 없는 비밀이 생기고 커진다.

자녀가 친구들과 함께 나쁜 행동을 했다. 그런데 우리 애는 절대 그럴 애가 아니다. 그러면 누구 때문일까? 자연스레 남의 집 부모가 자녀를 잘못 키웠고, 그렇게 잘못 큰 친구가 우리 애를 꾀어내서 그렇다. 제대로 지도하지 못한 선생 탓도 크다. 우리 애는 친구를 잘못 사귀고 선생을 잘못 만난 죄밖에 없다. 나는 내 아이를 제대로 바르게 키웠으니까. 따라서 우리 애는 억울하고, 우리 애도 피해자다. 과연 그럴까? 오히려 나쁜 행동을 한 자녀는 부모의 가르침을 충실히 수행한 것은 아닐까? 많은 부모가 자녀를 다음과 같이 키운다. 자기 것부터 챙겨서 절대 손해 보지 말고, 무슨 일이든 앞에 나서지 말며, (약자보다는 강자의 편에 서거나 돈이 되는 쪽에 서라는 의미로) 줄을 잘 서고, 소수보다는 다수의 편에 서며, 어떤 식으로든 돈을 많이 벌어서 잘 먹고 잘사는 것이 최고라고 말이다.

또한 우리 애는 절대 그럴 애가 아니라는 호소는, 범죄 가해자의 부모가 언론을 상대로 알게 모르게 벌이는 물타기이기도 하다. 이런 식으로 가해자에게는 동정의 눈길이, 피해자에게는 '아니 땐 굴뚝에 연기 나랴!'라는 식으로 비난의 화살이 조금이나마 더 증가하게 된다. 평소에는 교양 있고 사람 좋은 척하다가도, 자녀에게 문제만 생기면 거의 모든 부모가 이런 식으로 돌변한다. '만인의 만인에 대한 투쟁(war of all against all)'[12]이다. 상황이 이렇다 보니, 자녀를 낳아 키우는 것이 불안할 수밖에 없다. 하지만 이것은 내가 모르는 누군가의 책임이 아니다. 우리 각자의 사고방식이 비뚤어져 있기 때문이다. 공자는 말한다. "군자는 자기 자신에게서 잘못을 찾고(군자 구제기, 君子 求諸己), 소인은 타인에게서 잘못을 찾는다(소인 구제인, 小人 求諸人)."[13] 누구에게나 보편적 감정인 질투심이나 시기심에서 '상대적 박탈감'이 자라난다. 이때 그 박탈감을 채우기 위해 자기 자신의 발전으로 눈을 돌려야 하건만, 대부분 사람은 타인과 사회라는 밖으로 시선을 돌려 희생양을 찾으려 한다. 그 희생양을 통해 자신의 현실과 이상과의 괴리를 모두 해소하고자 말이다. 그런다고 해소될 문제는 단 하나도 없다. 물론 정답과 가장 가까운 방법은, 자기 자신의 부족함을 채우려는 노력에 절반 이상의 에너지를 투입하는 동시에 사회의 부조리를 바로잡으려는 노력에 나머지 에너지를 투입하는 것이다. 음과 양은 늘 함께 다니는 법이니까.

---

12 토머스 홉스, 『리바이어던(Leviathan)』, 1651
13 공자, 『논어』 15편 「위령공(衛靈公)」

사례 하나. 2023년 7월 강원도 영월에서, 결혼을 전제로 동거 중이던 20대 후반의 남성이 20대 중반의 동거 여성을 회칼로 191회나 찔러서 살해하는 사건이 발생했다. 손바닥이나 주먹으로 상대를 열댓 번 때리는 것조차 힘이 쫙 빠진다. 그런데 칼자루를 쥐고 찌른 후 빼기를 191회나 했다는 건, 부처에게 108배 하듯 소위 목숨 걸고 하지 않는 이상 할 수 없는 일이다. 많은 사람이, 어찌 사람으로서 같이 살던 사람을 그렇게나 잔인하게 살해할 수 있냐고 탄식했다. 진실은 간단하다. '만물의 영장(靈長)'이라는 특권 의식에 사로잡힌 '사람'이니까 그렇게 할 수 있고, '무지(無知)'하니까, 즉 생각이라는 것 자체가 없으니까 그렇게 할 수 있는 것이다. 가족조차 신원확인을 할 수 없을 만큼 처절하게 난도질한 남자의 범행동기는 한심했다. 빚지는 걸 쉽게 생각하는 자신을 향한 잔소리가 짜증 나서 그랬단다. 그에게 내린 법원의 판결은 처참했다. 법원은 가해자가 범행 후 경찰에 자수한 점, 피해자 가족에게 약간의 위로금[유족보호금]을 지급했다는 점을 참작했다. 이 두 가지를 인정하기도 어려운데, 법원은 범행이 '우발적'으로 발생했다면서 가해자에게 징역 17년을 선고했다. 이런 법과 사법부를 어떻게 믿고 살 수 있을까? 다음은 가해자 어머니의 인터뷰 내용이다. "내가 내 자식이라서 그런 게 아니라, 너무 착한 애예요. 내가 할 말이 많지만, 죄인이니까 할 말을 꾹 참는 거예요. 범행동기는 모르겠어요. 따로 사는데 내가 어떻게 알아요? (내 아들이) 너무너무 억울하고, 나도 억울해요"라며 오열했다.

난 알지도 못하면서 절대 그럴 애가 아니라는, 자녀를 향한 부모의 근거 없는 확신을 믿지 않는다. 위의 사례처럼 말이다. 난 무지(無知)한 사람들의 타인에 대한 평가도 믿지 않는다. 그들은 오로지 표면적으로 눈에 보이는 것만이 전부인 줄 안다. 수많은 살인범에 대한 대부분의 주변 평가가, 절대 그럴 사람이 아니라거나 순수하고 착하고 조용한 사람이라는 것이기 때문이다. 사실 더 정확히 말하자면, 자기에게 잘해 주기만 하면 모든 면에서 좋은 사람이라고 확신한다.

사례 둘. 경기도 양주시 장흥면 석현리의 '장흥유원지'는 현재 '허경영랜드'로 불리고 있다. 그가 2017년 이곳에 '하늘궁'을 지은 후로 지금까지 그의 지지자들이 매주 수백 명씩 이곳을 찾고 있고, 허경영은 그들을 대상으로 개인당 3~10만 원 정도의 유료 강의를 진행하면서 현재는 그 일대의 건물 수십 채를 사들인 1,000억대 자산가가 되었다고 한다. 그곳까지 찾아가 돈을 내고 허경영의 강의를 듣고, 그가 선전하는 물과 기름 같은 물건들 그리고 300만 원짜리 '천국행 입장권'이라는 것을 사는 사람들, 그의 유튜브를 구독하는 수십만 명의 구독자들이 그를 부자로 만들어 준 셈이다. 그러나 허경영의 지지자들은 아니지만 허경영에게 고마움을 느끼고 허경영랜드가 더욱 번성하기를 바라는 이들이 있으니, 바로 그 주변 상인들이다. 그들은 그곳이 허경영랜드가 아니라 '범죄자양성랜드'였어도, 똑같이 고마움을 느끼고 더욱 번성하기를 바랄 것이다. 왜? 자기들을 먹고 살게 해주니까. 상인들을 욕하는 게 아니다. 오로지 먹고 사는 게 삶의 모든 영역에서 최우선인 모습이 안타까울 뿐이다. 자기에게 이익만 된다면, 뭐든 좋다는 식의 사고방식이 무서울 뿐이다.

사례 셋. 그렇게 물고 빨며 칭찬하더니, 라이벌 아스널에 패했다고 손흥민이 토트넘 역사상 최악의 주장이란다. 9년간 충성과 헌신을 쪽쪽 빨아먹더니, 동양인이고 나이 많다며 내칠 궁리만 한다. 지난 시즌 울버햄튼의 에이스라며 그렇게 추켜세우더니, 개막하고 이제 겨우 두어 달 지났건만 폼이 올라오지 않는다고 황희찬을 방출해야 한다는 막말을 내뱉는다. 팬들과 기자들과 해설자라는 사람들, 일희일비(一喜一悲)하는 그들의 말을 듣고 마음에 담아두는 순간, 우리는 삶의 방향을 상실하고 표류하는 난파선으로 전락한다.

그리고 여자의 눈물은 더더욱 믿지 않는다. 대부분 여성이 필요할 때마다 원하는 만큼 쏟아낼 수 있음을 너무도 잘 알기 때문이다. 남자들도 그렇지만, 특히 여자들이 고인을 입관할 때 눈물을 폭포수처럼 쏟아낸다. 자주 찾아뵙지 못해서 고생만 시켜서 잘못한 게 너무 많아서 미안하다며, 사랑한다고 자기 부모로 살아주셔서 그리고 부모님의 딸로 태어나 너무 감사하다는 말도 덧붙인다. 그런 그들이 그렇게 미안하고 사랑하는 부모의 장례를 정성

껏 그리고 자기 형편 내에서 최대한 이것저것 해드리려고 하기는
커녕, 도우미 여사의 하루 일당 10여만 원이 비싸다며 원활한 진
행을 위한 최소한의 인원조차 줄이려고 한다. 수의든 유골함이든
제단의 꽃이든 가장 싼 것만 찾는다. 겉보기에 똑같은데, 차이가
있으면 얼마나 있다고 가격이 그렇게나 다르냐며 마치 문제의 핵
심을 짚어낸 것 마냥 자랑스럽게 되묻기도 한다. 그런 사람들이
반소매 티는 4~5만 원, 신발은 10만 원 이하, 겨울 점퍼는 30만
원 이하 것은 입지도 신지도 않는다. 알리 익스프레스나 쿠팡에
접속해 보라. 겉보기엔 똑같은데 반소매 티는 5,000원, 신발은 2
만 원, 겨울 점퍼는 4만 원짜리가 널려 있다. 차이가 있으면 얼마
나 있다고 특정 브랜드만 선호하는 걸까?

장례비용은 모두 헛되고 아까운 돈이라고 생각한다. 나아가
자기들이 힘들게 모은 돈으로 장례를 치른다고 착각한다. 장례는
부의금으로 치르는 것인데도 말이다. 설혹 부의금 한 푼 없이 자
기들의 돈으로만 치른다고 해도, 평생 단 한 번 그것도 부모의 마
지막 길을 배웅하는데 그깟 돈 1,000만 원 쓰는 게 그렇게 아까울
까? 그런 사람들이 매년 자녀들과 해외여행을 계획하고, 생존과
관계없는 골프채 구매에는 수백만 원을, 그리고 선호하는 새 차
를 구매하는 데는 수천만 원을 쉽게 쓴다. 마음 한켠으로 부끄럽
기는 한가 보다. 어차피 돌아가신 마당에 잘해드리는 게 무슨 소용
이냐는 궤변을 늘어놓는 걸 보면 말이다. 살아계실 때 잘 못했다면,

돌아가셨을 때라도 잘해드리는 게 도리 아닐까? 살아계실 때 잘 못했으니, 돌아가신 후에도 잘할 필요가 없다는 게 말인지 막걸리인지 도통 알 수가 없다. 그러면서 자기 자녀는 끔찍이도 챙긴다. 그 자녀가 과연 뭘 보고 배울까? 후에 자녀들에 의해, 조류 인플루엔자나 광우병 또는 구제역에 걸린 동물들처럼 살처분 당하지 않으면 다행이리라!

9

내 너 그럴 줄
알았어!

거짓말이다. 좀 더 솔직해지자. 네가 그렇게 하리라는 나의 '객관적인 예측'이 맞은 게 아니라, 네가 그렇게 하기를 염원하던 나의 근거 없는 '주관적인 바람과 확신'에 부합하는 행동을 네가 우연히도 해준 까닭에 내가 기쁘다는 말이다. 소가 뒷걸음질로 파리를 잡은 격이지만, 어쨌든 내가 뭔가 똑똑한 사람이 된 듯한 기분이 들어서 좋다는 말이다. 이것은 '확증편향(確證偏向, confirmation bias)' 또는 '선택적 지각(selective perception)'의 전형적인 사례다. 사람은 자신이 보고 싶은 것만 보고 듣고 싶은 것만 들으려 한다. 아전인수(我田引水)다. 그렇게 해서 자신이 원래 가지고 있던 생각이나 신념이 옳았음을 '인정'받고 싶어 하는 욕망이다. 자신의 기존 생각이나 신념과 맞지 않는 정보는, 그것이 비록 진실이라고 해도 과감히 버린다. 아예 눈과 귀를 닫아버린다. 대부분 사람은 진실을 원하는 게 아니라, 자신이 잘났음을 자신의 판단이 옳았음을 인정해 주는 빈말을 원한다.

우리는 사이비 종교에 빠진 사람들이 '진실'을 몰라서 못 빠져나온다고 생각한다. 진실만 알려주면 그들이 우리 곁으로 돌아오리라 생각한다. 그러나 그렇지 않다. 첫째는 그들에게 진실을 알려줄 방법이 없다. 그들 자신이 이미 진실을 전혀 들으려 하지 않기 때문이다. 둘째는 혹여 그들이 진실을 알았다고 해도 빠져나오기가 힘들다. 친지나 가족이 연관되어 있어서일 수도 있다. 셋째는 사이비 종교에 대한 믿음을 부인하는 순간 그것이 옳았다고 판단해 온 자신의 어리석음이 드러나고, 그것은 곧 헤겔의 '인정(認定)투쟁'에서 노예로 전락하는 것처럼 가장 지질한 인간으로 전락함을 의미하기 때문일 수도 있다. 죽음보다 더 치욕적인 주홍글씨가 새겨져 평생 주위의 수군거림과 손가락질을 받게 되기 때문이다.

잘못임을 인지한 순간, 잘못을 시인하고 그 길에서 벗어나는 사람이 용기 있고 멋진 사람이다. 인정이란, 양심에 어긋나지 않는 범위 내에서 자신의 기준에 맞춰 자신이 자신에게 스스로 하는 것이다. 타인의 인정을 바라는 순간, 그 사람의 삶은 당나귀를 시장에 팔러 가는 아버지와 아들에 관한 이솝우화의 이야기와 똑같아진다. 자신과 주변 모든 사람의 삶을 망가트린다. 안타까운 건, 지금의 인터넷 브라우저와 유튜브 그리고 SNS 모두 우리를 확증편향이라는 우매함의 거품에 가두려고 혈안이라는 점이다. 내가 방문하고 본 것들과 유사한 것들만 끊임없이 필터링해서 추천한다. 이것을 '필터 버블(filter bubble)'이라고 한다. 그래서 인위적이고 의도적으로 이성(理性)의 스위치를 켜고 그 상태를 유지하려고 노력하지 않는한, '호모 사피엔스'인 우리는 곧 멸종에 직면할 것이다.

'기본적 귀인 오류'처럼, 다양하고 변화하는 상황보다는 고정된 개인만 쳐다보고 판단하는 게 훨씬 편하고 쉽다. 그리고 사람의 본성상 특별한 계기나 이득이 없는 이상 현재의 행동이나 성향이나 믿음을 바꾸려 하지 않는 '현상 유지 편향(status quo bias)'을 갖고 있기 때문에, 그렇게 하는 것이 어떤 측면에서는 당연하기도 하다. 현상 유지 편향은 자기 자신의 가치를 과대평가함으로써 발생한다. 사람들은 대체로 자기 능력과 특성을 과대평가하고, 미래의 성공 가능성을 낙관하는 경향이 있다. 특히 남들도 자기와 같은 생각을 지니고 있다고, 즉 자기의 생각이 곧 대부분의 생각이라고 착각하기도 한다. 그래서일까? "다시 태어날 수 있다면, 누구의 삶으로 태어나고 싶습니까?"라는 질문에, 의외로 사람들은 다시 자기 자신으로 태어나고 싶다고 답한다. 아무리 단점이 많다고 해도, 자기의 삶을 다른 사람의 삶으로 대체하고 싶어 하지는 않는다는 건데, 이것을 '소유[보유] 효과(endowment effect)'라고 한다. 어떤 것을 가지고 있지 않을 때보다 가지고 있을 때, 그 가치를 더 높게 평가한다는 것이다. 그렇다면 알고 있거나 조금이라도 들어본 것이 더 좋다며 집착하는 '인지도(認知度)'의 위력도 이해되고, 새로운 상품이나 시스템이나 사람이 초기 단계에서는 대체로 기피되는 현상도 이해된다. 익숙함에 한 표 던지는 셈이다.

10

불가능은
없다!?

아니! 있다. 있다고 주장하는 근거는 네 가지다. 첫째 우리는 불완전한 존재다. 따라서 우리가 할 수 없는 게 할 수 있는 것보다 훨씬 많을 수밖에 없다. 물과 음식 없이 살 수 없고, 혼자서도 살 수 없다. 상처를 받지 않고 살 수 없고, 사랑 같은 감정 없이도 살 수 없다. 둘째 타고난 신체적·정신적 능력과 주위 환경은 내 성취의 근거가 되는 동시에 태생적 제약이 되기도 한다. 아무리 노력한다고 해도 아무나 손흥민 같은 선수가 될 수 없고, 아무나 서울대학교에 입학할 수도 없다. 셋째 세상은 끊임없이 변한다. 그런 변화가 우리에게 불가능한 과제를 내밀 때가 한두 번이 아니다. 아픈 지구를 예전의 건강한 상태로 되돌릴 수 없고, 민주주의를 포기하고서 예전 왕정 체제로 돌아갈 수도 없으며, 이젠 자본주의를 포기할 수도 없다. 넷째 '불가능은 없다'라는 말은, 우리 각자가 번-아웃(burn-out) 될 때까지 스스로를 착취하게 만드는 악마의 속삭임이다. 불가능이 없다는 말이 사실이라면, 스스로 설정한 수많은 목표 중 이룬 게 거의 없는 나는 자연스럽게 무가치한 사람 또는 쓰레기로 규정된다.

끊임없이 변화하는 세상과 삶 속에서 불완전한 우리가 집중해야 할 것은, '결과'가 아니라 '과정'이다. 뭔가를 '해내는 것'이 중요한 게 아니라 부딪쳐서 '해보는 것'이 중요하다. 늘 졸업은 입학으로 이어지고, 뭔가를 성취하는 순간 새로운 도전과제가 얼굴을 내민다. 이것이 끝일 듯해도 어김없이 저것이 시작되는 게 삶이다. 따라서 삶은 '끊임없는 과정의 연속'이다. 하나의 결과를 하나의 매듭으로 생각할 수 있다면, 삶은 듬성듬성 이어진 '끊임없는 매듭의 연속'이다. 사례 하나. 고등학교를 마치고 곧바로 대학에 입학한다면야 그보다 좋을 게 없지만, 대입을 반드시 1년 안에 해내야 한다는 법은 없다. 자신이 원하는 대학과 학과에 3~4년이 걸려서라도 입학할 수 있다면, 칭찬받아 마땅하다. 친구들보다 3~4년이 늦은 것처럼 느껴지겠지만, 절대 그렇지 않다. 서른만 넘으면 다 거기서 거기다.

'삶은 마라톤'이라고 한다. 42.195km를 뛰어야 하는 마라톤에서, 50m마다 자기 위치를 체크하고 뒤를 돌아보며 후회하는 건 에너지를 낭비하는 어리석은 짓이다. '삶은 야구'일 수도 있다. 자신이 남들보다 한참 뒤처진 것처럼 생각되는가? 그렇다면 기껏

해야 4~5회쯤 5:0으로 지고 있다고 생각하면 된다. 매회의 점수 차는 아무것도 아니다. 9회 말이 끝나고서야 경기의 '결과'가 확정되는 것이니까. 만약 결국 경기에 졌다면? 그래도 괜찮다. 1년 144경기 중 이제 겨우 하나 또는 몇 경기만 졌을 뿐이니까. 요기 베라[14]의 명언 중 하나인 '끝날 때까지 끝난 게 아니다(It ain't over till it's over)'라는 말의 의미도 바로 이것이다. 결과를 평가하는 때 그러니까 최종 판단을 내리는 '끝날 때'라는 건, 우리 육체의 숨이 멎을 때가 아니라면 우리가 '포기하는 순간'뿐이다. 그러니 그전까지는 결과에 집착하지 마라! 결과는 잠시 옆으로 밀어 놓은 채, 일단 무엇이든 최선을 다해 덤비고 도전하라! 최선을 다하라는 건, 할 수 없는 일을 무리해서 하라는 것이 아니다. 자신이 할 수 있는 일을 할 수 있는 만큼 하는 것, 그런데 어느 정도까지가 자신이 할 수 있는 만큼인지 모르기에 끊임없이 자신의 한계를 부숴 나가려고 노력하는 것, 그것이 최선을 다하는 것이다. 그런 삶을 살았다고 자부하게 될 때, 진정 행복한 삶이었다고 만족할 수 있을 것이다. 스스로가 만족하는 삶이 진정 행복한 삶이며, 스스로 만족하기 위해서는 스스로가 할 수 있는 최대한의 노력을 기울이라! 나이키의 광고문

---

14 요기 베라(Lawrence Peter Yogi Berra)는 뉴욕 양키스의 영구결번(No.8) 포수로, 18회나 올스타에 선정되었고 1972년 명예의 전당에 헌액되었다. 1973년 요기 베라가 감독을 맡고 있던 뉴욕 메츠가 내셔널리그 동부 지구 최하위에 있었고, 선두 시카고 컵스와는 9.5게임 차였다. 이렇게 시즌이 끝난 것 아니냐는 기자들의 질문에 대한 대답이 바로 이 유명한 말이었고, 그해 뉴욕 메츠는 월드시리즈까지 진출하는 기적을 일궈냈다.

구처럼, 일단 무엇이든 하라(Just Do It)! 중요한 건, 해내는 게 아니라 하는 거니까! 하고 나서 분석하고 수정하고, 그리고 다시 하기를 반복하라! 그렇게 하는 순간순간이 쌓여 비로소 '자존심'이 아닌 '자존감'을 지닌 나 자신이 되어 가는 것이다.

많은 스포츠 분야의 감독들 그리고 해설자들은 흔히 최선을 다하면, 그러니까 자기 스윙을 하거나 자기 투구를 하거나 자기 바둑을 두면 '좋은 결과가 따라올 것'이라고 말한다. 이제 이런 새빨간 거짓말은 하지 말자. 상대 선수도 나만큼 최선을 다했다면? 그렇다고 둘 다 승자가 되는 것도 아니고, 과정에 따라 패배가 아름다울 수는 있어도 결코 '좋은 결과'라고는 할 수 없다. 우리가 어떤 일이든 최선을 다해야 하는 이유는, 그래야만 후회나 미련이 남지 않는 후련함 속에서 깨끗이 승패에 승복할 수 있고 그 마음과 기분을 앞으로의 발전을 위한 밑거름으로 삼을 수 있기 때문이다.

결과에 대한 집착 없이 마땅히 해야 할 일을 하는 행위를 '아카르마[무(無)행위, akarma]'라고 한다. 동중정(動中靜)·색즉시공(色卽是空)처럼 일상적인 행위(카르마, karma) 속에서 아카르마를 행하고, 정중동(靜中動)·공즉시색(空卽是色)처럼 아카르마 속에서 카르마를 행하는 사람이 깨달음을 얻은 지혜로운 사람이다. 행위의 결과에 대한 집착을 포기하고 우연에 의해 주어진 모든 것(범사, 凡事)에 만족하며(아모르 파티, Amor fati) 어떤 것에도 치우치거나 의존하지 않고 음과 양을 평등하게 보고 똑같이 최선을 다해 행동하는(카르페 디엠, Carpe diem) 사람이, 아무것도 사사로이 행하지 않는 사람이다.

…… 『바가바드 기타(Bhagavad gita)』4장 17~18, 20절

가장 단순한 관점에서 말하자면, 삶과 죽음은 이렇다. 세상과 모든 생명체는 끊임없이 변화한다. 살아있다는 건, 끊임없는 움직임이다. 살아있다는 건, 한순간도 멈춰 있지 않음이다. 움직임은 행동이고, 모든 것이 연결되어 있는 세상과 삶 속에서 나비효과처럼 결과를 예측할 수 없는 어떤 변화를 일으키는 것이며, 예측할 수 없는 변화와 결과에 대한 불안과 고민과 고통뿐만 아니라 기대와 희망과 기쁨도 초래한다. 거꾸로 말하자면, 신체든 정신이든 움직이지 않고 '정지'되어 있다는 건 '죽어 있음'이다. 그런 상태에서는, 부패되어 간다는 단 하나의 변화 외에는 어떤 변화도 일어나지 않는다. 그러니 툭하면 편한 것만, 휴식만 찾으려고 하지 마라! 서 있으면 앉고 싶고, 앉으면 눕고 싶고, 누우면 자고 싶은 우리의 본성과 매 순간 싸우고 극복하라! '인간은 (매 순간) 극복되어야 할 그 무엇 (Man is something that should be overcome (every single moment))' 이라고 외친 니체의 '위버멘쉬(Übermensch)'가 돼라!

비슷한 맥락에서 '노력은 배신하지 않는다'라는 말도 짚고 넘어가야겠다. 일단 배신하지 않아서 얻는 결과 즉 핵심을 은폐하고 있다. 노력이 배신하지 않고 이루어지는 '때'가 언제인지에 대한 언

급이 없다. 하지만 대체로 맞는 말이다. 노력은 '결코' 배신하지 않는다. 뇌든 몸이든 노력하는 과정 하나하나가 새겨지기 때문이다. 다만 새겨지는 양과 강도(剛度)에 있어서 개인차가 있음은 인정해야 한다. 내가 아무리 밟는다고 해도, 내 승용차로는 고급 스포츠카의 꽁무니를 따라가는 것도 버겁다. 내가 아무리 많은 책을 읽고 그 내용을 기억하려고 해도, 기억력이 현저히 떨어지는 나로서는 기억력 좋은 사람이 건성건성 읽거나 들어서 말하는 것의 절반만큼도 그 내용을 기억하지도 말하지도 못한다. 아무리 노력해도 쥐는 쥐고, 고양이는 고양이다. 쥐가 고양이가 될 수는 없다. 사람의 능력은 각기 다르기에, 최선을 다한 뒤에 얻어지는 결과도 각기 다르다. 쥐로 태어났다면 각고의 노력을 통해 최고의 쥐가 되려 하고, 고양이로 태어났다면 각고의 노력을 통해 최고의 고양이가 되려 하는 게 최선이다. 최선을 다해서 노력했으면 됐다. 그것으로 충분하다. 성취는 끝이 아니고, 나아가 성취는 우리가 좌지우지할 수 있는 성질의 것도 아니다. 가령 자기를 향한 타인의 마음이나 날씨처럼, 스스로 통제할 수 없는 것을 염려하고 걱정하면서 에너지를 낭비하는 것이 가장 어리석은 짓이다. 스스로 통제할 수 있는 것만 걱정하고 염려하는 훈련이 필요하다. 해야 하고 할 수 있는 것에 모든 에너지를 쏟아서 최선을 다하자[진인사(盡人事)]. 결과는 하늘의 뜻을 기다리면 될 일이다[대천명(待天命)].

11

모나지 않고
둥글둥글하게 살아야 한다

성격을 쉽게 바꿀 수 있다면야 문제 될 게 없지만, 그렇지 않
기에 문제다. 자녀를 걱정하는 부모의 마음이야 충분히 이해하지
만, 오히려 둥글둥글하게 사는 게 모나게 사는 것보다 좋지 않을
때가 훨씬 더 많다. 동그라미는 누구에게나 쉽게 다가갈 수 있다는
장점이 있지만, 그 누구와도 단단한 결합을 이루지 못한다는 단점이
있다. 모난 세모와 네모와 평행사변형과 마름모 등은 누구에게나 쉽
게 다가가지 못한다는 단점이 있지만, 웬만한 것들과도 틈새 없이 단
단한 결합을 이룰 수 있는 게 장점이다. 동그라미는 자기 위에 누구
도 두려고 하지 않지만, 모난 것은 원하는 만큼 높이 쌓을 수 있다.
동그라미는 눈에 띄는 단점은 없는 듯하지만, 마찬가지로 내세울
만한 자기만의 개성이나 전문적인 능력 또한 없다.

둥글둥글하게 살라고 말하는 사람들은, 결국 '주위에 적(敵)을 만

들지 말라'고 말하는 셈이다. 그러나 그건 불가능하다. 세상 그 무엇도 음과 양 중 하나를 완전히 없앨 수는 없기 때문이다. 교황의 나라인 이탈리아가 마피아의 나라이기도 하듯이, 음과 양은 동일한 하나 속에 늘 함께 공존할 뿐 100% 양 또는 100% 음은 존재하지 않는다. 아무 이유 없이 나를 좋아하는 사람이 있으면, 반드시 아무 이유 없이 나를 싫어하는 사람도 있기 마련이다. 국가나 단체의 정책 결정 과정에서 사회의 악(惡)이나 교육제도의 모순을, 좁게는 개인적인 목표 설정 과정에서 자신의 단점을 '완전히' 없애려는 발상 자체가 틀렸다. 문제는 악이나 모순이나 단점이나 나를 싫어하는 사람을 얼마나 '최소화'할 수 있느냐지, 한 명도 없게 만드는 게 아니다. 그건 불가능하기 때문이다. '완전함'은 우리의 이상(理想)과 교과서에만 존재할 뿐이다. 종교의 창시자를 포함해 역사상 위대하다고 평가받는 사람들인 노자, 장자, 공자, 맹자, 석가모니, 차라투스트라, 소크라테스, 플라톤, 아리스토텔레스, 알렉산더 대왕, 카이사르, 아우구스투스, 예수, 베드로, 바울, 세종대왕, 이순신, 갈릴레이, 뉴턴, 아인슈타인…. 이들 중 적이 없는 사람 또는 적이 몇십 명 몇백 명도 되지 않았던 사람은? 단언컨대 없다.

둥글둥글하게 살라고 말하는 사람들은 일반적으로 타인을 좋게 평가하는 경향이 있다. 그래서 웬만하면 누구에게나 '호의(好意)'를 베푼다. 그러다가 좋지 않은 일이 생겨서 사이가 틀어지면, 배신당했다고 이제는 사람을 만나는 게 두렵고 사람을 믿지 않겠다며 '착한 사람 코스프레(costume play)'를 펼친다. 타인을 좋게 보는 건, 물론 좋은 성향이다. 다만 구별은 분명히 해야 한다. 호의는 특정 호의가 베풀어질 때마다 계속해서 고마워할 줄 아는 사람에게만 베풀어야 한다. 이렇게 매번의 호의를 독립사건으로 받아들일 줄 아는 사람은 당연히 극소수다. 대다수는 한두 번 고마워하다가 이후부터는 자기에게 호의를 받을 만한 뭔가가 있어서 받는 당연한 '권리'로 착각한다. 이성이라는 '시스템 2'의 스위치를 꺼놓고 있는 탓에, 늘 익숙함과 습관화에 완전히 지배당하기 때문이다.

사례 하나. 미모와 재력을 모두 겸비한 28세의 홍콩 모델 애비 최(Abby Choi Tin-fung)가 2023년 2월 21일 실종되었다. 조사 결과, 그녀는 전(前)남편인 알렉스 콴과 그의 가족들 즉 그녀의 전(前) 시댁 식구들에 의해 살해당한 것이었다. 3일 후인 24일, 그녀의 머리는 냄비 안에 그리고 그녀의 양손은 냉장고 안에서 발견되었다. 범행동기는 황당하고 허무했다. 애비 최는 이혼 후에도 전남편의 형을 자신의 운전기사로 채용하고, 매달 전 시댁 식구들에게 넉넉하게 생활비를 주었으며, 700억이 넘는 그녀 소유의 집에 전 시댁 식구들을 무료로 살게 했다. 세상에 이런 호의가 또 어디 있겠는가? 그러다가 그 집을 팔아야 해서 다른 집을 구해 드릴 테니 그곳으로 이사를 해야 한다고 말하자, 자기들을 내쫓는다며 격분한 전 시댁 식구들이 애비 최를 잔혹하게 살해했다.

사례 둘. 난 공짜와 서비스를 무척 싫어한다. 편의점에서든 마트에서든 내가 필요한 개수만큼 물건을 샀는데, 1+1 또는 2+1이니 하나나 두 개를 더 가져오라고 한다. 그럴 때마다 난 괜찮으니 그냥 계산해 달라고 부탁하면, 대부분 직원이 나를 이상하게 보거나 헛웃음을 지어 보이곤 한다. 그러나 나와 달리, 많은 사람이 짜장면 서너 그릇을 주문할 때면 '서비스'로 군만두가 반드시 와야 한다고들 생각한다. 틀렸다. 여러분이 주문한 건 짜장면 서너 그릇이다. 그렇다면 짜장면 서너 그릇만 배달되어야 하는 게 당연하고 옳다. 군만두는? '서비스'다. 서비스는 말 그대로 주인 마음이다. '당연히' 받아야 할 것이 아니라, 안 주는 게 당연하고, 주면 고마운 것이다. 몇 번이고 줄 때마다 고마운 것이고, 몇 번이고 그럴 때마다 고마워할 호의다. '이번에도 줬으니 다음에도 반드시 주겠지' 하는 마음은, 각각의 사건이 독립적임에도 불구하고 연속성을 갖고 있어야 한다고 착각하는 '도박사의 오류(gambler's fallacy)'다. '다른 중국집은 다 주는데' 하는 생각은 일종의 '내로남불'이다. 누군가가 자기를 타인과 '비교'하면 기분 나쁘다고 펄펄 뛰면서, 자기는 모든 걸 비교하는 셈이니까. 그리고 '다수결'은 민주주의 제도 내에서 이견(異見)을 조율하는 방법의 하나에 불과할 뿐, 삶의 모든 영역에 적용할 수 있는 원칙은 절대 아니다. 따라서 많은 사람이 한다고 나도 당연히 그렇게 해야 한다는 생각은 노예근성이고, 많은 가게가 그렇게 하니까 당신네 가게도 당연히 그렇게 해야 한다는 근거 없는 강요는 적반하장(賊反荷杖)이다. 다시 한번 강조한다. 삶에서 '당연함'을 제거하지 못하면 '감사'와 '감동'은 질식되어 사라지고, 그렇게 되면 각 개인은 사회 구성원으로서의 자격을 박탈당해도 싼 처지가 된다. 타인과 더불어 살아갈 바탕이 사라진 것이기 때문이다.

많은 사람이 팃포탯, 즉 욕을 들었다고 같이 욕하고 한 대 맞았다고 같이 한 대 때리는 건 상대방과 똑같은 사람이 되는 거라고 말한다. 사람들은 폭력이나 살인은 '어떤 상황에서도' 정당화될 수 없다고 말한다. 과연 그럴까? 누군가 나와 내 가족의 생명을 위협하는 상황에서조차도, 폭력은 정당화될 수 없을까? 북한이 전쟁을 개시한 상황에서조차도, 살인은 정당화될 수 없을까? 우리나라만 정당방위의 범위가 매우 좁을 뿐, 다른 나라는 그렇지 않다. 폭력이나 살인은 최대한 자제되어야 한다는 데는 나도 동의한다. 그러나 그것들 자체가 아예 완전한 악이라는 식으로 말하는 것에는, 라인홀드 니버[니부어]와 마찬가지로 나도 반대한다. 많은 사람이 흔히 말한다. 사람들은 똥인지 된장인지 꼭 먹어 봐야 안다고, 말로 해서는 안 되고 꼭 맞아야 정신을 차린다고 말이다. 만약 이런 말들이 얼추 맞다면, 가해자나 범죄자를 대화로 교화하려는 시도가 효과가 있을까? 그들이 과연 우리의 마음에 공감해서 스스로 개과천선(改過遷善)할 수 있을까? 수많은 뉴스와 범죄 관련 프로그램과 통계를 보라. 어림도 없는 생각이다.

나쁜 사람에게조차 둥글둥글하게 대한다면 즉 최선을 다해 베푼다면, 좋은 사람에게는 그 이상의 무엇으로 어떻게 보답할 텐가? 모든 상황에서 모든 사람에게 똑같은 선(善)을 베푸는 건 가해자[나쁜 사람]와 피해자[좋은 사람]의 인권을 동등하게 취급하는 것과 다름없고, 그것은 결과적으로 가해자의 인권은 더 고려하고 피해자의 인권은 짓밟는 셈이 된다. 이것이 과연 공정한 행동일까? 이것을 과연 정의(正義)라고 할 수 있을까? 모든 상황에서 모든 사람에게 똑같은 선을 베풀어야 한다고 말하는 사람은, 오로지 '자기만족'만을 추구하는 이기적인 관점의 소유자일 뿐이다. 그런 행동은 자신에게 선하게 대한 사람들에게는 굉장한 실례가 되고 악인들에게는 면죄부를 부여해서 더 악한 행동을 서슴없이 하도록 부추기는 촉발제가 되는 게 현실이다. 적을 만들지 않으려는 사람은, 대체로 매 순간 주변의 눈치를 보고 다른 사람들의 생각을 넘겨짚느라 자신의 시간과 삶을 낭비하곤 한다. 자신의 시간은 자신을 돌아보고 분석하고 수정하는 데 써야 한다.

받아들이기 어려울 수 있겠지만, 현실적이고 실제적인 조언을 하자면 이렇다. 첫째 가장 먼저 자신의 가치관과 양심에 어긋나지 않는 목표와 개성과 세상을 살아갈 자기만의 무기를 만드는 데 집중하라. 단점은 고칠 생각 말고 정확히 파악만 해둔 채, 장점을 키우는 데 모든 힘을 써라. 둘째 친구와 적을 명확하게 구별해서, 친구는 철저히 챙기고 적은 가능하다면 설득해서 친구로 만들라. 셋째 끝내 적으로 남은 사람에게는 조금의 시간도 에너지도 쓰지 말라. 철저히 무시하고, 혹여 싸움이나 경쟁이 붙었다면 철저히 짓밟으라. 친구들만 챙기기에도 부족한 시간과 에너지를 적에게 쓰는 것처럼 바보 같은 짓은 없다.

여담(餘談) 하나. 대체로 양심은 개인이 느끼는 감정이어서 주관적이라고 생각하지만, 오히려 '사회적 양심'이나 '시대적 양심'이라는 용어처럼 사회적인 성격을 띤다. 이것은 시대마다 지역마다 문화마다, 양심의 가책(呵責)을 느끼는 언행이 다르다는 사실에서도 알 수 있다. 조선 시대 때는 여성의 교육을 금지하는 아버지 중 누구도 양심의 가책을 느끼지 않았을 테지만, 지금 시대에 여성의 교육을 금지하는 아버지는 가책 또는 약간의 찜찜함을 느낄 것이고 그도 아니라면 적어도 주변의 시선 정도는 의식할 것이다. 양심의 내용은 특정 시대와 지역과 문화와 공동체가 암묵적으로 합의한 '사회적 산물'이고, 양심의 정도(程度)는 수련(修練)과 교육의 정도에 따른 '개인적 산물'이다. 양심의 힘은 생각만큼 그렇게 강하지 않다.

'모난 돌이 정(釘) 맞는다'라는 말도 있다. 비유 자체가 '돌'이니, 석공(石工)을 예로 들어 보자. 그게 그거인 수많은 돌은 석공의 눈에 들어오지 않는다. 눈에는 보였다고 해도 기억에 남지 않는다. 따라서 그런 돌들은 실제로는 있지만, 석공에게는 존재하지 않는 것과 다름없다. 석공이 망치와 정으로 내려치는 돌은, 석공의 계획에 부합하거나 아니면 일단은 그렇게 보이는 특별한 돌이다. 길가나 해변의 작은 돌이 아니라 대리석이나 보석이다. 정을 맞는다는 건, 특별한 쓰임새가 있다는 뜻이다. '특별한[특이한·뛰어난·내가 찾던] 돌만이 제련 과정이라는 단련의 시간을 거친다. 정을 맞은 모난 돌은, 이후 수많은 사람의 감탄과 찬사를 한 몸에 받게 되리라. '신(神)은 자신이 선택한 사람에게 더 큰 시련을 준다'라는 말도 같은 뜻이다. 특별히 예쁘거나 특이하거나 내가 찾던 이상형만이 눈에 띄고 기억에 남는다. 어디에 있는지 어떻게 생겼는지 누구에게도 지각[인식]되지 않는 존재감 없는 수많은 돌 중 하나로 파묻혀 살다가 이름 없이 세상을 떠나고 싶지는 않다. 나에게 있어서 내 삶은, 그렇게 소비하기엔 너무도 아까울 만큼 소중하기 때문이다.

12

좋은 게
좋은 거 아냐?

예나 지금이나 그 어떤 사회든 간에, 평화를 달성하기 위해서
는 어쩔 수 없이 어느 정도 불의와 타협하지 않을 수 없다. 음과
양 중 어느 하나도 완전히 없앨 수는 없기 때문이다. 따라서 부정
과 불의에 맞서 싸우려는 사람은, 언제나 평화를 위협한다는 비난을
받게 되는 불리한 처지에 놓이게 된다.[15] 이런 이유로 '좋은 게 좋은
거'라는 말은 모든 일을 '정확히'가 아니라 '대충' 덮고 가자는 것이
고, 기초가 부실한 건물을 짓자는 야합(野合)이다. 결국 그렇게 덮인
내부에서는 온갖 부식(腐植)과 부패가 진행되어 썩은 내가 진동하
게 된다. 해방 이후부터 온갖 정책과 사건을 이런 식으로 처리한
결과가 지금 우리의 모습이다.

---

15 라인홀드 니버[니부어](Reinhold Niebuhr), 『도덕적 인간과 비도덕적 사회(Moral Man and
Immoral Society)』(1932)

중요한 점은, 도대체 누구의 관점에서 '좋은 게' 누구에게도 '좋은 거'라는 말인지 그 주체와 대상을 철저히 숨기고 있다는 사실이다. 그래서 '쿠이 보노(Cui bono)?' 즉 '누구의 이익인가?'라는 '수혜자 질문'을 반드시 할 필요가 있다. 이명박 전(前) 대통령이 대통령 출마할 때 내건 '경제를 살리자'라는 슬로건이 생각난다. 많은 사람이 묻지도 않고 표를 줬다. 그러고는 5년 후 속았다고 욕을 했다. 그러나 내가 보기엔 이명박 대통령은 사람들을 속이지 않았고, 약속대로 경제를 살렸다. 그가 살리겠다고 약속한 경제는 '기득권 세력의 주머니'였으니까. 제대로 정확히 그 대상을 묻지도 않은 채 자신들의 주머니겠거니 자발적으로 착각한 서민들, 그들의 무지함이 잘못이었다.

'좋을 때다'라는 말도 비슷한 맥락이다. 친구의 즐거움을 만끽하는 학창 시절의 10대, 슈퍼맨처럼 무엇이든 다 할 수 있을 것만 같은 혈기 왕성한 20대, 일과 사랑에 빠져 시간 가는 줄 모르면서 가정과 사회적 기반을 잡아가는 30대, 일의 성취감을 느끼는 동시에 가정과 사회에서 핵심 역할을 담당하는 40대, 살아온 날들보다 살아갈 날들을 염려하기 시작하는 50대, 은퇴와 노후의 시작이라는 이중의 스트레스에 불안감과 조급함이 엄습하는 60대, 친구와 주변 사람들의 사망 소식이 남 일 같지 않게 다가오는 70대, 혼자 거동하고 보고 듣고 말하는 일에 큰 장애만 없어도 건강하다고 평가받는 80대, 이 정도면 살 만큼 살았다는 생각과 함께

그간 아쉽고 미안했던 일들만 기억에 남는 90대.

누구의 관점에서 뭘 하기에 좋을 때라는 말인지 주체와 목적을 숨기고 있긴 하지만, '좋을 때다'라는 말은 굳이 수혜자 질문을 할 필요는 없어 보인다. 대다수가 자신이 겪고 있는 현재가 너무 힘들어서인지, 지나온 세월을 '좋을 때'로 느끼기 때문이다. 아직 살아보지 않은 미래는 알 수 없으니 두려워서일까? 그래서 20대는 20대가 가장 좋을 때인지 모른 채 10대 때를 부러워하고, 30대는 30대가 가장 좋을 때인지 모른 채 10대와 20대 때를 부러워한다. 이것은 동양인들의 특징이기도 하다. 동양인은 미래보다는 과거로 눈을 돌리고 과거를 동경한다. 늘 노동에 찌들어서인지 동양인이 그리워하는 지상 낙원은 '무릉도원'이고, 늘 배를 곯아서인지 산해진미가 가득한 '용궁'이며, 늘 지배받는 것에 익숙해져서인지 성군(聖君)으로 포장된 지배자나 독재자가 모든 걸 제공하고 통제하는 '태평성대(太平聖代)'다. 어찌 보면 주체성과 적극성이 부족한 모습 같기도 해서 안타까울 때가 많다.

개인적인 관점에서 '좋을 때'란, 한 곳에 안주해서 편하게 놀고먹기 좋을 때가 아니라 끊임없이 뭔가를 하고 도전하기에 좋을 때를 의미한다. 10대는 다방면에 걸친 공부와 다양한 친구 사귀기에 좋을 때였고, 20대는 인생을 설계하고 꿈을 구체화하면서 준비하기에 좋을 때였으며, 30대는 내가 설계하고 정한 꿈은 아니었지만 여하튼 일에 미쳐서 10년을 한 달처럼 느낀 좋을 때였고, 40대는 어느 정도 옆도 볼 수 있어서 부족하다고 생각해 오던 걸 보충하기에 좋을 때였으며, 50대는 내 삶을 정리하는 중간 점검의 시간으로 좋을 때고, 60대는 여유롭게 새로운 제2의 인생을 설계하고 다양한 취미 활동에 도전해 보기에 좋을 때라고 생각한다. 여러분에게 '좋을 때'란?

13

난,
아무거나 상관없어

가만히 있어서 중간이라도 가려는 사람들이, 모나지 않고 둥글둥글하게 살아야 한다는 사람들이, 좋은 게 좋은 거라고 말하는 사람들이, 밥 먹듯이 하는 말 중 하나다. 익명성의 뒤에 숨어서 모든 책임으로부터 도피하려는 사람들이 스스로 창피한 줄도 모른 채 내뱉는 말이다. 자기 삶의 모든 결정권을 타인에게 기꺼이 전면(全面) 양도하고서 사람에서 동물로 다운그레이드(downgrade)한 사람들의 사고방식이다. 개성도 없고 존재감도 없이 발에 채는 수많은 돌 중 하나여도 괜찮을 만큼의 하찮은 삶을 사는 사람들의 자기 고백이다.

그런데 그렇게 입 닥치고 살자니 심심한가 보다. 이런 사람들이 대체로 뒷담화의 대가(大家)들인 걸 보면 말이다. 아무거나 상관없다면서, 무엇하나 흔쾌히 찬성하지도 않는다. 모든 게 불만이다. 아무거나 상관없다고 내가 먹는 걸 먹겠다고 해 놓고선, 막상 음식이 나오면 투덜대기 일쑤다. 아무나 상관없다며 투표권 행사를 포기해 놓고선, 당선자들과 투표한 사람들을 욕하기 바쁘다. 반대로 자기 생각과 주장을 정확하게 표현하는 사람들을 향해선 '남들도 다 그렇게 하는데, 왜 너만 유별나게 구냐?'며 시기와 질투심이 섞인 비난을 던지기도 한다. 참으로 지질하고 못난 모습이다.

난 아무거나 상관없지 않다. 남들이 하든 말든, 나는 남들과 다르니까. '중간'이요, '평균값'이고, '대중'이며, '다수'이고, '타인[남]'이며, 늘 변화하는 '시대의 흐름'이고, 빠르게 지나가는 '유행'일 뿐인 남들과 똑같은 사람이 되기 싫으니까. 나는 이 우주에서 유일하고 고유하고 특별한 존재니까. 나는 스스로 내 삶을 설계하고 개척해 나갈 권리와 의무를 동시에 지닌 인격체니까. 단 한 번뿐인 내 삶의 주인이 바로 나니까. 나는 소중하니까. 한 번뿐인 인생, 나라는 존재가 다녀갔다는 흔적 정도는 역사에 남겨야 성에 찰 것 같은 큰 포부를 지녔으니까. 그래서 나는 남들의 선택에는 무관심한 채, 내 삶의 기준에 따라 선택해야 할 것을 선택해 나갈 뿐이다. 남이 한다고 나도 해야만 한다는 법은 없다. 오히려 그렇게 되면, 나는 주체인 '나'를 잃고 '남들 속의 하나'라는 객체로 전락할 뿐이다. 더 성장할 수 있는데, 오히려 퇴보할 뿐이다. 여러분만의 색깔과 향[개성]을 찾아라!

사례 하나. 자기 삶의 주인이 자기 자신인지 아니면 자기 삶의 주인이 형체 없는 대중[타인들]이고 자신은 그들의 일거수일투족을 꼭두각시처럼 따라 하기 바쁜 노예에 지나지 않는지 알 수 있는 방법이 있을까? 자기 삶의 주인이 자기 자신인 주체적인 사람은, 그 뜻을 정확히 아는 것만 말하고 모르는 건 말하지 않으며 모르는 걸 말하고 싶을 땐 어떻게든 먼저 그 뜻부터 공부한다. 만약 그렇게 하지 않으면, 스스로 창피함과 쪽팔림을 느끼기 때문이다. 그래서 주체적인 사람은 가사의 뜻을 정확히 알지 못하는 팝송은 듣지도 따라 부르지도 않는다. 그 멜로디가 너무 좋아서 듣고 싶다면, 어떻게든 먼저 가사를 번역해서 그 뜻을 파악한다. 하지만 이런 사람은 드물다. 주체적인 사람은 자기가 모르는 어휘는 사용하지 않고, 꼭 사용해야 한다면 그 정확한 뜻부터 공부한다. 가령 장례 관련 어휘는 모두 한자어다. 부의(賻儀)·부조(扶助)·조의(弔意)·조위(弔慰)·근조(謹弔)·신위(神位)·영정(影幀)·연령회(煉靈會)·삼우제(三虞祭) 등등. 각각의 한자가 정확히 무슨 뜻인지 말할 수 있는 장례지도사도 의외로 드물다.

'명품(名品)'이 명품인 이유는, 어떤 상황에서도 할인하지 않기 때문이다. 힘들거나 외롭다고 한두 번 대다수 '그들'의 세계와 삶의 방식에 발을 들여놓기 시작하면, 바늘 도둑이 소도둑 되듯 끝내 그들 중 하나가 되어 현존재로서의 사망에 이르게 된다. 명품은 타사 제품의 기준에 흔들리지 않는다. 자기만의 철저한 품질관리 프로세스를 가지고 있다. 모두가 아무리 좋다고 대단하다고 침 튀겨가며 칭찬해도, 자체 기준에 미달하면 결코 제품을 출시하지 않고 출시된 제품이라면 단호하게 리콜(recall)한다. 명품인 사람은 말과 행동에 신중해서 절대 허언(虛言)하지도 형식적인 말도 하지 않고, 계포일낙(季布一諾)처럼 한 번 내뱉은 말은 누가 보든 안 보든 지키려고 노력하며, 지키지 못했다면 반드시 어떤 형태로든 스스로 책임을 진다. 나는 그 누구도 내게 지시하는 걸 참지 못한다. 남의 것을 수없이 벤치마킹(benchmarking)하고 참고하지만, 최종적인 것은 전적으로 내가 결정한다. 남들이 나를 궁금해하는 건 상관없지만, 나는 남들이 전혀 궁금하지 않다. 지질하게 인격과 품위 없이 어울려 사느니 깨끗하고 고고(孤高)하게 혼자 살거나 죽는 게 낫다는 생각에, 일찌감치 내가 대중을 따돌렸다. 나는 모난 돌이 되고 싶다. 그래서 가능한 한 가장 강하고 단단하고 완벽하게 단련되고 싶다. 이렇게 말하고 나니, 마치 쇼펜하우어와 친구가 된 기분이다.

14

이 정도는 괜찮지 않을까?
/ 어쩌다 한 번은 괜찮지 않을까?

인간의 뇌는 세 단계를 차례로 거치며 진화했고, 의식 속에서 일어나는 갈등 중 대부분은 이 세 영역 사이의 기능을 조정하는데 실패했기 때문이라는 주장이 있다.[16] 뇌간과 소뇌를 포함하는 'R-복합체(reptilian complex)'를 지칭하는 '파충류의 뇌(reptiles brain)'는 생존에 필요한 생리 작용 및 공격과 구애, 짝짓기와 영토 방어 등의 기초적이고 무의식적인 작용을 담당한다. R-복합체를 둘러싸고 있는 '변연계(邊緣系, Limbic system)'를 지칭하는 '포유류의 뇌(mammals brain)'는 새끼를 돌보고, 말로 감정이나 의사를 주고받으며, 놀이하는 등 감정과 정서 반응을 담당한다. 대뇌피질(大腦皮質, cerebral cortex)을 지칭하는 '인간의 뇌(human brain)'는 감각

---

16 미국 신경과학자 폴 도널드 맥클린[맥린](Paul Donald MacLean)이 1960년대에 처음 가설을
    세웠고, 이후 『삼위일체의 뇌(The Triune Brain in Evolution)』(1990)로 체계화되었다.

적 경험[인식]과 운동 근육의 의식적 조절[의지]을 담당하는데, 특히 전두엽(前頭葉, frontal lobe)은 논리적 사고와 추론 및 상상과 판단 등 인간으로서 필요한 거의 모든 것을 담당한다는 것이다. 파충류적인 삶을 전제로 대뇌피질적인 삶이 수단이 되어 변연계적인 삶을 목표로 삼는다는 건데, 맞고 틀리고를 떠나서 흥미로운 가설임은 분명하다.

파충류의 뇌와 포유류의 뇌가 '본능'을 담당하고, 인간의 뇌가 '이성(理性)'을 담당한다. 이것이 인간만의 가장 큰 특징을 대체로 '생각하는 능력'이라고 말하는 이유인 동시에, 대뇌피질을 제외하면 인간은 정확히 동물처럼 개체의 생존과 번식만을 고려하는 '생존 기계'일 뿐이라고 말할 수 있는 이유이다. 본능은 옳고 그름과 선악(善惡)이라는 '가치 판단'에 무관심하다. 그래서 생존이 삶의 최우선 과제인 한 선악의 구별은 무의미하고, 선악의 구별이 무의미한 한 인간과 동물의 구별도 무의미하다. '의미'와 '가치'는 수동적이고 본능적인 동물의 삶과 능동적이고 이성적인 인간의 삶을 가르는 기준이다.

본능과 이성의 시선은 정반대일 때가 대부분이다. 그래서일까? '더불어 사는 인간의 삶'이라는 이성적인 관점에서 볼 때, '나쁜 것'이라는 꼬리표가 붙는 행동들은 크건 작건 누가 가르쳐 주지 않아도 누구나가 '본능적'으로 척척 해내고 그 기분 역시 '본능적'으로 짜릿하고 즐거운 것들이 태반이다. 후천적이고 의도적인 모든 교육은, 사실 절제와 억제와 배려라는 단어를 조금도 알지 못하는 본능의 꿈틀거림을 억눌러 놓기 위한 덮개일지도 모른다. 문제는 그 덮개가 너무나 약하다는 것. 그래서 어쩌다 한 번은 괜찮지 않을까, 이 정도는 괜찮지 않을까 하는 생각은 절대 괜찮지 않다. '바늘도둑이 소도둑 된다.' 단 한 번만으로도 그 덮개에 금이 가고 균열이 생긴다. 본능은 이기적이어서, 타인과 더불어 살아가는 체계에서 좋지 않거나 나쁜 것으로 판단되는 행동 쪽으로 과도하게 치우쳐 있다. 그래서 나쁜 것은 단 한두 번만으로도 쉽게 습관화되고 익숙해진다. 게다가 철없는 도파민이 본능에 충실한 그런 행동을 더 부추기기까지 한다. 동물과 다른 인간의 삶을 살아간다는 건, 참으로 지난(至難)한 노력의 연속이다.

15

이게 다 너 잘되라고
하는 말이야!

부모나 선생이 자녀나 학생에게 흔히 하는 말이다. 마음만큼은 충분히 인정한다. 정말로 자녀나 학생이 잘 못 되기를 바라는 부모나 선생은 매우 드무니까. 그러나 '의도[마음]와는 다르게 ~'라는 말처럼, 이런 마음과는 달리 그들이 제시하는 길이나 방법이 과연 옳은가 하는 것은 전혀 별개의 문제다. 예를 들어 돈을 모으는 방법은 부지기수(不知其數)다. 땅이나 건물 같은 부동산 투기도 있고, 걸리지만 않는다면 사기를 쳐도 되며, 때를 잘 만나도 되고, 돈이 많은 사람을 만나도 된다. 공부에 매진해서 의사나 변호사가 돼도 좋고, 아니면 세무사·회계사·법무사·변리사 등 전문 직종을 가져도 충분하다. 언변에 재능이 있다면 유명한 학원 강사나 쇼호스트가 돼도 되고, 음악에 재능이 있다면 가수나 작곡가가 돼도 되며, 타고난 미모가 있다면 영화배우나 모델이 돼도 되며, 손재주가 좋다면 요리사나 액세서리 사업가가 돼도 충분하다.

하지만 무의식적으로 '완전하고 유일한 것'을 추구하는 게 불완전한 우리 인간의 본능이다. 그래서 안타깝게도 자신이 절약을 통해 돈을 모았다면, 절약만이 돈을 모으는 '완전하고 유일한 방법'이라고 확신한다. 주식이나 가상화폐 같은 투자를 통해 돈을 모은 사람은, 투자만이 돈을 모으는 '완전하고 유일한 방법'이라고 확신한다. 이런 이유로, 대부분 사람에게 있어서 개인적인 성공은 '약'보다는 '독'으로 작용한다. 터프함(toughness)을 통해 미인을 사귄 사람은 터프함을, 매너나 자상함을 통해 미인을 사귄 사람은 매너나 자상함을, 선물 공세를 통해 미인을 사귄 사람은 선물 공세를 '완전하고 유일한 방법'이라고 확신에 차서 떠벌린다. 그러나 음과 양이 늘 자리를 바꿔가며 공존하는 게 세상의 본모습이다. 그래서 어느 순간 흔히 터프함은 폭력으로, 매너나 자상함은 불륜으로, 선물 공세는 사기나 빚더미로 바뀌곤 한다.

부모나 선생은 크게 두 가지를 신경 써야 한다. 하나는 스스로 여러 방법을 통해 세상과 삶에 관해 다양하고 넓게 공부해야 한다는 것이다. 아는 만큼 보이는 법이기에, 스스로 무지하다면 제시하는 길이나 방법이 잘못된 것일 수도 있고 아니면 제시할 선택지가 몇 개 되지 않을 수도 있다. 가장 흔히 저지르는 잘못은, 영어를 좋아하고 잘하는 학생에게는 영문과를, 일본어를 좋아하고 잘하는 학생에게는 일문과를 추천하는 것이다. 영문과나 일문과는, 실용적인 것보다는 영미와 일본의 문학작품 파악이 중점이다. 사실 영어나 일본어를 좋아하고 잘한다면, 굳이 더 깊은 공부를 시키지 않아도 계속해서 잘할 확률이 높다. 그렇다면 다른 전공을 선택하게 하는 게 더 좋지 않을까? 새로운 무기 하나를 더 장착시키는 셈이니 말이다. 예를 들어 탱크의 포탄이 100m만 날아가도 충분하다고 하자. 이미 100m는 날아가는 포탄이 장착되어 있다. 여기에 전혀 새로운 무기를 장착하는 것과 130m를 날아가는 또 다른 포탄을 장착하는 것 중 어느 것이 더 좋을지를 묻는 것과 같다.

다른 하나는 자녀나 학생의 성향을 가능한 한 정확히 파악해야 한다. 그래야만 다양한 방법 중 자녀나 학생의 성향에 맞는 길 또는 방법을 선택해서 제시할 수 있기 때문이다. 그렇지 않으면 고양이에게 생선을 잘 갖고 있으라고 맡긴다거나, 호랑이에게 양처럼 집단생활을 하라고 강요하는 잘못을 저지르기 쉽다. 물론 이렇게 하기 위해선 또다시 부모나 선생이 타인의 성향을 정확히 파악하는 훈련을 게을리하면 안 된다. 결국 7번 '넌 도대체 누굴 닮았니?'의 결론으로 되돌아왔다. 자녀나 학생이 문제인가? 그렇다면 그 책임은 부모나 선생에게 훨씬 더 많다.

16

예수 믿고
구원받으세요

강조점을 놓치면 안 된다. 영문법적으로 말하자면, 무엇이 '주절'이고 무엇이 '종속절'인지를 잘 파악해야 한다. 이 말을 분석해 보면 안타깝게도, 예수를 믿는 게 종속절이고 그로 인해 자신이 구원받아 영원한 행복과 편안한 삶을 누리려는 게 주절이다. 예수는 수단이고 도구요, 나의 행복이 목적인 셈이다. 1990년대 지하철과 길거리에서 곧 종말이 온다며 "예수 천국! 불신 지옥!"이라는 문구를 가슴팍과 등짝에 달고 다니면서 무슨 예언자나 선지자라도 된 듯 알 수 없는 사명감에 불타 공공질서를 방해하고 사람들에게 불편을 끼치며 외치던 이들이 있었다. 그들의 외침도 마찬가지다. 예수를 믿지 않으면 지옥에 간다. 그것이 얼마나 고통스러울지 상상해 봐라. 그러니 지옥 가서 고통받지 않으려면 어여 빨리 예수를 믿으라는 것이다. 천국과 지옥이 주절이요, 예수를 믿고 안 믿고는 종속절이다. 그런데 믿음이라는 건, 특정 대상을 믿고 싶냐 아니냐 하는 나의 의지와는 전혀 무관하다. 오히려 믿지 않으려고 아무리 발버둥 쳐도 특정 대상의 말과 행동과 삶 그 자체가 나로 하여금 그를 믿을 수밖에 없게 만드는 것, 그리고 그런 사실을 객관적으로 소리내어 말로 인정할 수밖에 없게 만드는 것, 그것이 바로 믿음이다.

예수를 믿는다고 해도, 궁금증 한 가지는 남는다. 바로 나의 죄를 타인이 짊어져서 나 대신 그가 내 죗값에 해당하는 처벌을 받는다는 '대속(代贖)'이라는 개념이다. 그리스도교인 모두가 눈물 흘릴 정도로 감사해하는 대속에 나는 왜 딴지를 거는 걸까? 영화 〈사바하〉(2019)에서 이정재는 크리스마스 캐럴이 울려 퍼지는 길 위에서 즐거워하는 사람들을 보며 "크리스마스가 과연 저토록 기뻐할 날인가?"라고 말한다. 예수의 탄생 이면(裏面)엔, 베들레헴과 그 일대에 사는 두 살 이하의 남자아이들이 모조리 죽임을 당한 비극이 있기 때문이다.[17] 자기의 공로에 대한 보상이 온전히 자기 것이듯, 자기의 과오에 대한 처벌도 온전히 자기 것이어야 한다는 게 상식이고 나의 변함없는 확신이다.

왜 몇 년이 지난 지금까지도 조국과 그의 가족이 비난의 대상이 되고 있을까? 자기의 일을 온전히 스스로 하지 않고 아빠 찬스

---

17 〈마태복음〉 2:17

또는 엄마 찬스를 썼기 때문이 아닐까? '유전무죄 무전유죄'라는 말처럼, 그의 딸이 능력 있는 부모에게서 태어났다는 '우연'으로 인해 달콤한 성과를 거머쥔 것이 보기에 불편하고 자괴감을 들게 하고 비합리적이고 불공정하다고 느끼기 때문이다. 그렇다면 스스로의 노력 없이 죄 없는 예수의 죽음 위에 서서 '구원'이라는 달콤한 성과를 거머쥔 채 즐거워하는 자신들의 모습에는 왜 분노하지 않는가? 나의 죄를 위해 죄 없는 예수가 십자가 위에서 손과 발에 못이 박히고 가시관의 칼날이 머리를 파고들며 창으로 옆구리를 찔리는 어마어마한 고통 속에서 죽어갔다. 그 결과 나는 꿀밤 한 대 없이 무죄가 되었고, 예수를 믿지 않는 사람들은 죗값을 온전히 그 자신이 짊어지게 되었다. 이것이 그토록 기뻐할 일인가? 이것이 우연히 부모 잘 만나서 아빠나 엄마 찬스를 사용하는 것과 다를 게 뭔가? 이것이 과연 공정한가? 천주교의 연옥(煉獄) 개념과 연령회의 연도(煉禱) 그리고 불교의 49재도, 개신교의 대속 개념과 같은 맥락이다.

『탈무드』는 물고기를 잡아 주지 말고 물고기 잡는 법을 알려주는 게 진정한 부모라고 말하고, 거의 모두가 이 말에 동의한다. 그렇다면 예수의 대속이라는 개념은, 아예 물고기를 대신 잡아 주는 것도 모자라 대신 씹어서 삼키게까지 해준 셈이다. 하나님에게 묻고 싶다. 대속 말고 다른 속죄 방법을 알려줄 수는 없으셨을까? 아니면 그냥 믿음과는 상관없이 인류 모두를 구원해 주시든가. 이것이 오히려 온전한 은혜에 훨씬 더 가깝다고 할 수 있지 않을까? 물론 대속 외의 속죄 방법 그러니까 스스로의 죄를 스스로 속죄할 방법이 있다면, 구원은 믿음이나 하나님의 온전한 은혜가 아닌 게 된다는 딜레마가 발생하겠지만 말이다. 많은 성직자는 이미 정답이라는 것을 가지고 있다. 역설적으로 우리 자신이 아무것도 한 것이 없기에 구원이 온전히 하나님의 은혜일 수 있다는 것, 그래서 우리가 할 일은 그 은혜에 감사하는 것뿐이라는 것이 그것이다. 물론 감사할 일인 건 분명하다. 하지만 그건 스스로 아무것도 한 것이 없음에도 우연히 운 좋게 구원이라는 혜택을 받은 사람들의 입장일 뿐, 정확히 똑같이 스스로 아무것도 한 것이 없음에도 우연히 운 나쁘게 구원이라는 혜택을 받지 못한 사람들의 입장은 전혀 고려하지 않는 집단 이기주의일 수도 있다. 그리고 매우 불경한 생각이지만, 온전히 당신 마음 그러니까 당신의 뜻에 따라 누구는 구원하고 누구는 지옥으로 보내는 신이라면, 그런 신이 비록 천지를 창조한 신일 수는 있어도 '오직 정의(正義)를 물 같이 공의(公義)를 강과 같이 흐르게 하라'[18] 고 말할 수 있는 공정한 신은 아닌 듯하다. 당시 이스라엘인들이 이해할 수 있는 어휘로 말하던 신이 언급한 '정의'와 '공의'는, 당연히 우리 인간의 관점에서 현재까지 이해하고 사용하는 뜻에서 크게 벗어나지는 않을 것이다. 어찌 됐든 구원의 여부와는 상관없이, 난 키르케고

---

18 《아모스》 5:24

르처럼 하나님 앞에 당당히 선 이성적인 단독자로 남으려다.

이제는 관점을 바꾸자. 사랑하는 대상이 예수인가? 정말로 진심으로 그런가? 그렇다면 천국과 지옥은 신경조차 쓰지 말자. 그런 단어 자체를 잊자. 천국과 지옥은 '특정 장소'가 아니다. '공간'의 개념이 아니다. 예수가 그 어느 곳에 있든 예수가 있는 곳에 가면 될 일이다. 따라서 단순히 예수를 믿으라는 말만 하면 그것으로 족하다. 사랑하는 연인과 함께라면 라면을 먹어도 비싼 레스토랑이 부럽지 않고, 목적지까지 걸어가도 외제차를 타고 가는 것이 부럽지 않으며, 말없이 쳐다만 봐도 수만 명의 입에 발린 위로보다 훨씬 더 마음이 충만하게 채워지는 법이다. 사랑에는, 사랑하는 사람이 원하는 건 무엇이든 맹목적으로 하고 싶게 만드는 힘이 있다. 사랑하는 사람은 누가 봐도 티가 난다. 늘 싱글벙글하고 상기되어 있어서, 보는 사람까지도 기분 좋게 만든다. 소위 그리스도교인들에게 묻는다. 당신 삶의 매 순간 말하나 행동하나에, '예수라면 어떻게 했을까? 예수라면 어떻게 하는 걸 좋아할까?'라는 예수를 향한 사랑이 담겨 있는가? 예수를 향한 당신의 사랑이, 주변 사람들에게 티가 나고 닭살을 유발할 만큼 활활 타오르는가? 예수를 사랑하는 당신을 보는 주변 사람들까지도 기분 좋게 만드는가?

프로스포츠 선수들도 이와 비슷한 말을 자주 한다. 결혼해서 좋은 점으로, 안정을 찾아 자기 일에 더 전념하게 되었단다. 이건 자기 입장만 생각하는 이기적인 말이다. 그들의 아내는 아낌없이 주는 나무가 아니다. 그들의 아내는 자신들의 삶을 오로지 남편 뒷바라지와 아이들 양육에 쏟으려고 태어났을까? 그러려고 결혼했을까? 자신을 너무도 사랑하고 이해해 주는 사람을 만나서 마음의 안정과 평안을 찾았다고만 하면 그것으로 족하다.

사례 하나. 많은 남자가 자기 아내를 자랑하는 덕목들을 보면, 슬픔을 금할 길 없다. 아내의 최고 덕목으로 언급되는 1위는 '요리'다. 그러면 주위에서는 부럽다는 감탄사가 터져 나온다. 아내의 음식 솜씨가 좋다는 건, 사실 매일 매 끼니 자신이 굶지 않게 아내가 밥상을 잘 차려서 대령한다는 의미가 짙다. 그럴 거면 요리사나 식당 주방 아주머니와 결혼하지? 2위는 '자녀 양육'이다. 자기는 신경 하나 쓰지 않아도 알아서 자녀를 잘 키운단다. 그럴 거면 유치원 교사나 보모와 결혼하지? 3위는 '집안일'이다. 일하고 돌아온 자기가 손가락 하나 까딱하지 않아도 편히 쉴 수 있게 청소를 잘해 놓는다는 건데, 그럴 거면 청소 도우미와 결혼하지? 어찌 이런 것들이 평생의 동반자를 향한 최고의 세 가지 덕목일 수 있는가? 이런 사고방식 속에 과연 아내와 여성을 향한 평등적인 시각이 조금이라도 있을까? 더 놀라운 건, 여성들도 이런 부조리함에 기꺼이 동참한다는 사실이다. 무지(無知) 때문이다. 결혼을 앞둔 대부분 예비 신부가 신부 수업을 받는다며 향하는 곳이 요리

학원이다. 타인과 함께 평생을 산다는 것이 어떤 것인지, 남성과 여성의 차이점은 무엇이고 그래서 어떻게 대화해야 할지, 결혼이 지닌 책임과 무게감이 어느 정도인지, 아이의 단계별 발달 과정과 그에 맞는 교육법은 무엇인지, 친정과 시댁 식구들과의 관계는 어떻게 맺어 가야 하는지를 고민하고 묻고 배우는 것이 진정한 신부 수업 아닐까?

남성이 여성의 몸을 빤히 쳐다보는 걸 '시선 강간'이라고 한다. 여성을 한 명의 동등한 인격체가 아니라 단지 성적인 대상[물건]으로 보기 때문이다. 그런 게 남성의 본능이지만, 그런 본능을 절제할 수 있음에도 하지 못한 남성들의 잘못이 크고 첫째 된다. 동시에 내가 여성들에게 꼭 부탁하고 싶은 게 있다. 진정으로 여권 신장을 위해 노력하는 깨어 있는 여성들이라면, 첫째 여성 아이돌 그룹의 의상과 춤 그리고 대중매체 광고 속 여성들의 모습 역시 남성들을 비난하는 것과 똑같은 강도로 비판해 달라는 것이고, 둘째 너무나 가벼운 사법부의 성범죄 형량을 살인죄에 버금가도록 높이는 운동을 적극적으로 펼쳐 달라는 것이다.

어린 소녀들과 여성 모델을 성적 대상화하는 기획사와 기업의 행태에 분노해야 하는 게 당연한데, 현실은 정반대로 열광하고 있다. 나는 그들의 옷과 춤과 노출을 보기가 민망하고 역겹다. 나이 불문하고 그녀들의 타이틀은 가수지만, 오로지 모든 포커스는 마치 바비인형처럼 그녀들의 얼굴과 몸매와 의상에만 집중되어 있다는 느낌을 지울 수 없다. 그런 모습은 적나라할 뿐, 아름답지 않다. '예술'이 아니라 '외설'이다. 대중매체를 통해 그런 의상과 춤과 모습으로 남성들의 뇌를 매일 오랫동안 흠뻑 적셔놓고서, 결과만 가지고 남성들'만'을 욕하는 건 자제해 주길 바란다. 남자들은 예쁜 여자만 보면, 침을 그것도 질질 흘린다. 부정할 수 없다. 하지만 여자들은 잘생긴 남자만 보면, 침 흘림 정도가 아니라 아예 정신을 놓는다. 이성(異性)의 외모만 본다는 점에선, 도토리 키재기다. 아니 오히려 여자가 더 심하다. 외모만 보고 결혼을 결정하는 사례가, 남자보다는 여자가 더 많다. 결국엔 누가 누굴 욕할 처지가 아니다.

사례 둘. 2018년 5월 23일, 미국 플로리다주에서 교통사고가 발생했다. 당시 17세였던 가해자 카메론 코일 헤린(Cameron Coyle Herrin)은 사건 발생 이틀 전 졸업 선물로 포드 머스탱 자동차를 선물 받았고, 친구 그리고 친형과 함께 일반도로에서 레이싱을 벌이던 중 21개월 된 딸을 유모차에 태워 길을 건너던 여성과 딸을 치어 죽게 했다. 2020년 24년을 선고받고 복역 중이다. 문제는, 재판받는 과정에서 유포된 그의 사진이었다. 누가 봐도 너무나 잘생긴 그의 얼굴에, 하나둘 여성 팬들이 생기기 시작했다. 팬들은 카메론의 SNS 계정을 직접 만들어 활동하고, 그의 집을 찾아가 카메론에게 면회 갈 때 같이 가게 해달라고 부탁하기도 했으며, 급기야 카메론의 무죄를 주장하는 청원까지 전개했다. 카메론의 얼굴에 혹한 여성 팬들은, 피해자에게 2차 가해를 가한 범죄자들이나 다름없다. 그리고 이런 사람들이 바로 평범해 보이는 우리의 이웃이다.

사례 셋. 2005년 11월, 오사카에서 자매가 한 남성에게 성폭행을 당한 후 무참히 살해당하는 사건이 발생했다. 언니 우에하라 아스카는 27세였고, 동생 우에하라 치히로는 19세였다. 당시 25세였던 범인 야마지 유키오는 16세 때 구타를 일삼던 친어머니를 야구 방망이로 살해한 전과가 있던 노숙자였지만, 그의 얼굴이 공개되면서 첫 번째 사례와 똑같은 일이 일어났다.

사례 넷. 2024년 5월 9일, '미스터 트롯' 출신 김호중은 음주운전 뺑소니 사고를 낸 후 증거들이 명확함에도 발뺌과 거짓말로 일관했다. 그로 인해 5월 23일 서울 올림픽공원에서 열릴 '월드 유니온 오케스트라 슈퍼 클래식'에 출연할 수 없고, 그러면 어마어마한 액수의 공연 티켓값과 위약금을 물어야 한다는 기사가 보도되었다. 그러자 김호중 팬클럽은 예약 취소된 고액의 티켓을 거의 모두 무섭게 사들였다. 여기서 끝이 아니다. 어찌어찌하다가 구속 직전 무대에 오르게 된 김호중이 약 10초간 고개를 숙이고 있자, 객석에서는 "속상하다"라는 탄성과 함께 "괜찮아"라며 김호중을 위로하는 여성 팬들의 함성이 쏟아졌다. 그를 아끼는 여성 팬들의 관점에서 그런 불미스러운 사건이 발생한 건 충분히 속상할 만하지만, 뭐가 괜찮단 말인가? 자신들이 좋아하는 사람이기만 하면, 범죄를 저질러도 괜찮다는 건가? 그러면 피해자는 뭐가 되는가? 피해자의 처지에서, 김호중을 향해 괜찮다고 환호한 사람들은 모두 명백한 2차 가해자들이다. 피해자의 마음과 공감하지 못하고 자신의 마음과 기분과 감정과 상황만을 중요하게 생각하는 건, 사이코패스의 가장 큰 특징이다.

자신들이 김호중에 대해 얼마나 알고 있다고, 명확한 범죄 증거 앞에서도 그를 맹목적으로 옹호하는가? 그들은 스스로 자신들이 좋아하는 사람의 범죄조차 용서할 수 있는 초(超)사법적 권력을 가지고 있다고 여기는 걸까? 5월 24일 김호중이 구속되자, 그의 팬들은 성명문을 내면서 '죄는 미워하되 사람은 미워하지 말라'고 호소했다. 늘 한순간도 쉼 없이 '시스템 2'인 이성의 스위치를 켜고 사는 사람조차 '죄'와 그 죄를 지은 '사람'을 구별하기가 너무도 어렵거늘, 늘 한순간도 쉼 없이 이성의 스위치를 끄고 사는 대부분 사람이 과연 그런 구별을 할 수 있을까? 법과 원칙은 누구에게든 공평하게 적용되어야 한다. 그래야만 권위를 갖게 된다. 그렇다면 가장 간단한 질문을 김호중의 여성 팬들에게 던져보자. 정남규 같은 연쇄살인범이나 조두순 같은 연쇄 성폭행범을 향해서도, 그들의 죄는 미워하되 정남규와 조두순은 미워하지 않을 수 있느냐고, 아무 일 없었다는 듯 다시 자신들의 이웃으로 받아들일 수 있느냐고 말이다. 만약 그럴 수 없다면, 김호중 팬들의 호소는 이기적인 '내로남불'에 지나지 않는다.

전체는 보지 않고 오로지 자신의 호(好)에만 맹목적으로 매몰된 사고방식을 지닌 사람들을 과연 공동체의 구성원으로 볼 수 있을까? 그런 사람들이 내 주변 사람들이라는 게 무섭지 않은가? 그날 김호중은 오페라 6곡을 불렀는데, 그의 여성 팬들은 곡이 끝날 때마다 기립해 환호하거나 눈물을 흘렸다. 그들의 환호와 눈물은 오페라의 내용 때문일까? 아닐 것이다. 가사가 이탈리아어와 독일어였으니까. 그렇다면 왜 유독 작디작은 우리나라에 사이비 종교가 들끓는지를 여실히 보여주는 모습이라고 할 수 있다. 나아가 기간과 정도에 있어선, 사실 여성들이 남성들보다 훨씬 더 길고 심한 게 일반적이다. 음과 양 중 한쪽만을 비난하는 건, 결국 자신을 비난하는 것과 같다. 누워서 침 뱉기다. 그러니 '한(국)남(자)들이란…' 그리고 '페미들이란…' 같은 말은 자제하길 부탁한다.

많은 사람을 비롯해 특히 판사들은, 성범죄가 살인죄만큼 한 사람의 그리고 그 가족의 모든 걸 철저히 파괴하고 앗아가는 범죄라는 사실을 인지해야만 한다. 그렇게 할 수 있는 매우 즉각적이고 간단한 방법이 있다. 바로 역지사지(易地思之)! 입법하는 국회의원들과 집행하는 판사들 그리고 가해자를 변호하는 변호사들 모두, 눈에 넣어도 아프지 않을 자기의 딸이 성범죄 사건의 피해자가 돼도 현재 법이 그러니 어쩔 수 없다며 법의 테두리 안에서만 사건을 종결할까? 현재 우리나라 성범죄의 형량이 매우 가벼운 이유는 둘 중 하나다. 첫째 그들이 성범죄의 피해자들과 자기들의 딸을 철저하게 구별 짓기 때문이다.[19] 자기들의 딸은 성범죄의 피해자가 되지 않게 할 자신이 있는 것이다. 구별 짓기는 임의로 급격히 어떤 근거도 없이 만들어지지만, 그 결과는 '필연'과 '운명'으로 여겨진다. 게임에서 가위바위보로 편을 나누는 순간, 각종 스포츠에서 응원하는 팀 하나를 결정하는 순간, 학교든 회사든 자신이 소속된 조직이 바뀌는 순간, 친구 관계가 끝나는 순간, 내 편인 '우리'가 아닌 '그들'에 해당하는 사람들은 놀랍게도 우리의 뇌에서 사람의 자격을 박탈당한다. 편을 가르는 순간, '그들'은 사람이 아니다. 늑대고, 여우고, 개고, 죽여야 할 희생양이고, 암적인 존재들이고, 병원균이고, 바이러스로 인식된다. 역지사지가 '그들'에게만큼은 해당이 안 되는 이유가 바로 이것이다. 아니면 둘째, 그들이 이성적으로 공부만 했을 뿐 감성적인 역지사지는 할 줄 모르는 것 아닐까? 인간의 뇌인 신피질만 발달했을 뿐 포유류의 뇌인 변연계는 기능을 상실한 것 아닐까? 만약 그렇다면 놀라운 결론이 도출된다. 바로 그런 모습이 사이코패스의 전형적인 특징이라는 사실이다.

---

19 별, 『삶은? 달걀! PART 1』(2024) 「34. 데이비드 베레비 - '우리와 그들'이라는 구분의 허약함」을 참조하면 좋다.

17

내일 일은 내일 염려하라.
한 날의 괴로움은 그날에 족하니

이 말은 예수가 사람들에게 어떤 식으로 그리고 무엇을 위해 기도해야 하는지를 가르친 내용인 '주기도문'이 있는 마태복음 6장의 마지막 구절이다. "24 한 사람이 두 주인을 섬기지는 못한다. 반드시 한 쪽을 더 사랑하거나 더 중히 여기게 되기 때문이다. 너희도 하나님과 재물을 겸하여 섬길 수 없느니라.[20] 31 그러므로 염려하여 이르기를 무엇을 먹을까 무엇을 마실까 무엇을 입을까 하지 말라. 32 이는 다 이방인들이 구하는 것이라. 너희 하늘 아버지께서 이 모든 것이 너희에게 있어야 할 줄을 (이미) 아시느니라." 그럼 어떻게 해야 한단 말인가? "33 너희는 먼저 그의 나라와 그의

---

[20] No man is able to be a servant to two masters : for he will have hate for the one and love for the other, or he will keep to one and have no respect for the other. You may not be servants of God and of wealth.

의(義)를 구하라. 그리하면 그 모든 것을 너희에게 더하시리라.[21]
34 그러므로 내일 일을 염려하지 말라. 내일 일은 내일 염려할 것
이요 한 날의 괴로움은 그날로 족하니라.[22]

전체적인 맥락을 보면, 예수가 누누이 경계하는 것이 무엇인
지 정확하다. 의식주, 즉 오로지 먹고사는 문제에만 매몰된 삶을 살
지 말라는 것이다. 그건 본성만 좇는 동물들 또는 하나님을 믿지 않
는 자들의 행동이니까. 욕구(need)는 채우되, 욕망[집착](desire)은 내
려놓으라는 말이다. 늘 오로지 하나님 나라와 하나님의 공의(公義)
가 세상에 퍼지도록 힘쓰기만 하면, 나머지 모든 것은 하나님이
다 알아서 채워주신다는 것이다. 그런데 신자와 비신자를 막론하
고, 돈과 집과 음식과 옷에 혈안이 되지 않은 사람을 찾기란 쉽지
않다. 예배 전후의 대화 주제는 자녀 자랑, 부동산 시세, 재테크 정
보, 명품 자랑, 드라마 이야기가 대부분을 차지한다. '시대의 흐름'이
그렇고, 먹고 살자니 시대의 흐름을 따르지 않을 수 없어서 그렇다는
게 그들의 일관된 변명이다. 먹고 살자니 예수의 말을 따를 수가 없
다는 것이다. 정확히 말하자면, 남들보다 더 '잘' 먹고 '잘' 살려니 '요
즘 세상과는 전혀 맞지 않는' 예수의 말은 따를 수가 없다는 것이다.

---

21 Let your first care be for his kingdom and his righteousness ; and all these other
    things will be given to you in addition.
22 Then have no care for tomorrow : tomorrow will take care of itself. Take the trouble
    of the day as it comes.

요즘 세상에서 성경 말씀대로 살면 굶어 죽기 딱 좋다고 확신하는 그들이, 과연 예수와 어떤 관계일까? 마지막 심판의 날에 그런 사람들이 '주여, 주여!' 부르며 예수에게 다가가더라도, 예수는 그들에게 너희를 도무지 알지 못하니 저리 꺼지라고 말하리라.[23]

'내일 일' 그러니까 '당장 또는 앞으로의 의식주'와 '미래의 재테크'를 염려함 없이 늘 매 순간 하나님 나라와 하나님의 의(義)를 구하고 그에 관해서만 이야기하는 사람은, 그리스도교인들에게조차 철이 없고 세상 물정에 어두운 바보라며 손가락질받는다. "너희는 이 세대를 본받지 말고, 오직 마음을 새롭게 함으로 변화를 받아 하나님의 선하시고 기뻐하시고 온전하신 뜻이 무엇인지 분별하도록 하라"[24]고 바울이 경고했음에도 불구하고 말이다. 뭔가 단단히 잘못된 것 같지 않은가? 그래서 그리스도교인치고 하늘나라에 갈 사람은 아무도 없다는 우스갯소리가 있나 보다. 다른 한편으로 '걱정'이 해결의 노력 없이 두려움에 갇힌 채 똑같은 감정만 반복 재생하는 것이고 '계획'이 해결을 위해 고심하는 것이라면, 내일 일은 내일 염려하라는 말은 '계획'이 아니라 '걱정'을 경계하는 말이라고 이해할 수도 있다.

---

23 〈마태복음〉 7:21~27
24 〈로마서〉 12:2

믿음, 소망, 사랑 이 세 가지는
항상 있을 것인데, 그중에 제일은 사랑이라

고린도전서 13장의 마지막 구절인데, 처음부터 살펴보자. "1 사람의 방언과 천사의 말을 할지라도 사랑이 없으면 소리 나는 구리와 울리는 꽹과리와 같고 2 예언하는 능력이 있어(서 세상의) 모든 비밀과 모든 지식을 알고 또 산을 옮길 만한 믿음이 있을지라도 사랑이 없으면 아무것도 아니요 3 내 모든 것으로 구제하고 (심지어 타인을 위해) 내 몸을 불사르게 내줄지라도 사랑이 없으면 아무 유익(有益)이 없다. 4 사랑은 오래 참고 온유(溫柔)하며 시기하거나 자랑하거나 교만하지도 않고 5 무례하지도 않으며 자기의 유익을 구하지도 않고 (순간의 분노를 참지 못해 불같이) 화내지도 아니하며 악한 것은 (아예) 생각하지도 않기에 6 불의(不義)가 아닌 진리와 함께 기뻐하고 7 모든 것을 믿으며 모든 것을 바라며 모든 것을 참고 견딘다." 이것이 성경이 말하는 사랑의 정의(定義)다. 우리의 존재 자체가 불완전하기에(9/12절) "8 방언도 예언도 지식도 언젠가는 사라지겠지만, 사랑은 영원히 사라지지 않으리라."
왜? 사랑만큼은 '온전한 것'(10절)이기 때문이다. '사랑이 온전한
것'이라는 말은, '세상 모든 것은 변한다는 사실 만큼은 변하지 않
는 진리'라는 표현과도 같다.

　천천히 생각해 보면, 1~3절의 내용은 매우 충격적이다. 1절
과 2절에는 우리가 삶에서 가장 소중히 여기며 최고로 치는 덕목
들이 나열되어 있다. '사람의 방언'은 여러 개의 외국어 구사 능력
이고, '천사의 말'은 마치 무속인들처럼 귀신과도 대화할 수 있는
능력이다. 노스트라다무스처럼 '예언하는 능력'에 더해 '세상의 모
든 비밀과 모든 지식'을 알고, '말 한마디로 산을 옮길 수 있는' 초
능력자도 등장한다. 서울대나 외국의 유명 대학 출신은 갖다 대
지도 못할 경지다. 이런 엄청난 능력들도, 사랑이 없다면 있으나
마나 한 것이란다. 3절에서는 '모든 재산을 사회에 환원'하는 천
사 같은 사람과, 경찰관과 소방대원처럼 '타인을 위해 자기 몸과
목숨을 선뜻 내주는' 고귀한 의인까지 언급한다. 이런 사람들조차
도, 사랑이 없다면 자기나 타인에게 좋을 게 하나도 없단다.

　우리는 주위에서 영어 좀 유창하게 말하는 사람만 봐도 멋있
다고 똑똑하다고 난리다. 말할 줄 아는 것과 멋있고 똑똑한 것은
전혀 별개인데도 말이다. 베트남 사람이, 그저 대한민국에서 태
어나서 산 까닭에 한국어를 유창하게 하는 당신을 보면서 멋있고

똑똑하다고 감탄하는 것과 다를 바 없다. 뼈에 사무친 사대주의(事大主義) 정신이다. 자녀가 서울대나 외국의 유명 대학에 입학하면, 부모에게는 자녀를 잘 키웠다고 자녀에게는 성공했다고 부러움에 가득 찬 찬사를 보낸다. '사(士)'자 들어가는 직업을 가진 자녀를 둔 부모들의 안하무인(眼下無人)은 엄청나다. 그런데 이런 능력을 갖춘 사람도 단 하나 '사랑'이 없다면, 운율 없이 시끄럽게 소리만 내는 꽹과리일 뿐이란다. 아무것도 아니란다. 겉으로 드러나는 결과가 아니라 드러나지 않는 본질인 동기와 과정이 중요하다는 말을 하고 싶었던 바울은, 심지어 타인을 위해 자신을 희생하는 사람들까지도 예로 든다. 아무 유익도 없단다.

어렸을 땐 경험과 지식이 부족해서 온갖 것을 쉽게 믿고 자기만의 상상이 큰 부분을 차지하며 근거 없는 확신에 차서 말하고 뭐든 달라고 생떼를 쓰지만, 제대로 된 사람이라면 성장하면서 이런 모습을 탈피한다. 자신만큼 타인도 고귀함을 알고, 상상 대신 현실을 직시하며, 가능한 한 사실만 말하려고 하고, 달라고 하기보다는 주려고 한다(11절). 에리히 프롬의 분석처럼[25], '사랑'은 명사가 아니라 동사다. 사랑은 고정불변한 '어떤 것'이 아니라 '쉼없이 계속되는 과정이요 행위[행동]'이고, 그것도 자신보다는 타인을 향한 것이다. 믿음이 온전히 '개인적인 범주'라면, 사랑은 온전히 '이

---

25 에리히 프롬(Erich Fromm), 『소유냐 존재냐(To Have or To Be)』(1976)

타적인 범주'라고 할 수 있다. 소망은 그 중간이다. 그래서 "믿음, 소망, 사랑, 이 세 가지는 항상 있을 것인데 그중 제일은 사랑(13절)"이라고 바울은 말한다. 우리에겐 '더불어 사는 삶'이 가장 중요하다는 말이다.

일화(逸話) 하나. 개인적으로 잘 아는 그러나 본성은 그다지 착하지 않은 사람이 하나 있다. 그런 그가, 보기와는 달리 꽤 오랫동안 주위에 선행을 베풀어 오고 있다. 왜 어울리지 않게 착한 척하냐는 질문에 그의 대답은 이랬다. "나랑 안 어울리지? 나도 알아. 성질 같아선 그냥 콱~. 에휴~ 그런데 어쩌냐. 내가 사랑하는 예수가 성질을 죽이라는데. 불쌍한 사람은 지나치지 말라는데. '네 이웃을 내 몸같이' 대하라는 것까지는 못 해도, 적어도 내 가족처럼은 대해야 하지 않나? 너도 네 와이프와 연애할 때를 생각해 봐. 네 부모님이 그렇게 술 좀 줄이라고 간절히 부탁해도 들은 척도 하지 않던 네가, 네 와이프 한마디에 술을 아예 끊었지 아마? 그놈의 사랑이 뭔지. 나도 힘들다. 언제고 콩깍지만 벗겨져 봐라. 그러면 그 순간부터 마음껏 내 성질대로 한 번 그냥 콱~ 크크." 우문(愚問)에 현답(賢答)이다. 내 지인(知人)은 '사랑'이 뭔지 잘 알고 있다. 농담 삼아 하는 말과는 다르게, 자신이 이미 온전히 바뀌어 가고 있음을 잘 알고 있는 것이다.

사랑은 내가 상대방을 변화시키고 동시에 상대방에 의해 내가 변화하는 과정이다. 사랑은 상대방으로 인해 나의 단점이 줄어들고 동시에 내가 상대방의 단점을 채워주는 과정이다. 그 결과 사랑은 상대방으로 인해 내가 성장하고 동시에 내가 상대방을 성장시키는 '일신우일신(日新又日新)'[26]의 과정이다. 사랑은 나와 상대방이 같은 곳을 보면서 함께 나란히 걸어가는 과정이다. 사랑은 '따로' 있는 동시에 '같이' 있음의 반복이다. 따라서 사랑은 하루에도 수십 번 연락하고 매일 만나서, 맛난 음식 먹고 멋진 곳을 다니며 했던 말을 또 하는 게 아니다. 사랑은 나와 상대방의 모든 시간을 공유하는 게 아니다. 사랑은 감시도 아니고 집착도 아니고 소유도 아니고 독점도 아니고 통제도 아니다.

---

26 기원전 1600년경, 중국 최초의 왕조 하(夏)나라의 마지막 왕인 걸왕(桀王)을 몰아내고 상(商)왕조를 세운 탕왕(湯王)이, 세숫대야에 새겨 놓은 좌우명에서 유래했다.

겨자씨만 한 믿음만 있어도
산을 옮길 수 있다

"진실로 너희에게 이르노니 만일 너희에게 '믿음이 겨자씨 한 알만큼만 있어도' 이 산을 명하여 여기서 저기로 옮겨지라 하면 옮겨질 것이요 '또' 너희가 못 할 것이 없으리라(If you have faith as a grain of mustard seed, you will say to this mountain, Be moved from this place to that; and it will be moved; and nothing will be impossible to you)."[27]

겨자든 사과나무든, 씨앗의 종류는 상관없다. 씨앗의 크기도 상관없다. 중요한 건 '씨앗'이, 즉 씨앗이라고 할 수 있는 것이 있기만 하면 된다. 크든 작든 모든 종류의 씨앗은 특정 나무로만 자란다. 콩 심은 데 콩 나고 팥 심은 데 팥 나듯, 특정 나무로 자

---

27 〈마태복음〉 17:20

랄 확률이 100%다. 그렇지 않을 수도 있다는 '불안감'과 '의심'은 단 1%도 없다. 99%는 필요 없다. 단 1%의 불안감과 의심도 없는 '100%의 믿음'을 가지고 '행동'하기만 하면 된다는 말이다. 새벽에 제자들이 배를 타고 호수를 건너고 있을 때 바람이 심하게 불어 파도가 거셌다. 그때 예수가 물 위를 걸어서 제자들에게 다가가자, 호기심에 놀란 베드로가 예수에게 부탁한다. "만일 주님이시거든 내게 명하사 물 위로 (걸어)오라 하소서." "오라." 그 한마디에 베드로는 겁도 없이 배에서 내려 물 위를 걷기 시작했다. 그러다가 잠시 후 사람이 어떻게 물 위를 걸을 수 있는지 의심이 들고 세찬 바람과 파도에 불안감을 느끼기 시작한 순간, 베드로는 물속으로 빠져들어 갔다. 그런 베드로를 구해주며 예수는 말했다. "믿음이 작은 자여 왜 의심하였느냐?"[28] '또(also)'는 '그리고(and)'다. 앞과 뒤의 범주가 같을 때, 즉 어떤 상황이나 행동이 거듭해 일어날 때 사용하는 접속사다. '또' 뒤의 문장을 고려하면, 앞 문장도 사실은 단순히 한마디의 명령이 아니라 산을 옮기기 위한 어떤 '행동'을 하라는 뜻임을 알 수 있다. 예수의 말은 '우공이산(愚公移山)' 이야기와 정확히 일치한다.

우공은 나이가 90이 다 되었는데, 사방 700리에 높이가 만 길이나 되는 태형산(太形山)과 왕옥산(王屋山)이 그의 집 앞을 가로막고 있었다. 그

---

28 〈마태복음〉 14:22~32

래서 외부로 출입하려면 길을 우회해야 하는 불편이 있었다. 우공은 집안 식구들을 모아 놓고 말했다. "나와 너희들이 힘을 다해 험준한 산을 평평하게 만들면 예주(豫州)의 남쪽으로 직통할 수 있고 한수(漢水)의 남쪽에 다다를 수 있는데, 할 수 있겠느냐?" 모두 찬성했는데, 부인이 홀로 의문을 제기했다. "당신의 힘으로는 작은 언덕도 깎아 내지 못하는데, 태형과 왕옥을 어떻게 해낸단 말이오?" 하지만 우공은 짐을 질 수 있는 자손 셋을 데리고, 돌을 깨고 흙을 파기 시작했다. 이웃집 과부도 칠팔 세 된 어린 아들을 보냈는데, 통통 뛰어다니며 도왔다. 겨울과 여름이 한 번 바뀌었지만, 그다지 변한 건 없었다. 하곡(河曲)의 지수(智叟)가 비웃으며 말렸다. "심하도다, 그대의 총명하지 못함은! 당신의 남은 생애와 남은 힘으로는 산의 풀 한 포기도 없애기 어려울 텐데 흙과 돌을 어떻게 한단 말이오?" 우공이 장탄식하며 말했다. "당신 생각이 막혀 있어 그 막힘이 고칠 수가 없는 정도구려. 과부네 어린아이만도 못하구려. 내가 죽더라도 아들이 있고, 또 손자를 낳으며, 손자가 또 자식을 낳으며, 자식이 또 자식을 낳고 자식이 또 손자를 낳으면 자자손손 끊이지를 않지만, 산은 더 커지지 않으니 어찌 평평해지지 않는다고 걱정할 필요가 있겠소." 상제(上帝)는 그 정성에 감동하여 두 산을 각기 다른 곳으로 옮겨놓았다.[29]

비싼 선물을 신문지에 싸서 주지 않고, 라면을 명품 가방에 담아서 주지는 않는다. 선물의 내용과 격에 맞는 포장지나 포장

---

29 열자, 『열자(列子)』 「탕문(湯問)」

방법이 각기 있는 법이니까. '수시로 변하는 상황'에 따라서 둘 중 하나가 더 도드라지는 것일 뿐, '음과 양' 두 가지 모두 똑같은 비중으로 중요하다. 그래도 굳이 순서를 정하자면 무엇이 첫 번째일까? '열 길 물속은 알아도 한 길 사람 속은 모른다.' 하루에도 수십 번씩 변하는 자기 마음을 정확히 알기란 거의 불가능하다. 마음은 그렇지 않은데, 마음과는 전혀 다르게 행동할 때가 한두 번이 아니다. 마음은 내 눈에도 다른 사람의 눈에도 보이지 않지만, 행동은 내 눈에도 다른 사람의 눈에도 명확하게 보인다. 마음이 즐거우면 표정도 즐겁게 바뀌지만, 억지로라도 표정을 즐겁게 바꾸면 그렇지 않던 마음도 즐거워진다. 그래서 유교와 불교에서는 '마음'을 먼저 다스리라고 말하지만, 나는 '행동'을 먼저 바꾸길 추천한다.

우리나라 문화를 처음 접하는 외국인이 있다. 그에게 어른을 만나면 허리 숙여 인사하는 법을 가르치고자 한다. 처음부터 그렇게 하지 않는다고 나무랄 텐가? 아닐 것이다. 처음엔 '마음'만 있으면 된다며, 굳이 허리를 숙여 인사하는 '행동'을 강조하지는 않으리라. 그것은 차츰 습관을 들이면 되는 거니까. 그러나 우리나라에서 태어나 자라는 아이들에게는 곧바로 '행동'을 강조할 것이다. 우리나라의 문화라는 '마음'이 이미 갖춰져 있으니까. '상황'이 다르다는 것, 이것이 바로 바울과 예수의 강조점 차이다. 예수를 한 번도 만난 적 없고 예수와 단 한 번 대화를 나눈 적도 없지만, 예수의 제자[사도]가 된 바울의 평생 사명은 (온갖 율법을 지키던 이스라엘 사람들이 아니라) 자신과 같은 처지에 놓여 있는 예수에 관해 들어보지도 못한 이방인들을 전도하는 것이었다. 당신이 바울이라면 무엇을 가장 먼저 강조할 텐가? '믿음'인가 아니면 '행위[율법]'인가?

"너희는 은혜로써 믿음을 통해 구원받은 것이다. 구원은 너희에게서 난 것이 아니라 하나님의 선물이다. 행위로 말미암은 것이 아니니, 이는 아무도 자랑하지 못하게 하기 위해서다."[30] "네가 만일 네 입으로 예수를 주로 시인하며 네 마음으로 하나님이 그를 죽은 자 가운데서 살리신 것을 믿으면 구원을 받으리라."[31] "사람이 의롭다고 하심을 얻는 것은 율법의 행위에 있지 않고 믿음으로 되는 줄 우리가 인정하노라."[32] "아브라함이나 그 후손에게 세상의 상속자가 되리라고 하신 언약은 율법으로 말미암은 것이 아니요 오직 믿음의 의로 말미암은 것이니라."[33] "믿음이 없이는 하나님을 기쁘시게 하지 못하나니 하나님께 나아가는 자는 반드시 그가 계신 것과 또한 그가 자기를 찾는 자들에게 상 주시는 이

---

30 〈에베소서〉 2:8~9
31 〈로마서〉 10:9
32 〈로마서〉 3:28
33 〈로마서〉 4:13

심을 믿어야 할지니라."[34]

그러나 바울의 말은 '당연히' 여기에서 끝나지 않는다. 마치 모든 단일한 하나는 음과 양이 조화를 이룬 결과이듯, 조금씩 믿음 이후를 제시한다. "우리가 믿음으로 말미암아 율법을 파기하느냐? 그럴 수 없느니라. 도리어 율법을 굳게 세우느니라."[35] "율법이 우리를 그리스도에게로 인도하는 선생이 되었으니, 이는 우리를 믿음으로 의롭게 하려 함이라."[36] "우리는 그가 만드신 바라. 그리스도 예수 안에서 선한 일을 위하여 지으심을 받은 자니, 이 일은 하나님이 전에 예비하사 우리로 그 가운데서 행하게 하려 하심이니라."[37] 그리고 고린도전서 13장 역시 이미 예수를 믿는[영접한] 신자들을 대상으로 한 말이다.

믿음만 있으면 되는 줄 알았는데, 그게 아니라서 당황스러운가? 경중(輕重)을 살펴볼 수도 있다. 사도 바울의 말과 예수의 말 중 무엇이 더 무게감과 신빙성이 있을까? 예수는 뭐라고 했을까? "나더러 '주님, 주님!' 하고 부른다고 다 하늘나라에 들어가는 것이 아니다. 오로지 하늘에 계신 내 아버지의 뜻대로 실천[행동]하는 사람

---

34 〈히브리서〉 11:6
35 〈로마서〉 3:31
36 〈갈라디아서〉 3:24
37 〈에베소서〉 2:10

이라야 하늘나라에 들어갈 수 있다. 그날에는 많은 사람이 나를 보고 '주님, 주님! 우리가 주님의 이름으로 예언하고 주님의 이름으로 마귀를 쫓아내고 또 주님의 이름으로 많은 기적을 행하지 않았습니까?' 하고 말할 것이다. 그러나 그때 나는 분명히 그들에게 '악한 일을 일삼는 자들아, 나에게서 물러가거라. 나는 너희를 도무지 알지 못한다' 하고 말할 것이다. 그러므로 지금 내가 한 말을 듣고 그대로 실행하는 사람은 반석 위에 집을 짓는 슬기로운 사람과 같고 (…) 지금 내가 한 말을 듣고도 실행하지 않는 사람은 모래 위에 집을 짓는 어리석은 사람과 같다."[38]

입으로 소리내어 예수를 '주님'이라고 부르고 시인하는 건, 구원을 향한 과정 중 절반에 지나지 않는다. 아니 더 정확히 말하자. 노력을 동반한 실천이라는 행동 없이 단지 입으로 "믿습니다"라고 외친다고 구원받는다는 건, 상식적으로 어불성설(語不成說)이다. 오은영 박사나 권일용 프로파일러처럼 각 분야에서 성공한 사람이 우리에게 훌륭한 아빠와 남편이 될 수 있다고 훌륭한 프로파일러가 될 수 있다고 말했다 치자. 그렇다 한들 우리가 아무리 입으로 "믿습니다"를 외친다고, 외치는 사람 '모두'가 훌륭한 아빠와 남편 그리고 훌륭한 프로파일러가 될 수 있을까? 말도 안되는 소리다. 그 자리에 오를 수 있었던 건, 오로지 그들 '스스로

---

38 〈마태복음〉 7:21~27

수십 년을 끊임없이 몰입해서 노력'한 결과다. 그들이 확신에 차서 말하는 "누구든 될 수 있다"의 전제조건이 바로 '스스로 수십 년 끊임없이 몰입해서 노력'하라는 것이다. 그러면 그들은 왜 전제조건을 빼고 말한 걸까? 그건 모르는 사람이 없을 정도로 가장 기본이기 때문이다. 고통스러운 노력 없이 달콤한 결과만 원하는 사람은 '도둑놈 심보'인 게 당연하니까. 같은 맥락에서 예수가 십자가에서의 모든 고통을 참아낸 후 죽음을 이기고 부활했고, 확신에 차서 우리에게도 자신처럼 부활의 소망을 제시했다고 치자. 그렇다 한들 우리가 아무리 입으로 "믿습니다"를 외친다고, 외치는 사람 '모두'가 예수와 똑같이 죽음을 이기고 부활하리라고 기대할 수 있을까? 웃기는 소리다. 그렇다면 구원과 부활을 위해 우리는 무엇을 해야 할까? "사람의 아들은 반드시 많은 고난을 겪고 원로들과 대사제들과 율법 학자들에게 배척받아 죽었다가 사흘 만에 되살아나야 한다. 누구든지 내 뒤를 따라오려면 자신을 버리고 날마다 자기 자신의 십자가를 지고 나를 따라야 한다."[39] '반드시' 많은 고난을 겪고, 사회 지도층들에게 따돌림을 당할 것이며, '난 원래 그래'라는 말도 할 수 없고, 손과 발에 못이 박히고 창으로 옆구리를 찔리는 끔찍한 십자가 형벌의 고통을 매일매일 겪어야 한한다. 감당할 수 있겠는가? 그럼에도 불구하고 우리나라에 그리스도교인이 1,400만 명이나 된다. 그들은 참으로 예수를 따르려는 그리

---

39 〈누가복음〉 9:22~23

스도교인들일까? 아니면 달콤한 열매만 원하는 도둑놈들일까?

만약 모든 게 입으로 해결될 수 있다면, 포토 라인에 선 수많은 범죄자도 피해자에게 할 말은 없냐는 질문에 '미안하다, 죄송하다'라는 말을 하는 순간 이미 용서와 사면을 받은 셈이 된다. 하지만 그들이 입으로 미안하다고 말했다고, 그들이 진심으로 반성하고 있다고 생각하는 사람은 거의 없다. 우리는 나이 불문하고 거짓말을 입에 달고 살기 때문에, 구두(口頭) 계약으로는 불안해서 계약서를 작성하고 공증(公證)까지 받지 않는가? 잘못했다고 말하는 사람의 말을 믿을 수 없어서 두 번 세 번 정말이냐고 되묻고, 그러고 나서도 믿을 수 없어서 앞으로 지켜보겠다고 으름장을 놓지 않는가? '약속은 깨라고 있는 것'이라는 말도 있고. 그렇다면 우리는 왜 범죄자들의 사과를 믿지 못할까? 가장 큰 이유는, 기자들의 질문이 끝나자마자 나온 대답인 동시에 빠르고 억양도 일정하기 때문일 것이다. 진심은 깊은 생각을 수반하고, 생각엔 시간이 필요하며, 진심 어린 말은 느리고 억양에 높낮이도 있기 마련임을 우리는 본능적으로 알고 있다.

다시 본론으로 돌아와 바울은 하나님이 예수를 죽은 자 가운데서 살리신 것을 마음으로 믿는 것[40]이 필요하다고 말하지만, 사

---

40 〈로마서〉 10:9

실 예수는 '아버지 하나님의 뜻을 실천하는 행동'이 더 필요하다고 이미 강조했다.[41] 예수가 말한 '내 아버지의 뜻'은, "네 마음을 다하고 목숨을 다하고 뜻을 다하여 주 너의 하나님을 사랑하라 하신 것이니 이것이 크고 첫째 되는 계명이요, 둘째는 네 이웃을 네 몸과 같이 사랑하라 하신 것이다. 이 두 계명이 모든 율법과 선지자의 강령(綱領)"[42]이라는 것과 "내 형제 중 가장 보잘것없는 사람에게 행한 것이 바로 내게 행한 것"[43]이라는 것이다. '형제의 범위'에 관한 논쟁이 발생하겠지만, "만일 너희가 너희를 사랑하는 자들만 사랑한다면 무슨 상(賞)이 있겠느냐?"[44]는 말을 본다면 여러분을 미워하는 사람들뿐만 아니라 믿지 않는 사람들까지 포함한다고 생각해도 크게 틀리지는 않으리라. 보통 조직폭력배들이 조직을 결성하면서 자신들만의 강령(綱領)을 작성한다. 그때 모든 강령이 동등한 무게[중요성]를 지녔음을 나타내기 위해, '하나, 둘, 셋…'이나 '첫째, 둘째, 셋째…'보다는 '하나, 하나, 하나…'라는 표현을 사용한다. 단지 말하고 적기 위해 어쩔 수 없이 순서가 정해지는 것일 뿐, 강령 중 어느 것 하나도 버릴 수 없이 모두가 동등하게 중요

---

41 〈마태복음〉 7:21~27
42 〈마태복음〉 22:37~40. Have love for the Lord your God with all your heart, and with all your soul, and with all your mind. This is the first and greatest rule. And a second like it is this, Have love for your neighbour as for yourself. On these two rules all the law and the prophets are based.
43 〈마태복음〉 25:40
44 〈마태복음〉 5:46

함을 강조하려 함이다.

그리스도교인의 경우, 어떻게 살아야 하는지는 이미 답이 명확하게 나와 있다. 더럽고 악하고 썩었다며 세상을 등질 게 아니라, 세상 속으로 뛰어들어 자신을 희생하며 암흑 같은 세상을 밝히는 촛불이 되고 자신을 희생해서라도 썩은 세상의 부패를 가능한 한 지연시키는 소금이 되는 것이다.[45] 이 말속에 숨겨진 또 다른 핵심은, 결과가 아니라 과정이 중요하다는 메시지다. 결과적으로 본다면, 촛불은 결국 꺼져서 다시 어둠이 지배하게 되고 소금도 결국 사라져서 부패를 종식(終熄)할 수 없다. 이렇듯 어차피 지는 싸움이지만, 결과는 하나님께 맡기고 너희는 순간순간 그저 너희가 할 수 있는 최선을 다하라는 말이다. 『바가바드 기타』의 아카르마다. 당장엔 바위가 깨지기는커녕 흠집도 나지 않겠지만, 너희는 계속해서 달걀을 던지라는 말이다.

그러나 현실적으로 세상의 빛과 소금 같은 그리스도교인들을 찾기가 매우 어렵다. 매 순간의 말과 행동과 일상이 타인에게 본(本)이 되는 그리스도교인을 만나보기가 너무도 어렵다. 현재 우리나라의 모습을 보며, 사람들은 세상이 미쳐 돌아가고 있다는 표현조차 서슴없이 한다. 상상을 초월하는 온갖 범죄가 이곳저곳

---

45 〈마태복음〉 5:13~14

에서 연이어 터지고 있고, 타인의 호의(好意)조차 색안경을 끼고 보게 되었으며, 이웃사촌이 심지어 가족이 가해자가 되는 경우도 허다하다. 2018년 기준으로 우리나라 개신교 교인은 1,000만 명이고 천주교 교인은 400만 명이며, 총인구수는 5,140만 명이다. 그리스도교인들조차 하나님을 믿는 사람이 5명 중 1명이 넘음에도 불구하고 세상이 이 모양이라고 탄식한다. 어쩌면, 정말로 만약에 어쩌면, 그리스도교인이 국민 5명 중 1명이 넘기 '때문에' 나라와 사회가 이 모양인 건 아닐까?

믿을 수가 없어!

믿음이나 신뢰는 마음이나 감정의 영역이라고 생각하지만, 그렇지 않다. 오히려 이성(理性)의 영역이다. 신체나 성행위를 노골적으로 드러내는 외설(猥褻)은, 우리의 욕망을 자극하지 못한다. 우리의 본성인 '호기심'과 '궁금증'을 개인 스스로 충족시킬 상상력의 여지(餘地)를 전혀 남겨놓지 않기 때문이다. 신체나 성행위를 드러내더라도 우리의 상상력으로 채울 여지를 남겨놓는 순간, 외설은 예술이 된다. 누드(nude)와 엄폐(掩蔽, concealment) 사이에 '아름다움'이 존재하듯, 지(知)와 무지(無知) 사이에 '믿음' 또는 '신뢰'가 존재한다.[46] 정확히 말해서 우리의 상상력으로 채울 수 있는 여지, 즉 알고 있는 부분과 알 수 없는 '비밀'의 영역 그 중간 지점에서 '믿음'과 '신뢰'가 살고 있다. 세상의 본모습이 1·2·3차원처럼 확실하

---

46   한병철(韓炳哲), 『투명사회(The Transparency Society)』(2014)

고 곧은 직선이 아니라 휘고 접히고 구불구불한 프랙탈인 것처럼 말이다.

아무것도 모를 땐 믿을 수가 없다. 믿을 만한 건덕지가 하나도 없기 때문이다. 모든 걸 완전히 알 때도 믿을 수가 없다. 100% 알고 있어서 믿고 자시고 할 게 없기 때문이다. 그러니까 믿고 싶어도 믿을 수가 없다면, 아무것도 모르거나 완전히 알기 때문이다. 그런데 우리는 불완전한 존재이고, 세상은 한시도 쉬지 않고 변화한다. 우리가 '완전히' 알고 있다고 단언할 수 있는 게 하나도 없는 이유다. 따라서 현실적으로 믿고 싶어도 믿을 수가 없다면, 그건 아무것도 모르기 때문이다. '알기 위해 믿는다'라는 아우구스티누스(Augustine of Hippo)의 말은 그래서 틀렸다. 사이비 종교의 신도들을 보라. 믿기가 힘들지, 어떤 방식을 통해서든 일단 믿음이 생기면 게임은 이미 끝난 것과 다름없다. 어떤 종류의 믿음이든, 믿음이 생긴 그 순간부터 우리 인간만의 고유한 능력인 이성은 질식한다. 우리의 본성 중 하나인 '확증편향' 즉 '선택적 지각'이, 그 믿음에 일치하는 정보만 받아들이고 그렇지 않은 정보는 원천 봉쇄하면서 믿음을 맹목적으로 키우기 때문이다. 그러니 알기 위해서 일단 믿어보겠다는 생각은, 매우 위험하다. 절대 하지 마라! 비록 그리스도교의 모습을 띠고 있는 종교라고 해도, 하지 마라! 토마스 아퀴나스(Thomas Aquinas)의 말처럼, '믿기 위해 알고자 하고 이해해야 한다.'

믿기 전에 늘 '합리적 의심'의 안테나를 켜 둬라! "야! 너 나 못 믿어?"라고 윽박지르는 사람은 믿지 않는 게 상책(上策)이다. 간절함[절실함]이나 정성[진심]과 마찬가지로 그리고 예수도 말했듯이, 믿음도 '입'이 아니라 '행동'을 판단 기준으로 삼아야 한다. 믿음은 상대방의 말이나 심지어 인간성과는 전혀 상관없이, '약속의 이행 횟수'와 비례해서 쌓이기 때문이다. 그래서 악한 사람들끼리도 거래가 성사되고, 북한조차도 무역이 가능한 이유다. 사기꾼들은 대체로 번지르르한 말과 자신의 경제력을 과시할 수 있는 외모나 물건 그리고 자신의 사회적 지위를 과시할 수 있는 직업으로 타인을 속인다. 따라서 상대방이 내보이고자 하는 그런 것들에 현혹되지 말고, 그 사람의 행동 특히 작은 행동 하나하나를 상식에 근거해서 판단하자. 상식을 벗어나는 행동을 하거나 그런 행동을 하도록 부추길 때는 의심해야 한다. 이런 사기꾼들은 특히 기독교의 탈을 쓰고 나타나는 게 대다수다. 자신이 하나님의 유일한 선택을 받은 사람이라거나, 하나님의 음성을 직접 들을 수 있다거나, 하나님으로부터 치유 능력 같은 특별한 어떤 능력을 받았다거나, 꿈 같은 매개를 통해 수시로 하나님의 계시를 받는 사람이라면서.

사례 하나. 2012년 보성에서 목사 부부가 자신들의 삼 남매를 굶기고 폭행해서 죽음에 이르게 한 사건이 벌어졌다. 큰딸(10) 그리고 8살과 5살 난 두 아들에게 악마가 씌워 몰아내려 했단다. 그런데 알고 보니 진범, 즉 목사 부부를 배후에서 조종한 여인이 있었다. 그녀가 목사 부부에게 악마를 퇴치하기 위해 해야 한다며 시킨 일들은 며칠씩 굶기기, 잠 안 재우기, 때리기, 노숙하기 등 이었다. 이런 것은 상식적으로 아이들 특히 자기가 낳은 자녀들에게는 결코 할 수 없는 행동들이다.

사례 둘. 2018년 6월 제주도에서 29세의 초등학교 여교사 김 씨가 폭행으로 사망한 사건이 있었다. 범인은 미국 버클리 음대를 졸업하고 교회 성가대 지휘자로 활동하면서 신앙심이 깊은 사람으로 소문이 자자했다. 범인은 자신이 하나님의 음성을 수시로 직접 들을 수 있다며 김 씨에게 접근해서 가스라이팅했고, 경제적 착취를 비롯해 수시로 자기의 집에 불러 하녀처럼 부렸다. 더 슬픈 사실은 이런 식으로 피해를 당한 여성이 최소 3명 더 있다는 점이다. 물론 김 씨의 이력은 모두 거짓이었다.

사례 셋. 1995년 3월 20일 '도쿄 지하철 사린(sarin) 가스 테러'를 일으킨 '옴(Aum)진리교'는 아사하라 쇼코(麻原彰晃, Asahara Shoko)라는 교주가 이끌고 있었다. 평범한 요가 교실 운영자에서 사이비 종교의 교주로 변신하게 된 두 가지 계기는, 당시 티베트 불교의 지도자이자 티베트 망명정부의 국가원수이기도 한 달라이라마(Dalai Lama)와 찍은 사진 한 장, 그리고 순간 캡처되어 마치 공중 부양을 하고 있는 듯하게 보이는 쇼코의 사진 한 장이었다. 사기꾼들의 전형적 수법인 유명인과의 친분 과시 그리고 설명할 수 없는 초능력을 보유한 듯한 모습에 열광한 무지한 대중들의 작품이었다. 여느 사이비 종교와 마찬가지로, 옴진리교 역시 신자들의 전 재산을 헌납하게 했고, 가족과의 인연도 끊게 했으며, 단체 생활을 강요했고, 간도 하지 않은 채소 수프와 쌀만 먹였다. 나아가 신도들에게 쇼코가 목욕한 물 1리터를 100만 원에 팔아 마시게 했고, 쇼코의 정신과 동기화할 수 있는 장치라며 전선이 주렁주렁 달린 뇌파 검사기 같은 헤드기어는 1주일 대여료가 1천만 원, 구매 비용은 1억 원이었다.

상식적으로 과연 이게 올바른 종교의 모습일까? 쇼코가 목욕한 물을 생수처럼 마신다는 게 말이 되는가? 우리에게는 지나가던 개도 웃을 일이지만, 일단 믿어버린 후여서 이성이 마비된 옴진리교 신자들에게는 그 모든 게 진리였다. 왜? 쇼코가 그렇게 말했고, 자기들의 경전에 그렇게 기록되어 있기 때문이다. 무한 순환의 덫이다. 그러니 평범한 우리와는 대화 자체가 단절될 수밖에. 여기서 분명히 짚고 넘어갈 게 있다. 경전의 내용은 제외한 채 그들의 대화 방법과 행동만 본다면, 옴진리교 신자들과 그리스도교 신자들을 구별하는 게 내겐 거의 불가능한 일이라는 점이다.

예를 들어 '태초에 하나님이 천지(天地)를 창조'[47]했다는 기록

---

47 〈창세기〉 1:1

을 보면서, 이성의 스위치가 켜져 있는 나는 합리적 의심을 해본다. 옛날 중국인들은 자기들의 나라가 세상의 중심[중화(中華)]이고, 자기들 눈으로 인식할 수 있는 하늘과 땅이 천지 그 자체라고 믿었다. 그들의 잘못이라거나, 그들이 못나서가 아니다. 과학 기술의 발달이 미진한 상태였으니 당연했다. 그렇다면 기원전 10세기경의 이스라엘인들 역시 자기들 나라의 역사가 시작된 때가 '태초'이고, 자기들 눈에 비치는 하늘과 땅이 '천지 그 자체'라고 믿었을 확률이 높지 않을까? 그렇다면 태초에 하나님이 천지를 창조했다는 건, 기원전 23세기경의 단군이 고조선을 건국하면서 새로운 하늘[세상]을 열었다는 말과 비슷하지 않을까? 즉 단군신화가 고조선이라는 특정 지역을 새로운 하늘로 묘사한 것처럼, 이스라엘인들 역시 이스라엘이라는 특정 지역을 천지로 묘사한 것일 수도 있다는 말이다. 새로운 정답을 제시하겠다는 게 아니라, 보다 올바른 해석에 다가가기 위한 노력일 뿐인 이런 내 생각에 그리스도교인들은 노발대발한다. 내가 틀렸단다. 자기들의 경전인 『성경』의 기록과 맞지 않는다는 게 유일한 이유다. 이성의 스위치가 꺼져 있고, 그래서 더 넓고 더 깊은 해석에 다가가려는 의지도 노력도 없다. 그러니 평범한 우리와는 대화 자체가 단절될 수밖에. 뭐가 다른가?

그렇다면 다시 성경으로 온전히 들어가 보자. 사실 바울이 강조한 '믿음'은 지금 우리가 생각하는 믿음과는 전혀 다르다. "믿음은 들음에서 나고 들음은 예수의 말로 말미암는다"[48]고 바울은 말한다. 누구의 어떤 말이든, 듣는 즉시 믿게 되는 건 아니다. 예수의 말, 즉 성경의 내용도 다를 바 없다. 전도(傳道)해 보라. 예수의 말을 들어도, 대부분이 콧방귀를 뀐다. 따라서 믿음이 들음에서 난다는 말은, 예수의 말들에 대해 시간을 두고 깊이 '생각'해 보라는 것이다. 하나님이 특별히 자신들의 형상대로 만들고,[49] 생육하고 번성해서 하늘과 바다와 땅의 모든 것을 정복하고 다스리게 한[50] 우리 인간에게만 허용한 이성(理性)을 최대한 활용해서 이해하고 알라는 것이다. 그런 후에라야 믿음이 생긴다는 말이다. 들을 때의 마음자세도 중요하다. "여호와를 경외(敬畏)하는 것이 지식의 근본이거늘, 미련한 자는 지혜와 훈계를 멸시하느니라."[51] 선생이나 강사를 해본 사람이라면, 이 말이 머리가 아니라 가슴에 와닿을 것이다. '경외'란 존경하면서도 두려워하는 마음이다. 궁금해하지도 않고 배우려는 자세도 없는 학생은, 선생을 존경하지도 두려워하지도 않는다.[52]

"(내가) 모든 것을 해(害)로 여김은 '그리스도 예수를 아는 지식'

48 《로마서》 10:17
49 《창세기》 1:26
50 《창세기》 1:26~28
51 《잠언》 1:7
52 《잠언》 1:29

이 가장 고상하기 때문이라 (…) 내가 가진 의는 율법에서 난 것이 아니요 오직 그리스도를 믿음으로 말미암은 것[53]이라고, "그들[이스라엘 사람들]이 하나님께 '열심'은 있으나 '올바른 지식'을 따른 것은 아니"[54] 라고 바울은 분명히 말한다. 이건 바울만의 생각이 아니다. 솔로몬도 "여호와는 지혜를 주시며 지식과 명철(明哲)을 그 입에서 내시는 이"[55] 라고 말한다. 단순히 예수 믿고 천국 가자는 거나 예수가 신이라고 믿는 것과는 전혀 다르다. 그런데도 많은 성직자는 오히려 정반대로 성경과 예수의 말을 '이해하고 알려고 하는 것'을 죄라고 말한다. 왜 그럴까? 둘 중 하나일 것이다. 첫째 성경에 관한 지식을 독점해서 기득권을 유지하려는 속셈이라면, 철이 지나도 한참 지난 중세적(中世的)인 컨셉(concept)이다. 아니라고? 그렇다면 둘째 어리석고 미련한 것이 분명하다. "너희 어리석은 자들은 어리석음을 좋아하며, 거만한 자들은 거만을 기뻐하며, 미련한 자들은 지식을 미워하니, 어느 때까지 하겠느냐."[56] '이해하고 아는 것'이 지식·경외·믿음·구원과 하나라면, 반대로 '모르는 것'은 죄다. "여전히 죄 가운데 있는"[57] 셈이다.

---

53 〈빌립보서〉 3:8~9
54 〈로마서〉 10:2
55 〈잠언〉 2:6. The LORD gives wisdom; from his mouth come knowledge and understanding.
56 〈잠언〉 1:22
57 〈고린도전서〉 15:17

정말 많은 성직자의 말대로, 성경 그러니까 예수의 말을 '이해하고 알려고 하는 것'이 죄일까? 호랑이의 날카로운 이빨과 발톱처럼, 모든 동물에겐 각기 자기만의 신체적인 무기가 있다. 아니라면 개의 뛰어난 후각처럼, 자기만의 특출난 재능이 있다. 우리 인간에겐 뛰어난 신체적 무기 대신 '생각하는 능력'이라는 특출난 재능이 있다. 그런데 그걸 사용하지 말라고? 주인이 반려견에게 가장 좋은 건강식을 주면서, 단 한 가지 조건을 내세운다. 코를 막고 어떤 냄새도 맡지 않은 상태에서 먹으라는 것이다. 주인의 말이니까 무조건 따른다며 정말로 그렇게 먹는 반려견이 있다면, 그건 개도 아니다. 대부분 반려견은 무의식적으로 후각을 사용해서 그것이 어떤 종류인지 '이해하고 알려고' 할 것이다. 그것이 반려견의 잘못이고 죄일까? 절대 아니다. 반려견이라는 게 원래 그렇게 생겨 먹었기 때문이다. 따라서 전적으로, 반려견의 본성을 조금도 고려하지 않은 주인의 잘못이다.

엄마가 세 살배기 아이에게 세상에서 가장 좋은 것을 주면서, 단 한 가지 조건을 내세운다. 30분 동안 조금도 움직이지 말고 가만히 있으라는 것이다. 엄마의 말이니까 무조건 따른다며 정말로 그렇게 행동하는 세 살배기 아이가 있다면, 대견하기는커녕 안쓰럽고 슬프고 학대를 받았는지 아니면 어디가 아픈지 걱정이 앞설 것이다. 정상적인 아이라면, 그 시험을 통과할 아이는 없다. 그것이 아이의 잘못이고 죄일까? 절대 아니다. 세 살배기 아이는 원래가 가만히 있질 못한다. 전적으로, 아이의 본성을 조금도 고려하지 않은 엄마의 잘못이다. 성경 말씀은 생각하고 분석하고 따지고 들어서는 안 된다고? 이성(理性)을 사용하면 죄라고? 과연 누구의 잘못이고 누구의 죄일까?

그건 잘 모르겠고,
여하튼 나한테는 잘해줘요

모르는 게 약이 되는 경우는 간혹 있어도, 그렇다고 그것이 그대로 있어도 괜찮은 상태라거나 자랑거리는 절대 아니다. 지적 장애우가 아니라면, '모르거나 모르는 데도 알려고 하지 않는 건 죄'라는 게 내 생각이다. 법이 규정한 감형 사유에도 '무지(無知)'는 없다. 내가 바쁜 일이 있어서 무단횡단을 했다. 경찰이 부른다. 무단횡단이 잘못인 줄 또는 법에 저촉(抵觸)되는 행동인 줄 몰랐다고 아무리 변명해도 통하지 않는다. 정말 몰랐던 게 진실이더라도 달라지는 건 없다. 나는 법을 어긴 것이고, 그에 적합한 처벌을 받아야 하며, 그 처벌이 가혹하든 그렇지 않든 그 모든 건 온전히 나의 책임이다.

(잘) 모르겠으면, 입 닥치고 있으면 될 일이다. "말할 수 없는 것에 대해서는 침묵해야 한다(Wherefore one cannot speak, thereof one must be silent)."[58] 아는 게 없으니 말할 수 없는 게 당연하다. 내가 내 생각을 조금씩 말하기 시작한 건, 30대 중반 이후부터였다. 그 때까지는 아는 게 너무 없어서 그리고 아는 것도 근거가 불확실해서, 타인들의 주장을 취사선택하면서 나만의 생각을 구축해 나가기 바빴다. 그런데 (잘) 모르겠다면서도 쉼 없이 떠드는 사람들이 상당히 많다. (잘) 모르겠다면서도 자기의 생각은 어떠어떠하다고 확신하는 사람들이 꽤 많다. 그럴듯한 청사진을 확신에 차 제시하면서 시의원과 국회의원에 당당히 출마까지 한다. 그런 그들의 면면을 보면서, 나는 자괴감에 빠지곤 한다. 학벌은 겉 포장일 뿐이니 논외로 치면, 그들에게 다양하고 깊이 있는 사회 경험이 있는 것도 아니다. 다양하고 깊이 있는 고전을 수백수천 권 읽은 것도 아니다. 매 순간 사물과 현상을 주의 깊게 관찰하면서 깊이 있게 생각하는 습관이 몸에 배어 있는 것 같지도 않다. 그런데도 아는 게 많고, 확신까지 차 있다. 나와는 달라도 너무 다르다. 그들이 너무나 뛰어난 건지 아니면 내가 너무나 모자란 건지 지금도 모르겠다. 그저 그들의 그런 능력에 경의(?)를 표할 뿐이다.

이제 본론으로 들어가자. 한 여성이 남자를 사귄다. 그 남자의 표정과 말투와 행동에 이상한 점이 한둘이 아니다. 그런데도 동

---

58 루트비히 비트겐슈타인(Ludwig Wittgenstein), 『논리-철학 논고(Logical-philosophical Treatise)』(1922)

료와 지인과 친구들은 보통 "다 큰 성인인데, 알아서 잘하겠죠"라고 말한다. 자기 일 아니니 신경 쓰고 싶지 않다는 의미다. 이런 사람들은 진정한 친구가 아니다. 진정한 친구라면 친구가 잘못된 방향으로 가고 있을 땐, 막말하고 강제로 잡아끄는 한이 있어도 친구를 잘못된 길에서 나오게 해야 한다. 친구를 사랑하는 부모나 형제자매나 자녀와 동급으로 생각한다면, 친구를 자기 목숨을 줄 정도의 대상으로 생각한다면 말이다. 하지만 대부분은 이렇게 행동하지 않고, 잘못된 길로 가는 친구를 깊이 이해하는 대인배의 탈을 쓴 채 방관자의 자세를 취한다. 이런 상황에서 당사자 스스로 정신을 차리는 건 매우 힘들 것이다. 일단 눈에 콩깍지가 씌면 즉 사랑의 호르몬에 완전히 적셔지면, 보통 최소 100일 이상은 이성(理性)이 마비되기 때문이다. 이렇게 콩깍지가 씐 여성들이 한결같이 하는 말이 바로 "그건 (잘) 모르겠고, 여하튼 나한테는 잘해줘요"다.

남성이 여성에게 작업을 걸 땐, 첫째 그 남성도 호르몬에 의해 콩깍지가 씌었거나 아니면 둘째 특정 목적으로 접근하는 경우가 대부분이다. 그러나 이 두 경우는 사실 매한가지다. 둘 다 소위 '유효기간'이 있기 때문이다. 그 유효기간이 지나면, 대부분 남성의 행동은 '원래대로' 돌아간다. 즉 어떤 식으로든 '바뀐다'. 마음만 먹으면 대부분 남성은 여성을 3년 정도는 속일 수 있다고 한다. 주위 사람들을 보고 뉴스를 보면, 그리 틀린 말도 아니다. 설혹 그 기간이

1년 정도라고 해도, 비극은 충분히 발생하고도 남을 시간이다.

그렇다면 상대 남성의 본래 성향과 모습을 어떻게 해야 알 수 있단 말인가? 보통 의도적으로 속이는 건 큰 것이 대부분이니, 작은 것 사소한 것을 관찰하면 많은 도움이 된다. 하나하나 열거하자니, 거의 모든 남성을 적(敵)으로 돌려세울 것 같아 참는다. 다만 그 사람의 원래 성향과 모습은 가장 편안할 때, 즉 긴장이 풀어져 있을 때 나오는 게 일반적이다. 따라서 그가 혼자 있을 때, 가족들을 대할 때, 동성(同性) 친구들과 술자리를 하거나 술에 취했을 때의 모습을 유심히 관찰하라! 아니면 물이나 커피를 갑자기 그의 옷에 부어(?) 보는 것도 좋다. 대부분 남자는 욕설부터 나오고 그 후에 "조심 좀 하지"라며 상대방을 비난하는 말이 이어지겠지만, 아주 간혹 괜찮냐며 상대방의 안위부터 걱정하는 멋진 남자도 있다. 그런 남자라면 잡아라! 하나 더! 겉으로 보이거나 보여주려고 의도하는 모습과 정반대의 모습이 그 사람의 진짜 모습인 경우가 대략 70% 이상이라는 사실도 기억하자. 강한 척하는 만큼 겁쟁이고, 잘난 척하는 만큼 무지렁이다. 자세한 건 '43번. 빈 수레가 요란하다'를 참조하라. '데이트[교제] 폭력'이니 '안전 이별'이니 하는 말들이 흔해진 요즘이다. 한국여성의전화에 따르면 2023년 한 해, 교제하던 연인 사이에서 발생한 살인 사건이 138건이나 된다고 한다. 조금이라도 더 가까워지기 전에 잘 살피기를 바란다.

타인을 평가할 때, 사람들은 대부분 한두 가지 면만 보고서 그 사람 전체를 판단한다. '성급한 일반화의 오류'다. 직장에서는 나쁜 상사가 가정에서는 좋은 아빠일 수 있고, 부모에게는 효자 아들이 사회에서는 범죄자인 경우가 허다하기 때문이다. '한마디로 좋은 사람' 또는 '한마디로 나쁜 사람'은 존재하지 않는다. 우리는 누구나 상황과 범주에 따른 수많은 페르소나를 늘 준비해 놓고 있기 때문이다. 그런데 그렇게 빈약한 한두 개의 평가 항목 중에서도 1순위는, 타인이 자기에게 어떻게 하느냐다. 자기에게 잘하는 타인은 '무조건' 좋은 사람이고, 그렇지 않으면 나쁜 사람이다. 특별할 것 전혀 없는, 본능에만 온전히 맡긴 전형적인 모습이다. 모든 반려동물의 사람 판단 기준도 이와 똑같다! 그러니 타인을 평가할 때는 적어도 다섯 가지 이상의 범주를 분류해 놓고, 각 범주의 독자적인 기준에 따라 범주별로 판단하길 바란다.

사례 하나. 2021년 7월 18일, 제주도에서 중학교 남학생이 처참하게 살해당하는 사건이 발생했다. 범인은 피해 학생의 어머니와 잠시 동거했던 사이인 당시 48세의 백광석, 그리고 돈 때문에 범죄에 가담한 당시 46세의 단란주점 사장 김시남이었다. 피해 학생의 어머니는 식당을 운영하고 있었고, 중학교 동창이던 백광석이 그 식당에 출입하기 시작하면서 둘은 동거를 결심했다. 둘다 이혼한 상태였고, 둘 다 아들 한 명씩을 키우고 있었다는 동질감도 있었지만, 백광석이 자신의 일거수일투족을 함께 하며 한없이 자상하게 잘해 줬던 것이 가장 큰 이유였으리라. 그러나 콩깍지가 씐 피해 학생의 어머니는 알았을까? 백광석이 이미 전과 10범이었던 걸, 그가 저지른 모든 범죄의 원인이 백광석의 분노조절장애와 과도한 집착과 어린아이 수준에서 멈춰버린 인정욕구였음을. 연애할 땐 장점이라고 여겼던 백광석이 일거수일투족을 함께 하던 본모습이 실은 집착과 감시와 통제였음을 점차 깨달으면서 피해 학생의 어머니는 숨을 쉬기도 힘든 상황이 되었고, 급기야 헤어지자고 통보한 것이 범죄의 시발점이 되었다. 별거 상태로 들어간 순간부터 시도 때도 없는 무단 주거침입에 폭력이 이어졌고, 경찰에 신변 보호 요청도 했으나 별다른 조치는 이뤄지지 않았다. 결국 백광석은 친분이 있던 김시남을 꼬드겼다. 피해 학생이 비록 중학생이었어도 키가 180cm가 넘는 체격이었기에, 왜소했던 본인 혼자 제압해서 살해할 자신이 없었던 것이다. 피해 학생의 어머니에게 폭력을 행사할 때마다 피해 학생이 자신을 '새아빠'가 아닌 '당신'이라고 부르던 것이 자존심이 상해서 범행을 계획했고, 범행에 성공하면 홀가분하게 피해 학생의 어머니와 다시 새롭게 시작할 수 있으리라는 망상이 범행동기였다. 둘 다 사형을 구형한 검찰과는 달리, 법원의 판결은 최악이었다. 피해 학생의 체격이 컸다는 사실만으로 살인죄의 가중 처벌 요소인 '범행에 취약한 피해자'에 해당하지 않는다면서, 범행을 주도한 백광석에게는 징역 30년을, 피해 학생을 직접 살해한 김시남에게는 징역 27년을 선고했다.

끝까지 '나한테만'은 잘해 줄 수도 있다. 그러나 우리의 삶은 '너와 나' 단둘만의 공간이 아니다. 상대방이 '나에게만은' 잘할지 몰라도, 그 사람이 내 부모와 내 가족과 자녀와 이웃과는 심각한 문제를 발생시키는 경우가 허다하다. 각각 범주가 다르기 때문이다. 그리고 그런 문제들은 다시 내 삶과 밀접하게 연결된다. 그럴 때면 또 "그럴 줄 몰랐다!"라고 말하는 게 보통이다. 무슨 일만 생기면 늘 몰랐단다. 다시 한번 강조한다. 모르는 건 죄다. 몰랐다고, 그 책임에서 1%도 자유로워질 수 없다. 칸트는 말한다. '사페레 아우데!(Sapere aude, 과감히 알려고 하라!)' 이 주제와 관련된 미국 작가 진 한프 코렐리츠(Jean Hanff Korelitz)의 소설 『진작 알았어야 할 일(You Should Have Known)』(2014)을 추천하고프다.

아는 만큼
보인다

눈으로 보는 건, 아는 사람이든 모르는 사람이든 똑같다. 다만 눈으로 본 것을 뇌가 인지[인식]하느냐 못하느냐의 차이다. 지식이건 경험이건 아는 만큼, 뇌에 마치 촘촘한 그물망처럼 데이터베이스가 축적된다. 눈으로 본 것 중 그 데이터베이스와 관련 있는 것은 뇌가 그냥 지나치지 않는다. 그래서 다시 돌아보고 관심 있게 집중하면서 인지[인식]하고 생각한다.

사랑에 관한 지식이나 경험이 없는 사람은, 남녀 간의 미묘한 눈빛이나 표정 변화를 봐도 그것이 어떤 의미인지 알지 못한다. 대부분 사람에게 여름 햇볕은 따갑거나 뜨거울 뿐이지만, 과학적인 지식과 관심이 있는 사람에게는 참으로 신기한 대상이다. 일곱 가지 파장이 하나로 통합되어 흰색으로 보이는 것도, 그것이 약 1억 5,000만km를 달려왔다는 것도, 그것이 태양이 이미 8

분 전에 발산한 것이라는 사실도 그저 신기할 뿐이다. 대부분 사람에게 연꽃은 아름답다. 진흙층이 쌓인 더러운 연못에 뿌리를 내리고 있지만 결코 그 더러움에 더럽혀지는 일이 없기에 불교의 상징이기도 하다. 이게 다다. 그리곤 시선을 다른 곳으로 돌린다. 하지만 연꽃의 꽃잎은 나노 크기의 울퉁불퉁한 융기(혹, bump)로 덮여 있어서, 물방울이 잎 속으로 스며들지 못하고 돌기 위에 불안하게 떠 있는 셈이라 결국엔 흘러내린다. 그때 잎에 앉은 먼지까지 씻겨 내려간다. 이런 연꽃잎의 원리를 우주탐사선의 표면처리에 응용했으며, 비만 내리면 저절로 깨끗해지는 유리창과 비를 맞으면 자동으로 세차되는 자동차 그리고 하얀 바지에 콜라를 흘려도 손으로 털어 내면 깨끗한 원상태로 돌아오는 면섬유 등에 응용할 수 있다는 것을 아는 사람은 연꽃에서 쉽사리 눈을 떼지 못할 것이다. 나아가 서로 다른 여러 분야에 관심을 두고 아는 사람에게는 통섭(統攝, consilience)을 통한 '유레카(Eureka)'의 순간이 찾아오기도 한다.

『대학(大學)』 7장은 말한다. "마음이 (올바르게 세워져서 한 곳에 집중되어) 있지 않으면(심부재언/心不在焉), 보아도 제대로 보이지 않고 (시이불견/視而不見) 들어도 제대로 들리지 않고(청이불문/聽而不聞) 먹어도 그 맛을 제대로 알지 못한다(식이 부지기미/食而 不知其味)." 진짜로 뭔가를 알고 싶다면, 우선 '관심과 궁금증'을 가져야 한다. 이것이 '심재(心在)' 즉 '마음이 있어야 한다'라는 말이다. 그런 후에는 영어의 'see'와 'hear'에 해당하는 '시청(視聽)'이 아니라 'watch/look at'과 'listen to'에 해당하는 '견문(見聞)'을 해야 한다. '견문'이란 모두가 보는 것을 보면서, 아무도 생각하지 못한 것을 생각하거나 느끼지 못한 것을 느끼는 것이다. 중요한 건, 모두가 똑같은 걸 본다는 사실이다. 다만 모두가 똑같이 보는 '별것도 아닌 평범한 것'에서 '특별한 것'을 끄집어내는 사람들이 있으니, 그들이 시인이고 예술가며 천재들이다. 우리 대부분은 그러지 못한다. '진리 즉 특별한 것은 평범한 것 속에 있다'라는 사실을 몰라서 그렇고, 평범한 것들의 속을 꿰뚫어 볼 수 있는 '눈'이 없어서며, 평범한 것들이 걸어오는 말을 들을 수 있는 '귀'가 없어서다. 우리의 눈과 귀가 '당연함'과 '익숙함[습관화]'과 '빨리빨리'에 의해 막혀 버렸기 때문이다. '시청'은 눈이 떠 있고 귀가 막혀 있지 않다면 누구에게나 가능하지만, '견문'은 의지를 갖추고 집중하지 않으면 안 된다. 그래서 TV는 '시청'하고, 여행이나 외국 유학은 '견문'을 넓힌다고 하는 것이다. 하지만 지금은 그런 '목적' 즉 '본질'은 사라지고 누구나 하니까 무조건 나도 해야 한다는 '형식'만 남게 되면서, '견문'조차 '시청'으로 바뀌었다. '더 많이' 보려고만 할 뿐, '제대로' 보려고 하지 않는 것이 문제다. 너무 많이 보려 하지 말고, 본 것들만이라도 제대로 소화하려고 노력하라. 많이 아는 건 중요하지 않다. 하나라도 깊이 보고 듣고 느끼려고 해야 한다.

'천천히 오랫동안 낯설게 자세히 마음을 다해서' 들여다보고 귀를 기울여도 되고 아니면 역지사지(易地思之)를 통한 공감 능력을 갖춰도 좋다. 어떤 식으로든 둘 다 일상에서 '당연함과 익숙함[습관화]과 빨리빨리'를 제거해 주고, 그 결과 대부분 사람이 그토록 바라는 '행복'의 전제조건인 '새로움과 낯섦과 천천히'가 남게 되니까. 그렇게 삶의 매 순간이 '새로움과 낯섦과 천천히'로 바뀌면 놀라운 일이 벌어지기 시작한다. 그저 습관적으로 매일 먹던 밥이 '맛있어지고', 매일 보던 지겨운 사람들조차 '너무 반갑고', 매일 보던 맑은 하늘이 '눈물 나도록 푸르게' 느껴진다. 군대나 교도소처럼 통제된 곳의 경험이 있는 사람들이라면, 이런 말에 공감하리라. 일상의 모든 것과 모든 일에 깜짝깜짝 '놀라면서' 즉 '감동(感動)'하면서 자연스럽게 '감사(感謝)함'이 넘쳐나게 된다. 메마른 삶이 '풍요로워지는' 것이다. 거꾸로, 삶에 감사함이 부족하고 하늘과 바람과 별과 시 하나하나에도 감동하지 못하는 이유는 필요 이상으로 많이 가지고 있기 때문이다. 꼭 필요한 부분만 남겨두고, 나머지는 그것을 여러분보다 조금이라도 더 필요로 하는 주위 분들에게 거저 나눠주라. 그것이 법정 스님의 '무소유'이고 그리스도교의 '사랑'이다.

아는 만큼 보인다는 말은 '뭐 눈엔 뭐만 보인다'라는 말이기도 하다. 부처 눈엔 모두가 부처지만, 개 눈엔 모두가 개고, 사기꾼 눈엔 모두가 자신을 상대로 사기를 칠 사람으로 보인다. 특정 시대와 마찬가지로, 특정 개인도 자신만의 '에피스테메(episteme)' 또는 '패러다임(paradigm)'을 뛰어넘는 건 거의 불가능하다. '아는 만큼 보인다'라는 말을 뒤집어 보면, '아는 게 없을수록 보이는 것도 없다'라는 말이 된다. 그래서 무지한 현대인들의 눈엔 '돈' 단 한 가지만 보이나 보다. 가장 큰 문제는 아는 게 없는데 뭔가를 봤다고, 진리를 찾았다고 외치는 사람들이다. 지존파나 유영철 같은 연쇄살인범이 명상(瞑想)한다고 생각해 보자. 그들이 삶에 관해 아무리 깊고 오래 명상한다고 해도, 그들이 찾아낼 결과는 뻔하다. 아는 게 없는 사람이 산속에서 아무리 수십 년을 살면서 도(道)를 추구한다고 해도, 그가 발견했다고 외칠 결과는 위험할 확률이 매우 높다. 배우기만 하고 (배운 것을 곱씹으며) 깊이 생각함이 없으면 아무것도 배운 게 없는 셈이고(학이불사 즉망/學而不思 則罔), (상상의 나래를 펼치며) 자신만의 생각에 빠져 있을 뿐 (동서고금의 여러 분야에 관한) 배움이 없으면 독단(獨斷)과 독선(獨善)에 빠져 자신에게나 모두에게 가장 위험하다(사이불학 즉태/思而不學 則殆).[59]

---

59 공자, 『논어』 2편 「위정(爲政)」

23

하나님이 자기들의 형상을 따라 자기들의 모양대로 사람을 창조하시고[60]

"God said, Let us make man in our image, after our likeness."
(UKJV) 이것은 신학적인 문제다. 내가 다룰 영역이 아니다. 그러나 이 구절에 관한 일반적인 해석이 매우 이상함에도 불구하고, 누구 하나 질문하지 않고 그런 질문조차 원천 봉쇄된 분위기가 싫어서 언급하고자 한다. 그렇다고 내게 새롭게 제시할 해석이 있는 것도 아니다. 다만 이 구절이 조금은 생뚱맞게 삽입된 것이라면 지금의 엉성한 해석에 만족하지 말고 더 체계적이고 조화로운 해석을 치열하게 고민하자는 것이고, 나아가 이 구절이 정말로 정확한 표현이라면 과감하게 그리스도교 교리 자체를 처음부터 다시 철저히 검증하려는 마음을 갖는 것이 바람직하지 않을까 싶어서다.

---

60 〈창세기〉 1:26

일반적으로 통용되는 '유일한' 하나님이, 분명 '단수형'이 아니라 '복수형'으로 기록되어 있다. 히브리어 성경에도 그렇다. 그렇다면 첫째, '하나님'은 '유일한 신'이 아니라 '신들의 집단[단체]'을 지칭하는 말일 수 있다.[61] 쉽게 말해서, '대통령'이 아니라 '국회'를 지칭하는 말일 수 있다는 것이다. 하지만 그러면 온 우주를 창조한 '창조주' 하나님의 지위는 유지될 수 있다고 해도, 인간을 너무도 사랑해서 '독생자' 예수를 지구로 보내 인간들의 죄를 대신해 죽음에 이르게까지 한 '사랑과 긍휼과 구원'의 하나님의 지위는 유지할 수 없게 된다. '유일한' 하나님의 '유일한' 자녀라는 컨셉(concept)이 바로 인간을 향한 엄청난 '사랑과 긍휼과 구원'의 원천이기 때문이다. 그래서 이건 개신교[기독교]와 천주교[가톨릭]를 포함한 그리스도교라는 종교의 존립 자체를 뒤흔드는 문제다.

그렇다면 둘째, '오타(誤打)[오류]'라고 하면 된다. 하지만 그렇게 되면, 성경의 모든 말씀이 일점일획도 없어지지 않고 다 이루어질 것이라는 말[62]도 거짓이 된다. 물론 '일점일획'이라는 말은, 글자 그대로가 아니라 내용상 오류가 없음을 강조하는 표현이 분명하지만 말이다. 여하튼 이것은 또 다른 오타들이 수없이 많이 있을 수 있음을 인정하는 셈이며, 결국엔 성경이 지금껏 누려오

---

61 〈시편〉 68:17
62 〈마태복음〉 5:18

던 경전(經典)으로서의 권위를 무너뜨리고 누구나가 자신의 입맛에 맞게 성경 구절을 수정할 수 있는 빌미도 제공하게 된다. 하지만 성경 자체의 오타와 번역상의 오타는 전혀 다른 개념이다. 예를 들어 "보라, 처녀가 잉태하여 아들을 낳을 것이요"[63]에서 '처녀'로 번역된 히브리어 '알마(הָמְלַע, almah)'는 정확히 '젊은 여자'를 의미할 뿐, 남성과의 성적 경험이 전혀 없다는 '베툴라(הָלוּתְּב, bethulah)' 즉 일반적 의미의 '처녀(virgin)'라는 뜻은 전혀 없다. 번역상의 오타인 셈이다.

그래서 나온 것이 셋째, 325년 니케아 공의회에서 채택된 하나님[성부]과 예수 그리스도[성자]와 성령이 '본질'에 있어서는 '하나'되 (굳이 따지자면) '위격(位格)[지위와 품격]'에 있어서는 '셋'이라는 '삼위일체(三位一體, Trinity)' 교리다. 바로 이 지점에서 대부분이 '아멘'이라는 구호를 외침으로써, 생각하고 질문할 모든 여지를 차단한다.

유치원생이 아기는 어떻게 생기는 거냐고 묻는다. 어떻게 대답할 것인가? 쓸데없는 질문이라거나, 알 필요 없다거나, 나중에 다 알게 된다는 식으로 대답을 회피할 수도 있다. 가장 쉬운 방법들이다. 하지만 설명해 주고 싶다면, 아마도 아빠와 엄마가 손

---

63 〈마태복음〉 1:23

을 꼭 잡은 채 자면 아기가 생긴다는 설명이 일반적일 것이다. 정확히 말해서 이 설명은 사실과는 다른 '거짓말'이지만, '잘못'이라고 할 수는 없다. 그리고 그렇게 이해하고 믿는 유치원생을 나무랄 수도 없다. 그것이 유치원생의 지적 한계이기 때문이다. '돼지목에 진주목걸이'라는 말처럼, 내가 이해하지 못하는 건, 내겐 (필요)없는 것과 같다. 그래서 '사도신경(使徒信經, Apostles' Creed)'에도 명시된 삼위일체를 난 이해하고 알고 싶고, 그러려면 인간인 내가 가장 잘 이해할 수 있는 '인간의 관점'에서 '이성'을 사용해서 유추해 볼 수밖에 없다. 그런 내게 유추는 유추일 뿐 사실과는 다르며, 그래서 그렇게 접근하는 것 자체가, 그리고 그런 접근을 통해 이해한 것이 잘못됐다고 비난하는 사람들이 있다. 그들은 대체로 대답 자체를 회피하는 사람들이다. 그런 비난은 적절치 않다. 난 그저 내 지적 한계 내에서 신으로부터 받은 선물인 이성을 사용해 신과 관련된 내용을 최대한 이해하고자 할 뿐이다. 내가 받은 달란트인 이성을 묵혀 뒀다가 어두운 곳으로 쫓겨나 슬피 울며 후회의 이를 갈고 싶지는 않다.[64] 출발!

'위격(位格)'을 인간의 관점에서는 '인격(人格)'으로 번역할 수 있다. '이중인격'이라는 말처럼, 선 – 악[천사 – 악마]으로 구분되는 두 가지 정도의 인격은 누구나 다 가지고 있다. 이 외에 또 다른

---

64 〈마태복음〉 25:29~30

인격을 더 가지고 있다면 그것은 '다중인격'이라고 불린다. 내 안에 천사 같은 인격[위격]과 악마 같은 인격[위격]이 있다고 해도, 내가 '나'임은 분명하다. 가령 내 안에 또 다른 여러 인격이 더 있다고 해도, 내가 '나'임은 분명하다. '본질'은 '하나'다. 나아가 아무리 많은 인격이 있다고 해도, 그것들이 동시에 출현하는 일은 없으니까. 그래서 아무리 많은 인격이 있다고 해도, 내가 '나(I)'를 '우리(We)'라고 표현하지는 않는다. 만일 그런 사람이 있다면, 정신과 치료를 받아야 하는 환자가 분명하다. '우리'라는 표현은 '본질이 다르다'라는 사실을 전제하기 때문이다. 나아가 '우리의 형상을 따라 우리의 모양대로 사람을 만들자'라는 말은, 논리적으로 인류를 창조한 '하나님들'의 외형도 얼굴·몸·팔과 다리·손가락 등이 있다는 말과도 같다.[65] 이와 똑같은 표현이 "아담은 130세에 '자기의 모양 곧 자기 형상과 같은' 아들을 낳아 이름을 셋이라"[66] 지었다는 부분에서도 사용되었기 때문이다. 다를 게 하나도 없다.

바로 이 부분에서 소개하고 싶은 것이 있는데, 소설가 남정현(南廷賢, 1933~2020)의 특이한 해석이다.[67] 그는 '하나님들'을 하나의 '그룹[집단]'으로 본다. 우리가 상상할 수 없는 고도의 과학 문

---

65 〈에스겔〉 1:1/4~5
66 〈창세기〉 5:3
67 남정현, 『여호와가 지구에 온다』(2012)

명을 지니고 지구의 특정 지역에 거주하는[68], 소위 외계인이 아니라 외모는 인간과 구별이 어려울 만큼 닮은 미지의 존재로 말이다. 예수는 이스라엘 사람이지만 '하나님들'의 과학 문명에 관해서 교육받은 후 다시 이스라엘로 파견된 '대리인'이고, 성경 속의 기적들은 모두 '하나님들'의 과학 기술이 낳은 결과물이란다.

독특한 부분은 이제부터 등장한다. 그는 '하나님들'을, 기원전 15세기에서 기원전 10세기경의 원시적인 이스라엘 사람들이 대접하는 음식은 비위가 상해서 먹지 못하는 미식가로 이해한다. 짐승을 통째로 굽는 '번제(燔祭)'와 곡물로 떡을 굽는 '소제(素祭)'가 '하나님들'이 즐겨 먹던 음식이란다. 그래서 누구나 '제사장 가문'으로 생각하는 레위 지파를, 남정현은 '요리사 가문'이라고 해석한다. "그들이 내 성소에서 수종(隨從) 들어 (성)전 문을 맡을 것이며 (성)전에서 수종 들어 백성의 번제의 희생(犧牲)과 다른 희생을 잡아 백성 앞에 서서 수종 들게 되리라."[69] 수종을 든다는 것이, 제사와 요리 중 어떤 일에 더 가까울까? "정결케 하기를 마친 후에는 흠 없는 수송아지 하나와 떼 가운데서 흠 없는 수양 하나를 드리되, 제사장은 그 위에 '소금을 쳐서'"[70] 여호와께 번제로 드려야 한다. 제사 음식에 소금을 치지는 않는다. 그리고 이것은 또

---

68 〈이사야〉 28:16~29
69 〈에스겔〉 44:11
70 〈에스겔〉 43:23~24

한 '하나님들'의 입맛도 우리와 별반 차이 없음을 보여준다. 우리가 그들의 형상대로 만들어졌으니, 어쩌면 당연한 셈이다.

신선하지 않은가? 어쩌면 신선함을 넘어 어느 정도는 타당한 해석이 아닐까? 물론 알고 싶어 하지 않고 배우고 싶어 하지 않는 사람들은 남정현의 직업을 물고 늘어지면서 그의 해석을 일개 소설가의 망상(妄想)으로 치부하겠지만, 그런 자세는 직업에 귀천을 두는 치졸한 편견이다. 나는 남정현 같은 사람들의 노력으로, 우리가 조금 더 넓고 조금 더 깊은 이해에 도달할 수 있음에 감사한다. 겁먹지 말자. 진리를 알라고, 그러면 진리가 너희를 자유롭게 하리라고[71] 예수가 말하지 않았는가? 예수가 길이요 진리요 생명인데[72], 예수를 믿는다는 사람들이 루터와 키르케고르가 강조한 것처럼 단독자로서 하나님 앞에 설 생각은 안 하고, 기존의 틀에 박힌 해석만을 신줏단지 모시듯 벌벌 떨며 붙들고 있는 모습이 나로서는 영 이해되지 않는다. 뭐가 그렇게 불안하고 겁나는 걸까?

사례 하나. 대부분 성직자가 '세상적인 것'이라는 표현을 지금도 즐겨 사용하고 있고, 어떤 합리적인 의심도 하지 않은 채 그 말 그대

---

71 《요한복음》 8:32
72 《요한복음》 14:6

로를 믿는 성도들과 교우들 또한 허다하다. 세상적인 것에 빠지지 않아야 하고, 세상적인 것은 무엇이든 멀리해야 한단다. 나는 묻고 싶다. 도대체 그들이 말하는 '세상적인 것'이라는 게 과연 무엇이냐고! 돈일까? 수많은 성직자와 교인이 집과 건물 등 부동산 소유자다. 그리고 재산이 많을수록 교인들 사이의 대접도 다르다. 그렇다면 의식주일까? 수많은 목사와 교인이 명품과 고급차와 맛집을 찾아 헤맨다. 그렇다면 성공일까? 수많은 목사와 교인이 자기 자녀들이 유명 대학과 유명 회사에 합격하고 취업하게 해달라고 작정 기도에 새벽 기도까지 한다. 그렇다면 직업일까? 수많은 목사와 교인 그리고 그들의 자녀들이 온갖 내로라하는 직장에 다니고 있고, 그것을 침 튀겨가며 자랑한다. 그렇다면 욕망[욕심]일까? 수많은 목사가 교회를 더 멋있고 화려하게 짓고 증축하기 위해 교인들의 직분에 따라 헌금까지 할당하며 강제한다. 수많은 교인이 장로와 권사라는 지위에 책정된 수천만 원의 헌금을 기꺼이 내면서까지 그 명예를 얻고자 노심초사(勞心焦思)한다. 물론 겉으로는 더 열심히 봉사하기 위해서라고 말하지만, 입으로 나온다고 모두 말인 건 아니다. 대부분 그리스도교인에게 사랑과 봉사와 배려가 이미 씨가 말랐음을 모르는 사람은 드물다. 그러니 이 모든 게 욕망이 아니면 뭐란 말인가? 그렇다면 남녀 간의 사랑일까? 수많은 목사와 교인이 가정을 이루고 있다. 술과 담배일까? 그렇다면 외국의 개신교인들과 우리나라의 천주교인들은 단 한 명도 구원받을 수 없으리라. 그렇다면 도대체 뭐란 말인가? 만들 때마다 "보

시기에 좋았다"라고 하나님 스스로 감탄했던 세상의 빛과 소금이
되기를 거부하기 위한 그들만의 리그(league)에서 사용하는 그들만
의 은어(隱語)일까?

24

우리의 삶 속에서
역사(役事)하는 하나님?

21세기인 요즘도 다수의 미국인과 그리스도교인들은 '창조론'도 교과과목으로 채택해서 '진화론'과 함께 동등하게 수업 시간에 다뤄야 한다고 주장한다. 그러나 그건 불가능한 요구다. 창조론이 거짓이라서가 아니라, 교과목은 논리적인 설명과 그에 따른 질의응답이 가능해야 하기 때문이다. 가령 다음과 같은 문제들이 발생할 수 있다. 그리스도교에서 '신은 살아계시고 개개인의 삶 속에서 지금도 역사하시는 존재'다. '무계획적이고 무목적적으로 적자생존이라는 자연선택에서 살아남은 변이가 누적된 결과'인 진화론은 '살아계신 신'과는 충돌을 일으키지 않지만, '개개인의 삶 속에서 지금도 역사하시는 신'과는 공존할 수 없다. '개개인의 삶 속에서 역사한다'라는 건 의도와 목적과 계획을 갖고 모든 개개인의 모든 일상사에 매 순간 동시에 관여한다는 뜻인데, 이 말 자체가 말이 되지 않는다.

혼돈이론(Chaos theory)은 세상 모든 것이 연결되어 있다고 말한다. 그래서 하찮은 나비의 날갯짓 하나마저도 지구 반대편에 태풍을 불러일으킬 수 있다. 서너 명만 모여도 각자 원하는 게 달라서 충돌한다. 하물며 그 수가 수십억 명에 이르는 사람들 하나하나의 필요와 바람을 '동시에' 들어준다는 게 가능할까? 팔레스타인의 그리스도교인들과 이스라엘의 그리스도교인들이 '지금도' 피에 굶주린 채 서로를 죽이고 있다. 우리나라의 수많은 그리스도교인이 저마다 자신의 사업 번창과 자녀의 좋은 대학 입학과 좋은 회사 취직과 더 많은 돈을 벌게 해달라고 애걸(哀乞)한다. 매 순간 신은 모든 이들의 기도에 응답하고 있을까? 아니라면 과연 누구의 필요와 기도를 들어줄까? 수많은 교인이 일상의 매 순간 신의 손길을 느끼며 산단다. 그것이 정말이라면 합리적인 관점에서 물어볼 필요가 있다. 악마나 다른 신의 손길을, 성령과 예수와 하나님의 손길로 착각한 건 아닌지 말이다. 어쩌면 여호와 즉 야훼가 이스라엘 지역의 화산신(火山神) 출신이기에, 그때도 지금도 오로지 이스라엘 사람들의 필요와 기도만을 들어주는 건 아닐까? 그렇다면 우리는 단군을 믿는 게 나을지도 모르는 일이다. 대입이나 취업에 합격하게 해달라고 기도해서 응답받았단다. 그렇다면 신은 신자가 아닌 사람들만을 떨어뜨린 걸까? 열심히 기도해서 불치병을 극복했단다. 그렇다면 끝내 불치병을 극복하지 못한 그리스도교인은, 결국 열심이 부족해서 게을러서 능력이 없어서 죽은 게 된다.

중세 때부터 그리스도교를 괴롭혀 온 논리적인 문제도 이와 비슷하다. 세상에 존재하는 악(惡)과 악마 같은 인간들과 선천적인 불치병 그리고 '코로나19' 바이러스 같은 모든 질병과 사소한 사건 사고들마저 신의 작품이어야 한다는 것이다. 그렇지 않다면 신이 만들지 않은 어떤 것이 그리고 신이 알지 못하는 어떤 것이 세상에 존재하는 게 되고, 그 결과 신은 전지전능(全知全能)하지 않은 불완전한 존재로 전락하게 되며, 그런 신이 과연 우주 전체를 창조했을 수 있는가 하는 의구심에서 벗어날 수 없게 된다는 논리다. 그런 것들은 전적으로 인간의 잘못 때문이라고, 신은 그런 시시콜콜한 것까지 직접 관여하지는 않는다고 반박할 수도 있다. 하지만 그런 반박은 신은 거시적으로 '살아계시고 지금도 역사하시는' 존재일 수는 있어도, '매 순간 동시에 수십억 명이 겪는 일상사'와는 아무 관련 없는 존재임을 그리스도교인들 스스로 자백하는 것과 다름없다. 파생하는 더 큰 문제는, 만약 그렇다면 개개인의 모든 일상사에 일일이 관여하지 않는 신에게 우리가 매주 여러 번 모여서 예배드리고 개인적으로 기도할 필요성조차 사라진다는 것이고.

우주와 인류는 신이 태초에 만든 '진화의 원리'라는 완벽한 시스템에 의해 스스로 지금의 모습까지 진화해 온 것이라는 또 다른 반박도 가능하지만, 이건 더 큰 문제만 초래할 뿐이다. 그 시스템은 신이 만든 것이기에 절대 고장 나는 일이 없을 것이다. 그렇다면 신은 태초의 작업 이후 지금껏 어떤 추가적인 활동도 없이 자기의 작품을 감상하며 쉬고 있는 셈이 된다. 간신히 거시적인 측면에서나마 열심히 일하고 있던 신을, 이제는 창조 이후 TV를 보는 '시청자' 또는 강 건너 불구경하는 '방관자'로 만들어 버린 셈이다. 그 결과 자연과 우리의 삶 어디에도 신이 끼어들 자리는 조금도 남아 있지 않게 된다. 이런 간단한 논리적 질의응답만으로도, 신이 아무리 살아 있는 존재라고 해도 이래저래 우리와는 전혀 상관없는 존재가 되어버리고, 이것은 결과적으로 창조론을 교과목으로 채택하게 하려던 그리스도교인들의 의도와는 정반대의 결과를 초래하게 된다.

5,200여만 명이 사는 이 나라에 1,500여만 명이 하나님[하느님]을 믿고 있다. 인구 5명 중 1명 이상의 삶 속에서 유일신이 역사하시는 셈이고, 매 순간 1,500여만 명의 기도에 응답하고 계시는 셈이다. 그리스도교인들은 세상의 빛과 소금일 테니, 그렇다면 이론적으로 우리 사회는 밝디밝아야 하고 악하거나 썩어가는 곳이 거의 없어야 한다. 하지만 현실은 정반대다. 그렇다면 넷 중 하나일 수 있다. 첫째 '하늘도 무심하시지'라는 말처럼, 인간사와 세상사에 아무런 관심도 없는 말 그대로 자연(自然)인 하늘만 있을 뿐 인격적이고 유일한 하나님은 존재하지 않는데 그리스도교인들만 그렇지 않다고 세뇌당한 것일 수 있다. 아니면 둘째 인격적이고 유일한 하나님이 존재하기는 하지만, 그리스도교인 하나하나의 삶 속에서 매 순간 역사하는 초강수를 둬도 개인의 삶 또는 이 작은 나라 하나조차 바꿀 능력이 하나

님에게 애초부터 없을 수 있다. 아니면 셋째 인격적이고 유일한 하나님이 존재하고 모든 것을 바꿀 능력까지 갖추고 있긴 하지만, 개인적인 느낌이나 확신과는 상관없이 그리스도교인들의 삶 속에 역사하는 것만큼은 하나님 스스로 거부하는 것일 수도 있다. 이도 저도 아니라면 넷째 그리스도교인들의 기도가 악하거나 썩은 내 진동하는 내용으로 가득 차 있기 때문일 수 있다. 가족과 이웃 사이에 정과 신뢰가 있고 더불어 살아가기에 좋은 사회를 꿈꿀 때마다, 종교라는 것 자체가 없다면 어떨까 싶은 불경스러운(?) 상상이 늘 꼬리를 문다.

25

하늘은 스스로 돕는 자를 돕는다
/ 지성(至誠)이면 감천(感天)

논리적으로만 보자면, 이건 모든 종교인에게 매우 위험한 말이다. 하늘이 스스로 돕는 자 그러니까 스스로 노력하는 사람을 돕는다면, 노력하지 않는 사람은 돕지 않는다는 말이 되기 때문이다. 이것은 입력한 그대로 출력이 된다는 말이다. 개인의 행동 또는 노력 여하에 따라 화복(禍福)이 결정된다면, 하늘은 인격체도 전지전능한 신도 아니며 나아가 아예 존재하지 않는 것과도 같은 셈이 된다. '하늘은 사람에게 무관심하다'라는 고자(告子)의 성무선악설(性無善惡說)과 다름없다.

단 하나, 유교만은 이와 같은 논리적인 결론에서 자유롭다. 남송(南宋)의 주희(朱熹)[73]가 확립한 '신유학(新儒學)' 즉 '성리학(性理

---

73 주자(朱子, 1130~1200)

學)'의 뜻이 바로 '하늘은 스스로 돕는 자를 돕는다'라는 것이기 때문이다. 북송(北宋)의 주돈이(周敦頤)[74]가 『태극도설(太極圖說)』을 통해서 최초로 유교에 형이상학적인 이론의 옷을 입혔고, 정호(程顥, 1032~1085)와 정이(程頤, 1033~1107) 형제가 곧바로 체계화 작업을 진행했다. 형 정호는 '심즉리(心卽理)' 즉 '인간의 마음이 곧 하늘의 이치[우주의 원리]'라고 주장했고, 동생 정이는 '성즉리(性卽理)' 즉 '인간의 본성이 곧 하늘의 이치'라고 주장했다. 결국 하늘은 인격체가 아니라, 인간의 '마음' 아니면 인간의 '본성'이 고스란히 투영된 거울 그 이상도 그 이하도 아니라는 말이다.

주희는 정이를 계승했다. 무극(無極)이면서 태극(太極)이기도 한 '이(理)'는 달에 비유할 수 있다. 비록 그것이 강과 호수에 비춰고 그것을 어느 곳에서나 볼 수 있지만, 그것이 여러 개라고 말하지는 않는다.[75] '이(理)'는 나뉘고 달라지는 동시에 모든 개별적인 기(氣) 속에 온전히 들어 있지만, 하나라는 것이다.[76] 하나라는 건 개수가 아니라 본질적인 측면을 말하는데, 우연히도 인간 '유전체[게놈](遺傳體, genome)'의 상황과 정확히 맞아떨어진다. 여하튼 그렇게 자기 안에 들어있는 인간의 본성이자 하늘의 이치를 밖으로 끌어내기 위해서는, 끊임없는 수양과 사물의 이치를 끝까지 파고

---

74 주염계(周濂溪, 1017~1073)
75 월인천강(月印千江)
76 이일분수(理一分殊)

들어 진정한 앎에 이르는 탐구[77]가 필요하다.

명(明)의 왕수인(王守仁)[78]은 정호를 계승했다. 본성이 하늘의 이치라는 주장이 꽤 있어 보이긴 하지만, 그것을 우리가 어떻게 파악할 수 있으며 각자가 파악한 것이 정말 하늘의 이치인지 누가 판단해 줄 것인가? 그래서 확실한 것을 찾고자, 누구나 확실히 갖고 있다고 생각하고 느끼는 '마음'으로 눈을 돌렸다. 그리고 여기에서 각자의 마음이 하늘의 이치 그 자체이기 때문에, 그런 마음에 쓸데없는 지식을 덧붙이는 대신 마음을 가리고 미혹하게 하는 것들만 제거하면 진정한 앎[79]에 이를 수 있다는 결론이 자연스럽게 나온다. 불교의 영향을 받은 흔적이 역력하다. 진정한 앎에 근거한 행동은 모두 선(善)하며, 어떤 외적인 규범에도 속박되지 않는다. 다만 '마음'은 선악을 넘어서 있지만 마음이 작용하고 드러나는 '뜻[의도]'에서 선악이 나타나므로, 양지(良知)를 잘 키우고 다스려야 한단다.[80]

그런데 놀랍게도, 예수 역시 하늘은 스스로 돕는 자를 돕는다고 생각한 듯한 말을 한 적이 있다. "내가 천국 열쇠를 네게 주리

---

77 격물치지(格物致知)
78 왕양명(王陽明, 1472~1529)
79 양지(良知)
80 치양지(致良知)

니 네가 땅에서 무엇이든지 매면 하늘에서 매일 것이요, 네가 땅에서 무엇이든지 풀면 하늘에서도 풀리리라.”[81] 주체는 열쇠를 손에 쥔 개인이 분명하다. 하나님을 포함한 제3자가 개입할 여지는 전혀 없다. 그리고 예수가 생각한 하늘 즉 천국은 지금의 그리스도교가 주장하는 모습과도 상당히 다르다. 언제 하나님의 나라가 오느냐는 바리새인들의 질문에 “하나님의 나라는 볼 수 있게 오는 것이 아니다. 사람들이 ‘여기 있다!’ ‘저기 있다!’라고 말하지 못하리니, 이는 하나님의 나라가 ‘너희 안에[가운데/사이에]’ 있기 때문이다.”[82] 영어에서 ‘you’는 단수와 복수로 모두 사용되기에, ‘개인의 마음속’에 또는 ‘사람들 간의 관계 속’에 존재하는 것이라고 해석할 수 있다. 하나님의 나라가 소위 우리가 상상하는 천국이든 아니든, 분명한 건 하나님의 나라는 어린 왕자가 가장 소중한 것들의 특징으로 제시한 것처럼 눈에 보이지 않는다는 것이다. 고정되고 불변하는 명사가 아니라, 늘 변화하는 행위 속에 모습을 드러내는 동사라는 말이다. 그래서 천국을 특정 공동체나 특정 장소로 생각하는 것은 큰 착각이다.

사례 하나. 1978년 가이아나에서 913명이 동시에 독극물로 살해된 ‘존스타운 대학살 사건’은 유명하다. 사이비 교주 짐 존스(Jim

---

81 〈마태복음〉 16:19
82 〈누가복음〉 17:20~21. The kingdom of God will not come through observation. And men will not say, See, it is here! or, There! for the kingdom of God is among you.

Jones)는 이렇게 말했다. "세상에서 유일하게 행복한 천국은 존스타운 단 한 곳뿐"이라고. 행복과 천국이 어딘가에 고정된 채 있으리라는 착각에, 행복과 천국을 찾아 나서는 바보짓은 그만둘 때가 됐다. 행복과 천국은 특정 형체를 지닌 물건도 아니기에, 사고팔 수도 없다. 행복과 천국은 우리 각자가 행동하는 순간순간에 드러났다가, 우리가 이 정도면 됐다며 만족하고 멈추는 순간에 사라지는 성질의 것이다.

그리스도인들에게 당신이 구원받았음을 어떻게 아느냐고 물어보라. 칼뱅[캘빈](Calvin, 1509~1564)은 세상에서 승승장구하고 재산이 불어난다면, 그것이 구원의 표식이라고 말했다. 지금의 성직자들은 예수를 믿는 마음과 자기만의 확신이 있다면, 그것이 구원의 표식이고 그로 인해 천국에 갈 수 있다고 말한다. 만약 정말 그렇다면, 문제는 심각해진다. 자신이 신의 아들이라고 믿는 정신이상자들과 자신이 정의의 사도라고 믿는 연쇄살인범들의 자기만의 확신은, 신자들의 믿음보다 훨씬 더 강하기 때문이다. 하지만 걱정할 건 없을 듯하다. 칼뱅의 주장도 현재 성직자들의 주장도 모두 틀린 것 같으니 말이다. "위선자인 서기관들과 바리새인들아, 너희에게 화 있으리라! 너희가 비록 십일조는 바치지만, '율법'과 '공의(公義)'와 '자비'와 '믿음'이라는 더 중요한 것들은 빠뜨렸기 때문이다. 너희는 이것들도 마땅히 행하고 또 저것들도 저버리지 말아야 하리라."[83]

하나님 뜻대로 '실천[행동]'하지 않는다면 아무리 주님이라고 목 놓아 불러본들 하늘나라에 들어갈 수 없고(마태복음 7:21), '마땅히[반드시] 해야 할 일'이라는 것도 한두 개가 아니다(마태복음 23:23). 그래도 명색이 하늘나라고 그곳에서 영원히 살 텐데 어찌 포기할 수 있을까? 해서 온 힘을 다해 시키는 일 전부를 했다손 치더라도, 남는 건 허무함뿐일지도 모른다. 왜? 기껏 찾으러 다녔는데, 결국 하늘나라는 처음부터 '우리 안에' 있었으니까(누가복음 17:20~21). 돌고 돌아 결국 제자리라는 건, 순환과 자기의 내면을 최우선시하는 동양의 관점과도 일맥상통한다.

하늘나라와 관련한 예수의 말을 소설로 쉽게 푼 사람이 있다. 브라질 소설가 파울로 코엘료(Paulo Coelho) 파울로 코엘료(Paulo Coelho)[84]다. 스페인 안달루시아에 사는 양치기 소년 산티아고는 꿈에서 반복적으로 이집트 피라미드 근처에 묻힌 보물을 보게 되고, 마침내 보물을 찾으러 이집트로 향한다. 이것은 단순한 꿈이 아니라 신으로부터의 계시라고 확신했기 때문이다. 보물이 가득한 천국을 향해 나아가려는 그리스도인의 모습과 정확히 똑같다. 우여곡절 끝에 산티아고는 전설의 연금술사를 만나게 되고, 전설의 연금술사는 산티아고에게 연금술의 진정한 핵심은 우주의 진

---

83 〈마태복음〉 23:23
84 파울로 코엘료, 『연금술사(The Alchemist)』(1988)

리를 이해하는 것이고, 그것을 통해 얻게 되는 보물은 바로 자기 자신을 변화시키는 것이라고 말한다. 결국 산티아고가 찾던 보물은 이집트가 아니라 자기의 고향에 묻혀 있었다.

'안에/가운데/사이에'라는 건, 타인과 더불어 살아가는 '관계성'을 의미한다. 그렇다면 어떻게 살아가야만 '우리 안에' 있다는 하늘나라에 입성할 수 있을까? 먼저 하나님의 뜻 그러니까 마음을 다하고 목숨을 다하고 뜻을 다해서 하나님을 사랑하고, 동시에 이웃을 자기 몸처럼 사랑해야 한다(마태복음 22:37~40). 둘째 믿음을 가지고 십일조도 내야 하지만, 율법과 공의와 자비도 빠짐없이 실천해야 한다. 그리고 셋째 어린아이 같아야 한다(마태복음 18:3). 어린아이처럼 '자기를 낮추는 사람만'이 천국에 들어갈 뿐만 아니라, 천국에서도 가장 큰 사람이란다(마태복음 18:4). 스스로 낮아짐의 이점은, 상대방의 밑으로 파고들 수 있다는 것이다. 그 결과 상대방의 근간이나 뿌리를 뒤흔들어, 상대방을 완전히 통제할 수 있게 된다. 그러나 예수가 이렇게 나쁜 의도로 그런 말을 했을 리는 없으리라. 대체로 어린아이는 거드름 피우지 않고, 가오(かお) 잡지도 않으며, 세상에 찌들거나 순응한 상태를 뜻하는 소위 '철'도 없다. 예수가 콕 짚어 거론한 '자기를 낮춘다'라는 어린아이의 특징을 단한 가지로 요약하자면, '낯선 사람에게도 선뜻 먼저 다가가 선뜻 먼저 자기의 것을 내어주면서 선뜻 먼저 친구가 되어줌'이 아닐까?

'율법'과 '믿음'은 그렇다 쳐도, 우리나라의 대다수 그리스도교인에게 '공의'와 '자비'가 없는 것만은 분명하다. 수많은 국회의원과 시의원과 구의원 그리고 수많은 기업의 사장과 공무원들이 그리스도교인들이다. 그들 개개인에게 겨자씨 한 알 만큼의 '공의'라도 있다면, 지금 우리 사회의 모습이 이렇지는 않을 테니 말이다. 아니 있었을 수도 있다. 다만 '자리가[상황이] 사람을 만든다'라는 말처럼, 지금의 그 자리에 오르는 과정에서 잃어버린 것일 수도 있다. 그렇다고 해도 정신이상자나 심신미약자가 아니라면, 그건 분명 '자리'의 잘못이 아니라 '잃어버린 사람'의 잘못이다. '자비'는 말할 것도 없다. 안타깝게도 장례지도사인 내가 가장 힘겨워하는 상가(喪家)가 바로 기독교 집안이고, 두 번째로 힘겨워하는 상가가 천주교 집안이다. 대체로 그들의 마음이 더 모질고 이기적이고, 더 표독스러운 표정과 어휘를 내뱉으며, 상가를 방문한 성도들과 교우들의 행동이 매우 무례할 때가 많기 때문이다.

이런 이야기가 나올 때마다, 많은 그리스도교인은 잘못 믿고 잘못 행동하는 사람들이 문제이지 그리스도교 자체의 문제는 아니라고 스스로를 변호한다. '죄는 미워하되 사람은 미워하지 말라'는 말로 '죄'와 '사람'을 구분하듯, '그리스도교'와 '그리스도교인'을 분리하는 셈이다. 그렇다면 공산주의자들이 문제일 뿐, 공산주의 자체가 문제는 아니라는 결론도 받아들여서 공산주의를 자본주의만큼 인정하는 게 논리적이다. 과격한 이슬람교도들이 문제일 뿐, 이슬람교 자체가 문제는 아니라는 결론도 받아들여서 내 집 옆에 이슬람 사원이 건립되는 것도 흔쾌히 허용해야 한다. 특정 동네에 사이비 종교들이 몰리고, 특정 동네에 사건 사고가 빈번하다면 둘 중 하나다. 가장 먼저 우연일 수 있다. 그러나 미시적인 우연들이 모이면 거시적으로는 필연이 된다. 만일 우연이 아니라면, 그 특정 동네에 사이비 종교들과 범죄자들을 끌어당기는 뭔가가 있는 셈이다. 마찬가지로 우연이 아니라면, 그리스도교의 교리 자체에 문제 있는 사람들을 끌어당기는 뭔가가 있는 셈이다. 우리가 정치인을 포함해 타인의 말을 믿을지 안 믿을지 판단하는 기준이 그들의 말이 아니라 행동이듯, 우리의 마음 역시 우리의 행동으로 판단 받는다. 그게 당연하다. 나도 내 마음을 모를 때가 허다한데, 어떻게 타인의 마음을 짐작이나 할 수 있겠는가! 싸우자는 게 아니다. 신의 선물인 이성을 사용해서 더 깊이 더 정확히 알고 싶다는 외침일 뿐이다.

대부분은 그렇게 문제 있는 사람들이 몇몇 그러니까 소수라며 근거 없는 반론을 제기하지만, 그렇다고 하기에는 주위에서 인성 자체에 문제 있는 그리스도교인을 너무나 흔하게 목격한다. 장례를 치르는 빈소의 주인공은 유족들이어야 한다. 하지만 실제로 유족들은 뒷전이다. 입관 시간을 유족의 편의가 아니라 목사님의 스케줄에 맞춰서 잡아야 한다. 일요일엔 발인도 못 하고 하루 더 있어야 하는 때도 있다. 일요일엔 하나님과 관련되지 않은 일은 할 수 없기 때문이란다. 그런 그들이 외식과 골프와 동호회 모임과 여행 관련해서는 일요일을 전혀 신경 쓰지 않는 걸, 나는 이해할 수 없다. 아니 이해하기 싫다. 천주교의 폐해는 훨씬 더 심각하다. 대부분 고령자로 구성된 연령회는 빈소를 차지하고 앉아서 오랜 시간 연도(煉禱)를 한다. 그 시간 동안 유족들은 접객실이나 다른 곳을 배회해야 하고, 문상객들은 조문조차 하지 못한 채 마냥 기다려야 한다. 제단 위 명패와 십자고상의 위치 그리고 그 아래 향로와 촛대와 성수의 위치까지 자기들의 원칙대로 바꾸라고 유족들에게 지시한다. 왜 그런 특정한 방법으로 각각의 것들을 위치시키는지, 그 이유를 아는 성당 사람을 아직 만나보지 못했다. 그냥 무조건 그렇게 해야 한다는 아집에 찬 답변만 들었을 뿐이다. 고인의 명복을 빌어주러 왔다는 그들의 복장도 가관이다. 상가를 방문하는 기본적인 옷차림 예의를 찾아볼 수 없다. 심지어 집에서나 입을 법한 복장에 머리도 감지 않았는지 작업할 때나 쓸 법한 모자까지 쓰고 오는 분도 어렵지 않게 볼 수 있다. 그런 사람 중엔 연령회장도 있었다. 신부님이 와서 미사라도 집전하려는 경우, 열에 아홉은 신부님의 스케줄에 맞춰서 입관 시간을 잡아야 한다. 발인 때 성당에 들러서 미사를 드리고 싶다면 무조건 그래야 하고. 그리고 미사를 위해 빈소의 자리와 의자를 배치할 땐, 유족들의 의견은 아예 무시한다.

화장장엔 유족들이 편히 앉아 대기할 자리가 늘 부족하다. 사람이 많아서인데, 그들 중 절반 가까이가 교회와 성당에서 온 성도들과 교우들이다. 그래, 다 좋다. 다만 그리스도교인들에게 개인적으로 가장 부탁하고 싶은 건, 부디 화장장에서 모든 종교의 식을 마치고 귀가해 달라는 것이다. 특히 교회 사람들이 장지까지 동행하곤 하는데, 민폐도 그런 민폐가 없다. 슬퍼하는 유족들은 안중에도 없이, 자기들의 예배만 절차대로 모두 진행하기 위해 유족들을 이리저리 오라 가라 한다. 부디 장지에서의 시간만은 온전히 가족들끼리 고인을 애도하고 추모하는 조용하고 사적인 시간으로 만들어 주기를 간절히 바란다. 다시 한번 말하지만, 싸우자는 게 아니다!

내일 지구의 종말이 오더라도,
나는 오늘 한 그루의 사과나무를 심겠다

사과나무는 하나의 사례일 뿐, 내일 지구의 종말이 오더라도 늘 해오던 일을 여느 때처럼 하겠다는 말이다. 왜? 사실, 지구의 종말이 언제 올지 누구도 알 수 없으니까. 예수도 자신이 "도둑처럼 아무도 모르게 올 것"[85]이라고 말했고. 따라서 이 말은, 불확실한 미래로 인해 확실한 현재를 희생하는 바보 같은 짓은 하지 않겠다는 의지의 표현, 즉 '카르페 디엠(Carpe diem)'이다. 확실한 것을 원하는 우리의 본성상, 많은 사람이 어려움이나 고민이 있거나 미래가 궁금할 땐 점집과 신내림 받은 용하다는 무당을 찾아가곤 한다. 그야 물론 개인의 자유지만, 다만 '신내림'이 아니라 '어떤 신' 그러니까 어느 정도의 학식과 품위와 연륜과 열린 마음을 지닌 신인지, 그리고 '용하다'라는 게 과거 현재 미래 중 어디에 초점을

---

85 〈요한계시록〉 16:15

맞춘 것인지를 한 번쯤은 생각해 볼 필요가 있지 않을까 싶다.

사주팔자(四柱八字)란, 개인의 성향과 운명을 결정짓는 네 개(四)의 기둥(柱)이 있는데 그 각각의 기둥이 하나의 천간(天干)과 하나의 지지(地支), 즉 두 글자의 간지(干支)로 이루어져 있어 총 여덟 글자(八字)라는 뜻이다. 태어난 연월일시가, '연주·월주·일주·시주' 즉 사주다. 2024년 8월 9일을 음력 달력으로 보면, 갑진(甲辰)년 신미(辛未)월 을사(乙巳)일이다. 연주는 갑진, 월주는 신미, 일주는 을사다. 시간은 저녁 11시 30분부터 다음 날 새벽 1시 29분까지가 '자시'고, 그렇게 2시간 단위로 십이지 순서가 이어지고. 일단 이쯤에서 멈추고, 계산을 해보자. 지난 2023년 우리나라에서 출생한 신생아 수는 23만 명이라고 한다. 하루는 24시간이고, 1년은 365일이다. 곱하면 1년은 8,760시간이 된다. 1년 동안의 신생아 수를 1년 동안의 시간으로 나누면, 시간당 약 26명의 신생아가 태어난 셈이다. 십이지는 2시간을 기준으로 하므로, 작년에 똑같은 사주를 갖고 태어난 아기가 약 52명이나 된다. 무섭지 않은가? 이건 우리나라만의 이야기다. 만약 아시아를 나아가 전 세계를 대상으로 한다면, 여러분과 똑같은 사주를 갖고 태어난 사람들은 수없이 많을 것이다.

그런데 사실 사주 중 가장 중요한 것이 '일주'다. 그것이 개인의 성향을 나타내기 때문이다. '갑을(甲乙)'은 목(木)의 기운이고 초록색이며, '병정(丙丁)'은 화(火)의 기운이고 빨간색이며, '무기(戊己)'는 토(土)의 기운이고 노란색이며, '경신(庚辛)'은 금(金)의 기운이고 흰색이며, '임계(壬癸)'는 수(水)의 기운이고 검은색이다. 그래서 일주의 천간에 갑이나 을이 있으면, 나무로 태어났으니 물의 기운을 가진 사람을 만나야 한다는 식으로 해석한다. 만약 하루가 개인의 성향과 운명을 가장 크게 좌우한다면, 여러분과 똑같은 성향과 운명을 지닌 이가 우리나라에만 최소 624명(52명×12)이나 된다. 무섭지 않은가? '갑을'이 왜 나무고 '병정'은 왜 불이냐는 식의 질문은 하지 말자. 그렇게 따지자면 질문은 끝도 없이 이어질 테니까. 그저 먼 옛날 중국 사람들이 수백 수천 년을 내려오면서 합의한 사항일 뿐이다. 다만 분명한 건, 그렇게 네 가지 단 여덟 글자로 성향과 운명이 온전히 결정될 만큼 우리는 그 정도로 단순한 존재가 아니라는 사실이다. 마찬가지로 MBTI 단 네 개의 조합으로 성향과 운명이 온전히 결정될 만큼 우리는 그 정도로 단순한 존재 또한 아니다. 그리고 가장 궁금한 건 따로 있다. 행성과 달의 배열이 개인의 성향과 운명에 그리도 엄청난 영향을 끼친다면, 사주팔자가 우리나라와 일본과 중국 정도를 제외한 전 세계인에게는 왜 적용되지 않을까? 행성과 달의 배열은 분명 지구 전체에 영향을 끼칠 텐데 말이다.

도(道)를
아십니까?

안다. 도(道)란 '길'이요 '순리(順理)'다. 그러나 누구의 도(道)를 말하는가? 식물의 도와 동물의 도가 결코 같을 수 없다. 마찬가지로 인간이 특별한 존재라면, 동물의 도와 인간의 도 역시 같을 수 없다. 동물의 도는 '개체의 생존과 번식'이다. 과연 그것이 고스란히 인간의 도가 될 수 있을까? 그렇다면 우리는 동물보다 높은 '인권(人權)'이라는 단어로 대변되는 권리를 주장할 자격이 없다.

만약 다르다면, 과연 인간의 도란 무엇일까? 노자(老子)의 말마따나 이것이나 저것이라고 특정하는 순간 그것은 도가 아닐 수 있고, 혹여 특정할 수 있다고 해도 라캉(Jacques Lacan)의 말마따나 특정하는 순간 원래 의도했던 의미가 온전히 반영되지 못해 끊임없는 추가 설명이 붙을 수밖에 없을지도 모른다. 그런데도 우리 주위에선 도를 아냐고 묻고, 자신들은 도를 그것도 유일한 도를 안다고 자신 있게 말하는 사람들이 많다. 그렇게 말하는 사람들을 보면, 내 눈엔 수십 년 또는 평생에 걸쳐 스스로 다양한 분야를 깊게 공부하고 공부한 것들을 통합해서 뭔가를 깨달은 사람들처럼 보이지 않는다. 조상의 은덕(恩德)과 공덕(功德)을 들먹이면서 그들이 말하는 도는 하나의 종교에 지나지 않고, 그 종교의 창시자를 봐도 도무지 믿음이나 존경심이 들지 않으며, 결국엔 자신만의 구원이나 사후세계에서의 행복 또는 현세에서의 부귀영화와 성공이 목적[목표]일 뿐이다. 목적부터 잘못됐다. 개인적으로 조심스럽게 추측해 보자면, 인간의 도란 개인의 삶과 더불어 사는 삶에 있어서 매 순간의 '의미[가치] 부여' 그리고 선악(善惡)에 관한 '가치 판단'을 전제로 하는 그 무엇이 아닐지 싶다.

사례 하나. 사이비 종교는 기본적으로 '신과 천국과 지옥'의 존재를 믿지 않는 사람에게는 파고들기가 매우 어렵다. 무신론자들은 사이비로 빠지는 지름길인 '성경 공부' 자체에 관심이 전혀 없기 때문이다. 그래서 신천지 역시 기본적으로 '신과 천국과 지옥'은 믿지만, 성경의 내용은 제대로 알지 못하는 허당들이 즐비한 기존 교회를 공격 대상으로 삼는다. 수많은 사람이 사이비에 빠지는 이유는 그 사람들 수만큼 많겠지만, 크게 다음의 네 가지로 요약할 수 있을 것이다.

첫 번째 이유는 '진리'가 무엇인지 모르기 때문이다. 인간은 불완전하고 세상은 끊임없이 변화하는 과정에 있다. 따라서 우리는 '절대적 진리'가 아니라 '인간의 관점에 국한된 상대적이고 부분적인 진리'만 알 수 있다. 그런데 그런 진리는, 사실 매우 간단하고 분명하며 누구나 알고 있다. '음과 양 모두 동등한 가치로 소중하다'라는 것이다. 엄마가 소중한 만큼 아빠도 소중하고, 강함과 햇빛이 소중한 만큼 부드러움과 그늘도 소중하다. 이성이 소중한 만큼 감성도 소중하고, 영혼이 소중한 만큼 육체도 소중하다. 분리된 하나는 진리도 아니고, 그 하나만 가지고는 살아갈 수 없다. 따라서 '음'과 '양' 그리고 음과 양의 통합인 '태극'을 말하는 대신, 유일하고 절대적이며 세상에서 자신만 알고 있고 자신만이 유일하게 신에게 선택되었다는 수식어가 붙는 건 모두 사이비다.

이런 사실을 모르는 탓에, 허구한 날 죄 많은 이 세상은 내 집 아니라고, 내 모든 보화(寶貨)는 저 하늘에 있다고 노래한다. 그러면서도 정작 자신은 영적인 것, 하늘에 관한 것을 알지 못한다. 구하기만 하면 주고, 찾으려고만 하면 찾을 수 있게 하며, 문을 두드리기만 하면 열어 주겠다고 했음에도,[86] 구하고자 찾고자 두드리려는 시늉조차 하지 않는다. 그 결과 그곳으로 자기를 데려다 줄 안내인을 외부에서 찾게 되고, 자연스럽게 그 안내인을 마침내 자기 삶의 주인이자 지배자이자 구원자로 섬기게 된다는 것, 이것이 두 번째 이유

---

86 〈마태복음〉 7:7

다. 이 부분은 성직자를 우리와는 전혀 다른 신성한 존재처럼 떠받들어야 한다고 가르쳐 온 우리나라 그리스도교의 잘못이 매우 크다. 성직자의 말은 곧 하느님의 말이고, 모든 분야에서 성직자는 하느님의 '대언자(代言者)'다. 사이비 교주를 향한 사이비 교인들의 자세와 다를 게 전혀 없다. 그래서 사이비 교인들에게 그리스도교인들은 집어서 먹기만 하면 되는 거의 다 된 밥이나 마찬가지다. 이런 신자들의 잘못된 신념과 행동 때문에, 현재 대다수 성직자가 마치 자신들이 뭐라도 된 것처럼 어깨에 힘을 주고, 예수의 가르침과는 정반대로[87] 대접을 받는 데만 길들여져 있다. 그런 그들의 표정과 말투와 어휘는 양들을 맡아 양육하고 섬기는 목자의 그것이 아니라, 명령하고 강요하고 하대(下待)하고 거만함에 물든 지배자의 그것이다.

"남들은 다 그래도 우리 목사님은 절대 그럴 사람이 아니다"라는 말을 귀에 못이 박히도록 듣는다. 마치 "우리 애는 절대 그럴 애가 아니라"라는 말처럼 말이다. 틀렸다. 절대 그렇지 않다. 모든 목사가 충분히 그러고도 남을 수 있는 '사람'이다. 자기 자신도 제대로 알지 못하고 믿지 못하면서, 자기가 낳은 자녀도 제대로 모르면서, 살을 부대끼며 수십 년을 같이 산 배우자도 제대로 모르면서, 어떻게 생판 다른 사람인 목사를 그 정도로 잘 안다고 믿을 수 있다고

---

87 〈누가복음〉 6:31

맹신하는지 놀랍기만 하다. 몇 가지 사실만 보자.

신학대학들의 입학 성적은 최하위권이다. 목사들 대다수는 ─ '모두'가 아니라 '대다수'임을 분명히 한다 ─ 학창 시절 공부를 거의 하지 않았고, 공부를 못해도 참 못했다. 그들에게 공부는 뒷전이 었다. 가장 중요한 건 교회 관련 행사들이었다. 수요일 저녁 예배 와 금요일 저녁 철야 예배에 참석해야 하며, 토요일과 주일[일요 일]엔 하루 종일 교회에서 살았고, 부흥회와 여름 수양회 그리고 예전엔 겨울이면 문학의 밤 등 때마다 있는 모든 행사를 사전에 준비해야 했고 참여해야 했다. 믿음이 강하고 신앙이 깊다는 주 위의 인정이 이런 생활을 더 부추겼고, 하기 싫은 공부를 못해도 괜찮다는 면죄부를 부여했다. 가뜩이나 머리가 비상하지도 않은 데다가 마치 중세인들처럼 모든 걸 하나님의 뜻으로 치부하면서 생각도 깊이 하지 않기에, 그들과의 논리적인 대화란 매우 어려 운 일이었다. 무지한 존재인 인간이 감히 '하나님의 계획'에 관해 '알려고' 드는 건 시건방진 짓이라는 게, 그런 불순한 의심을 한 믿음이 부족한 불쌍한 영혼을 위해 하나님께 기도하겠다는 게 늘 그들의 결론이었으니까. 그런 식으로 자신의 무지(無智)와 무식함 과 알려고 하지 않는 게으름을 덕지덕지 도배했다. 회칠한 무덤 처럼 말이다. 자신과 직접적으로 관련 없다는 생각에, 세상일에 는 관심도 없었다. 다양한 삶의 경험도 없었다. 대학 때조차 리 포트 작성을 위한 기독교 관련 책 몇 권을 제외하면, 여러 분야의 책도 거의 읽지 않았다. 이런 사람들의 말을 나는 신뢰할 수 없다. 라면만 먹고 사는 사람이 세상에서 라면이 가장 맛있다고 말하는 것과 다를 바 없기 때문이다. 당신들이 당신들의 목사에 관해 그렇게 확신할 근거는 전혀 없다. 그런 확신은 참으로 사람 볼 줄 모르는 사람들의 자기기만이다.

　스스로 할 생각은 하지 않은 채 이 핑계 저 핑계 대며, 늘 어떤 영웅이나 구원자나 신의 손길이 하늘에서 뚝 떨어져 자기를 구원해 주기를 바라는 사고방식 자체가 문제다. 모세가 십계명을 받으러 잠시 자리를 비운 그새를 못 참고, 금송아지를 만들어 섬긴 이스라엘 사람들과 조금도 다를 바가 없다. 그럴 때마다 신은 분노했고, 그 분노의 수위는 수천 명의 이스라엘인들조차 눈 하나 까딱하지 않고 학살할 정도였다. 핵심은 '잔인한 하나님'이 아니라 '그들의 그런 정신상태가 그 정도로 큰 죄'라는 사실이다. '단독자로서 하느님 앞에 홀로'[88] 서지 않는다면 구원은 없다. 9세기 당나라 선승(禪僧) 임제의현(臨濟義玄)이 말했듯이 '살불 살조 살부 살모(殺佛 殺祖 殺父 殺母)' 해야 한다. 스스로 해야만 할 일을 다른 사람이 해주길 바라는 사람들은, 자유와 구원을 누릴 자격이 없다. 그래서 개인적으로 '대속(代贖)' 개념을 받아들일 수 없는 것이다. 영화 〈항거: 유관순 이야기〉(2019)에서 누군가가 유관순에게 조용히 물었

88　쇠렌 키르케고르, 『불안의 개념(The Concept of Anxiety)』(1844)

다. 꽃다운 나이에, 앞으로 살날이 창창한데, 왜 그렇게까지 목숨 내놓고 만세를 부르는 거냐고, 그런다고 뭐가 달라지느냐고 말이다. 유관순의 대답이 가슴을 파고든다. "그럼, 누가 합니까?"

사람들이 원하는 건, 구원받더라도 무조건 '자기 자신부터'다. 사이코패스에 맞먹는 이기심이 바로 세 번째 이유인데, 많은 부모가 조기 교육한 결과다. 절대 나서지 말고 무조건 네 것부터 챙기라고 가르쳤기 때문이고, '공감(共感)'과 '연민(憐愍)'의 능력을 연습해볼 형제자매가 없는 경우도 많기 때문이다. 그러다 보니 오로지 '자기 자신만' 끔찍이 위하게 되고, 그래서 타인과 사회와 국가의 삶이야 망가지든 말든 수단과 방법을 가리지 않고 남들을 속여서라도 '14만 4,000명' 안에 들어야만 구원받는다는 말도 안 되는 소리에 넘어가는 것이다. 사이비 조직 내에서도 그리고 천국에서조차 무조건 자기는 높은 지위에 올라 잘 먹고 잘살면 된단다. 타인에 대한 '봉사·나눔·희생·사랑·연민·겸손'이 없는 곳이 과연 천국일까? 어쩌면 사람들은 지옥을 천국으로 착각하고 있는 건지도 모른다. 만일 예수가 있는 곳이 천국이 아니라 지옥이라면, 과연 그렇게 많은 사람이 그렇게 목숨 걸고 예수를 믿을까? 아닐 게다. 그들은 '예수'가 아니라 '천국'과 '금은보화'와 '영생'과 '평안'과 '하나님 우편의 높은 자리'를 사랑하는 것일 뿐이다. 많은 사람이 아니라고 부인하겠지만, 그렇다면 이런 테스트는 어떨까? 예수가 당한 것과 물리적으로 똑같이 손과 발에 못이 박히고 가시관

의 칼날이 머리를 파고들며 창으로 옆구리를 찔리는 고통을 이겨
낸 사람만이 예수를 믿을 수 있고 구원받을 수 있다는 조건을 내
거는 것 말이다. 그럴 때도 과연 예수를 믿는다는 사람이 1,500여
만 명에 육박할까?

이 모든 건 무생각·무사유·무정신 때문인데,[89] 이것이 네 번째 이
유다. 누구도 이 세상을 천국이라고 생각할 사람은 없다. 이 육체
를 가지고 이 세상에서 영생한다는 건, 절대 있을 수 없는 일이
다. 재림한 예수의 영이 각자의 영혼과 결합한 후에라야 영생할
수 있다고도 말하지만, 그렇더라도 우리가 이 육체로 영생하려면
현재의 DNA와 세포구조부터 작동 방식까지 모든 것이 전혀 새로
운 종류로 바뀌어야 한다. 그런 존재는 더는 지금의 우리와 같은
사피엔스가 아닐 테고 말이다. '우파루파'라고도 불리는 멕시코도
롱뇽 '아홀로틀(axolotl)'은 내장 기관을 비롯해 몸의 모든 부위를 그
것도 횟수의 제한 없이 재생할 수 있다. 그럼에도 영생은커녕 5년
에서 10년밖에 살지 못한다. 늙지 않는 것과 영생은 전혀 다른 것
일 수 있다. 건강하게 사는 것과 오래 사는 게 다르듯이 말이다.

예수가 은유와 비유가 아니면 가르치지 않았다는 사실에는 사
이비 종교도 동의한다. 그래서 '비유 풀이'를 시킨다. 그러나 그들

---

89 한나 아렌트(Hannah Arendt), 『예루살렘의 아이히만(Eichmann in Jerusalem)』(1963)

의 은유와 비유 풀이는, '풀이' 즉 전체 문맥 속에서 해당 구절의 의미를 해석하는 게 아니라 이 책과 저 책의 글자 그대로를 짜 맞출 뿐이다. 오로지 '글자 그대로'를 볼 뿐이다. 사실 은유와 비유 없이는 일상 대화조차 이루어지지 않는다. 누군가의 도움에 '천군만마(千軍萬馬)'를 얻은 것 같다고 말한다고 해서, 정말로 천 명의 군사와 만 마리의 말을 받았다고 생각하는 사람이 있다면 어떤 대화가 가능하겠는가? 그런데 사이비 종교는 「요한계시록」에 쓰여 있는 구원받을 사람의 수 '14만 4,000명'을 글자 그대로 믿는다. 그 저자가 「요한복음」을 쓴 예수의 제자 '요한'일 수도 있지만, 실제로는 '밧모섬[파트모스섬](Patmos)의 요한'이라는 이름 외에는 알려진 게 전혀 없는 누군가여서 4세기 초 수십 명의 교부(教父)가 수많은 복음 중에서 지금의 '성경 66권'을 선택할 때도 가장 망설일 정도로 신뢰할 수 없었던 책이었는데도 말이다.

설혹 신뢰할 만하더라도, 네 권의 복음서 그리고 바울의 서신들과는 달리 진실에 다가가는 가장 신뢰할 만한 방법인 크로스 체크(cross check) 자체가 불가능하다는 점이 〈요한계시록〉의 가장 큰 문제점이다. 예수의 제자 요한이 썼다고 치자. 그렇다고 해도 과연 요한 한 사람이 꿈에서 본 천사와 천국의 모습들 그리고 계시가 전부이고 또 모두 진실일까? 개인적인 경험과 시대적 패러다임(paradigm) 그리고 로마에 강점당한 이스라엘인이라는 상황과는 전혀 무관한 채? 예나 지금이나 꿈에서 천사와 천국과 신들을 보는 사람은 부지기수이고, 꿈을 꾸는 사람들의 수만큼이나 구체적인 부분에선 차이가 있다. 요한의 꿈만큼은 정말로 하나님이 보여준 계시일 수도 있지만, 그렇다고 인정하기엔 어떤 근거나 증인도 없다. 이미 사이비를 포함해 수많은 우리나라 종교 지도자들도 정확히 똑같은 주장을 했고 하고 있다. 그렇다면 똑같은 기준을 적용해야 하지 않을까? 나아가 하나님 없이도 계시받는 사람 또한 부지기수이고, 꿈과 환영 등 그 방법도 다양하며, 〈요한계시록〉은 비교도 되지 않을 만큼의 정확성까지도 갖추고 있다.[90]

성경은 글자의 일점일획도 오류가 없고, '구약 시대'의 예언이 '신약 시대'에 모두 이루어졌듯이 '신약 시대'의 예언도 지금의 소위 '계시 시대'에 모두 이루어진다고 말한다. 십분 양보해서 성경에는 오류가 없고 구약 시대와 신약 시대와 계시 시대를 관통하는 논리적 일관성이 있다고 치자. 그렇다면 종말론자들에겐 매우 불행한 일이지만, 그들 중 단 한 명도 구원받지 못하리라. '14만 4,000명'이라는 건 정확히 이스라엘의 12지파(支派)만을 고려해서 1만 2,000명씩 계산한 숫자일 뿐이니까. 게다가 논리적 일관성을 밀고 나간다면, 모든 예언과 실현은 이스라엘 내에서만 이루어져야 한다. 거기에 우리나라 사람들이 끼어들 자리는 전혀 없다. 메

---

90 2020년 11월 28일에 방영된 〈차트를 달리는 남자〉 212회 참조

시아가 출현하더라도, 그는 '아브라함과 다윗의 혈통'을 잇는 이스라엘 사람으로서 이스라엘에 출현해야만 한다. 이것이 복음서가 예수의 족보(族譜)에 심혈을 기울였던 이유다. 아무리 교회 이름에 이스라엘 12지파의 이름을 그대로 사용하고, 자신이 메시아며, 그래서 자신들 집단 내의 14만 4,000명만 구원받는다고 주장하더라도, 근거 없는 허무맹랑한 헛소리에 불과하다.

끝으로 신이 선택한 사람이라면, 아무리 그래도 인간적인 장점이 적어도 한두 개 정도는 있어야 하지 않을까? 어부였던 베드로나 야고보처럼 카리스마가 있든가, 세무직 공무원이었던 마태처럼 겸손하든가, 요한처럼 연민으로 가득 찬 마음을 갖고 있든가, 바울처럼 좋은 학벌에 똑똑하든가, 아니면 히틀러처럼 청중의 마음을 휘어잡을 만한 언변이 있든가, 아니면 자칭 메시아 박태선처럼 질병을 고치는 능력이 있든가 말이다. 하지만 내가 제일로 여기는 장점은 인간으로서의 품격[품위], 즉 '인격(人格)'이다. 내가 인간이라서 그렇기도 하지만, 우주를 창조했다는 신의 말을 전하고 신의 일을 대리하며 사람들을 구원하려는 사람이라면 적어도 예수처럼 적(敵)들조차 인정할 수 있는 진실함과 무게감과 연민(憐憫)이 말과 행동에 녹아 있어야 하지 않을까? 정녕 신이 존재하고 그 신이 모든 인류 중에서 단 한 명 누군가를 선택했는데 그가 내로남불에 스스로 부끄러움을 모르고 타인에 대한 배려와 연민이 없으며 사용하는 어휘와 억양이 천박한 사람이라면, 난 다른 신을 믿으련다. 만약 그런 신이 유일한 창조주라면, 난 아예 신을 믿지 않으련다. 똥 무더기엔 똥파리가 꼬이고, 꽃밭엔 벌이 꼬이는 법이다. 유독 우리나라에 사이비 종교가 끊임없이 기승을 부리는 이유는, 유독 우리나라 사람들에게 '비판적 사고 능력'이 없기 때문이라고 함석헌은 탄식했다.[91] 한번 속으면 속인 놈이 나쁜 놈이지만, 두 번 속으면 속은 사람이 잘못이다. 그런데 우리는 정치에서나 종교에서나 수십 번을 속고 또 속는다. 개나 돼지라고 욕해도 뽑고, 막대기만 꽂아도 당선된다는 모욕을 받아도 뽑는다. 내가 그런 이들과 같은 사람이라는 게 참으로 부끄럽기만 하다. 그럼에도 불구하고 '사람'이 없이는 살아갈 수 없다는 인간으로서의 한계가 참으로 슬프기만 하다.

---

91 함석헌, 『뜻으로 본 한국역사』(1948/1967)

28

인생
뭐 있어?

인생이란 한 번 사라지면 두 번 다시 돌아오지 않기 때문에 한낱 그림자 같은 것이고, 그래서 산다는 것에는 아무런 무게도 없으며, 삶이 아무리 잔혹하거나 아름답다고 할지라도 그 잔혹함과 아름다움조차도 무의미하다. 모든 것이 일순간, 난생처음으로, 준비도 없이 닥친 것이다. 인생의 첫 번째 리허설(rehearsal)이 인생 그 자체라면, 과연 무슨 의미가 있을까? (…) '아인말 이스트 카인말(einmal ist keinmal)'. '한 번은 (중요치 않다. 한 번뿐인 것은) 전혀 없었던 것과 같다.' 한 번만 산다는 것은 전혀 살지 않는다는 것과 같다.

…… 밀란 쿤데라, 『참을 수 없는 존재의 가벼움』(1984)

한 번만 산다는 것은 전혀 살지 않는다는 것과 같다? 그렇다면 허무하다. 하지만 자연스럽게 죽을 때까지는, 어쨌든 살아야 한다. 그래서 따분하다. 남아도는 시간을 죽이고 따분한 일상을 벗어날 좋은 방법은 없을까? 그래서 남녀노소 막론하고 '재미'와 '자극'과 '게임'을 갈망한다.

'재미'는 청소년의 전유물이다. 학교폭력과 집단따돌림엔, 특별하거나 분명한 동기나 이유가 없다. 우리는 어린 학생들이 어떻게 저렇게까지 잔인할 수 있는가에 치를 떨지만, 가해 학생들이 악마들이어서 그런 게 아니다. 생각의 스위치를 끈 채 아니 아예 플러그 자체를 빼 버린 채, 오로지 재미만을 추구한 결과일 뿐이다.

사례 하나. 2011년 12월 20일, 고등학교 선생님인 아빠와 중학교 선생님인 엄마 그리고 고등학교 1학년 형을 둔 중학교 2학년 권승민 군이 아파트 7층에서 아래로 몸을 던져 스스로 생을 마감했다. 부검 결과, 충격적인 사실이 밝혀졌다. 온몸에 성한 데가 하나도 없었고, 엉덩이와 허벅지는 아예 하얀 살이 보이지 않을 정도로 멍투성이였다. 같은 반 두 명의 학생에게 수개월에 걸쳐 지속적인 폭행을 당한 건데, 놀랍게도 그 장소는 바로 승민 군의 집이었다. 학기 초 가해 학생 중 한 명이 승민 군에게 자기 대신 자기 캐릭터로 게임을 해서 레벨을 올려달라고 부탁했고, 게임 중 우연히 해킹으로 인해 가해 학생의 캐릭터가 사라지게 된 것이 사건의 발단이었다. 그 후부터 가해 학생은 승민 군을 괴롭히기 시작했고, 몇 달 후엔 승민 군이 고민을 털어놓을 정도로 친하다고 믿었던 친구마저 가해 학생 편에 서서 승민 군을 괴롭히기 시작했다. 가해 학생들이 승민 군을 괴롭힌 이유가 바로 '재미'였다. 승민 군이 남긴 유서엔, 중학교 2학년 학생이라고는 믿기지 않을 만큼 끝까지 자신보다는 부모님을 걱정하는 마음뿐이다. 무가치한 가해 학생들의 삶과는 정반대로 너무도 속이 깊고 그래서 더 안타까운 승민 군의 사연은, 2024년 5월 30일 방영된 KBS2 시사교양 프로그램 〈스모킹 건〉 49화에서 볼 수 있다.

'자극'은 주로 청장년층이 즐긴다. 조주빈의 박사방으로 대변되는 변태적인 성행위 영상 그리고 온갖 마약을 통해서 말이다. 그러나 최고는 '게임'이다. 게임엔 재미가 있다. 혹여 없더라도, 최소한 일상의 속박과 의무를 잊게는 만들어 준다. 자극은 차고 넘친다. 마음 내키는 대로 온갖 무기와 방법을 동원해서 자기 외의 모든 사람을 죽일 수 있다. 세상 또는 우주를 구해야 한다는 근거 없는 사명감이 그런 무차별적인 살인에 면죄부를 부여한다. 뭔가를 기다려야 하는 지루함도 없다. 총천연색 화면은 정신을 못 차릴 정도로 빠르게 전개되고, 한 가지를 할 때마다 그에 따른 보상도 즉시 이뤄진다. 게다가 근거 없는 자신감과 뿌듯함도 주고. 뭔가 맘에 안 들면 언제든지 다시 처음으로 리셋(reset)도 손쉽다. 이 모든 행태는 '인생 뭐 있어?'라는 태도에서 자라고 있다. 체코 소설가 밀란 쿤데라(Milan Kundera)의 말이 틀린 건 아니다. 다만 그의 말을 이런 식으로 해석해서 받아들인 사람들의 잘못이다.

운전하다 보면, 후면 유리창에 "아이가 타고 있어요"나 아니면 "아이들부터 구해주세요"라는 문구를 붙인 차량을 꽤 자주 본다. 어떤 의도인지는 충분히 알겠지만, 근거가 궁금할 때가 많다. 아이가 왜 그토록 소중한 걸까? 아직 펼칠 미래가 창창해서? 그래봐야 특별할 게 하나도 없는 아무것도 아닌 인생인데, 아이들보다 반려견부터 구하면 안 되는 걸까? 장례 절차 중 입관 때 가족들 한명 한명씩 고인에게 마지막 작별 인사를 하는 시간을 갖는다. 그때 온전히 고인의 명복만을 비는 사람은 의외로 드물다. 고인은 죽어서도 편히 쉬지 못한다. 대부분 사람이 하늘나라 갈 때 자녀들 아픈 것 다 가져가라고, 하늘나라 가서도 매 순간 자녀들 잘되게 보살펴 달라고 말하기 때문이다. 특별할 게 하나도 없는 인생이라면서, 마침내 삶의 수고로움과 고통에서 벗어난 고인의 안식(安息)마저 방해해야 할 만큼 그리도 사는 게 중요할까? 왜? 그렇게 악착같이 살아서 뭐 하게?

'A는 B'라는 말은, A가 모든 면에서 조금의 차이도 없이 B와 100% 일치한다는 말이다. 'A는 B의 한 종류[일종(一種)]'라는 말은, A의 베이스(base)가 B일 뿐 A는 B와는 다른 어떤 고유함 또는 독특함을 지니고 있다는 말이다. 우리는 '동물'일까 아니면 '동물의 한 종류[일종]'일까? 전자(前者)라면, 우리 인생에는 특별할 게 아무것도 없다. 타인을 고려하고 배려하는 예의도, 환경을 고려하고 배려하는 글로벌적인 자세도, 후손을 고려하는 운명 공동체적인 배려 따위도 필요 없이, 그저 동물과 마찬가지로 개체의 생존과 번식에만 몰두하면 그만이다. 물론 각 공동체 내에선 어느 정도의 협력이 있겠지만, 결국엔 '만인의 만인에 대한 투쟁'만이 지배하는 세상일 뿐이다. 도킨스도 다윈의 '진화 이론'으로부터 인간 생활에 필수적인 '가치관'을 끌어내서는 안 된다고 강조했다. 진화의 역사에 관한 건 오로지 '무엇은 이렇다(X be …)'는 '사실 판단(事實判斷)'의 영역이지만, 삶에 관한 건 '무엇은 이러해야만 한다(X should[ought to] be …)'는 '가치 판단(價値判斷)'의 영역이기 때문이다. 진화의 역사는 훌륭한 '참고[참조] 자료'일 뿐, '교과서'나 '종교적인 경전(經典)'은 절대 아니다. 모든 동물은 유전자의 명령인 '본능'에 따라 행동할 뿐이지만, 우리의 뇌는 유전자의 명령인 본능을 아무렇지 않게 거부할 수 있을 만큼 충분히 진화했다. "성공한 유전자는 '비정(非情)한 이기주의자'다. 개체의 생존과 번식이 최대 목표이기 때문이다. 우리는 이기적으로 태어났기 때문에, 이타적으로 협력하는 사회를 원한다면 생물학적 본성으로부터 기대할 것은 거의 없다. 관대함과 이타주의는 가르쳐야 한다."[92]

"인생 뭐 있어?"라는 말을 충분히 할 수 있고, 또 그 말이 정확하게 어울리는 부류의 사람들이 있다. 바로 범죄자들이다. 그것도 범죄의 종류나 범죄자의 나이와는 상관없이, 한순간의 화

---

92 리처드 도킨스(Richard Dawkins), 『이기적 유전자(The Selfish Gene)』(1976)

와 분노와 모욕감을 통제하지 못한 채 살인 같은 중범죄를 저지르는 자들 말이다. 그들의 인생엔 정말로 아무것도 없다. 하루에도 수십 번씩 변하는 감정 중 하나와 자신의 남은 인생 전부를 맞바꿀 정도로, 생각이라는 것 자체가 없는 소탐대실(小貪大失)하는 사람들이다. 참으로 가치 없고 무의미하고 천박한 쓰레기 같은 인생이다. 그런 사람들의 삶보다는 우리에게 정과 사랑과 안정감을 선사하는 반려동물의 삶이 훨씬 더 소중하고 가치 있다. 실제로도 반려동물의 삶이 훨씬 더 소중하고 가치 있음이 드러날 때가 바로 장례 상담을 진행할 때다. 많은 유족이 부모가 돌아가셨을 땐, 조금의 고민도 없이 모든 것을 가장 저렴한 걸로 선택한다. 어차피 돌아가신 것이고, 어차피 화장할 거 아니냐면서 말이다. 그런데 반려동물이 죽었을 땐, 조금의 고민도 없이 모든 것을 가장 비싸거나 고급스러운 것으로 선택한다. 만약 다음 생이 있다면, 반려동물로 태어나고 싶다.

위와 같은 이유에서 나는, 인간으로 태어났다는 단 하나의 이유만으로 무조건적인 특권을 누려야 한다는 현재의 상식에 이의를 제기한다. '모든 사람은 하나로 계산되며, 누구도 하나 이상으로 계산되지 않는다'라는 생각에 근거해서 '최대다수의 최대행복(the greatest happiness for the greatest number)'을 주장한 제러미 벤담처럼,[93] '모든 포유동물의 생명은 하나로 계산되며, 어떤 포유동물의 생명도 하나 이상으로 계산되지 않는다'라고 주장하고 싶은 마음 굴뚝같다. 굳이 생명 전체가 아니라 포유동물로 제한한 이유는, 감정의 유무 때문이다.

인생 뭐 있냐며 하루하루 본성에만 충실한 동물적인 삶을 표방하는 사람들이, 마치 영역을 표시하거나 교미할 상대를 찾기 위해 자신의 체취를 이곳저곳에 묻히는 동물들처럼 자신들의 흔적을 사진으로 참 많이도 남겨놓으려고 발버둥이다. 마치 하루살이가 영원(eternity)을 그리워하듯 말이다. 음식을 먹을 때도, 평소에 가지 않던 곳에 가도 사진을 찍고, 수많은 돈을 들여 소위 '핫스폿(hot spot)'이라는 곳을 찾아가기까지 한다. 심지어 목숨을 위협하는 곳에까지 가서 소위 '인생샷'을 찍는다. 물론 헤겔이 지적한 인정받으려는 욕구 때문이지만, 역설적인 행동인 것만은 사실이다. 그 사진들은 타인에게 자랑하기 위한 것일 뿐, 정작 혼자서 정기적으로 사진들을 보며 당시를 추억하는 일은 거의 없다. 조언 하나 하자. 그렇게도 자신의 흔적을 남기고 싶다면, 지금부터라도 자신과 가족만을 위하는 편협한 시각에서 벗어나 이웃 사람들과 사회와 국가에 좋은 쪽으로 이름을 남기려고 노력하라! 그것만이 사진과 가족이

93 제러미 벤담(Jeremy Bentham), 『도덕과 입법의 원리 서설(An Introduction to the Principles of Morals and Legislation)』(1789)

사라진 후에도, 이 세상에 존재했었다는 여러분의 흔적이 오랫동안 기억될 유일한 방법이기 때문이다.

다시 본론으로 돌아와서 만약 후자(後者) 즉 '동물의 한 종류'라면, 우리 인간만의 고유한 뭔가가 있을 것이고 그렇다면 찾아야 한다. 찾을 수 없다면, 스스로 만들어서 부여해야 한다. 분명 우리의 인생에는 동식물과는 다른 특별한 뭔가가 있다. 아니 있어야 한다. 우리는 식물에는 '오래도록 건강하기'만을 바라고, 동물에는 '오래도록 건강하기' 외에 (하나 더) '해당 개체의 행복'도 원한다. 동물은 식물에는 없는 '감정'을 지녔기 때문이다. 그렇다면 인간에게는? '오래도록 건강하기'와 '해당 개체의 행복' 그리고 거기에 뭔가 하나 더 추가될 것이다. 그건 아마도 '꿈[목표]을 펼칠 기회나 과정' 또는 '매 순간 모든 사건에 대한 의미와 가치의 부여'가 아닐지 싶다. 우리는 동물과는 차원이 다른 '정신[이성]'을 지녔기 때문이다. 귀신 관련한 수많은 체험과 목격담이 있는 것도, 우리에게 정신[영혼]이 있기 때문이다. 만약 우리 인간의 삶에 동물과는 다른 특별한 뭔가가 없다면 그리고 그런 특별함을 의식적으로 힘껏 노력해서 추구하지 않는다면, '인간은 고귀한 존재'라거나 '천부인권(天賦人權)' 같은 말은 할 수 없다. 천부인권은 '권리'이고, 힘껏 노력해서 인간만의 특별함을 추구해야 하는 건 우리의 '의무'다. 의무 없이 권리만 주장하는 건, 헛소리이거나 아니면 도둑놈 심보일 뿐이니까. 그럼에도 불구하고 온전히 본능에 충실한 채 좋다며 행복하다며 동물의 삶을 살아가던 존재들이, 꼭 사고로 죽어가는 순간엔 변절(變節)한다. '사람 살려~'라고 말이다.

'인생 뭐 있어?'라는 말은, 자신이 '동물의 한 종류'가 아니라 '동물 그 자체'라는 고백이다. 살아만 있는 것 즉 먹고사는 생존과 번식만이 인생의 목표인 한, 동물과 인간의 구별은 사라진다. 동물이 바로 정확히 그렇기 때문이다. 그런 사람들에게는, 장사 지내는 예절 즉 '장례(葬禮)'도 필요 없다. 동물과 똑같이 아무 곳에나 땅을 파고 묻거나 아니면 음식으로 만들면 될 일이다. 하지만 그렇게 하지 않고 죽은 시신(屍身)에까지 정성과 예를 다하는 이유는, 인간이 동물과 다른 존재이기 때문이다. 아니 비록 인간이 동물과 똑같은 존재라고 하더라도, 인간은 동물과 전혀 다른 존재라고 믿는 '상상의 질서'를 모두가 믿기 때문이다. 그렇다면 인간만의 특별함은 과연 무엇일까?

인간은 생각하는
동물이다!

　인간을 정의(定義)하는 라틴어들은 꽤 많다. 본성상 많은 사람이 완전하고 유일한 단 하나의 답을 원하겠지만, 모두가 똑같이 중요한 동시에 정답이다. 인간은 절대 한두 가지 특징으로 완전히 표현할 수 없는 복잡한 존재이기 때문이다. 가장 대표적인 정의 몇 가지를 보자. 호모 파베르(Homo faber)는 '도구를 사용하는 인간'이고, 호모 에렉투스(Homo erectus)는 '두 발로 서서 걷는 인간'이며, 호모 사피엔스(Homo sapiens)는 '생각할 줄 아는 인간'이고, 호모 이코노미쿠스(Homo economicus)는 '경제활동을 하는 인간'이며, 호모 로퀜스(Home loquens)는 '언어적인 인간'이고, 호모 소시올로지쿠스(Homo sociologicus)는 '사회적 동물로서의 인간'을 가리킨다. 이 외에 호모 루덴스(Homo ludens)[94]는 '놀이를 즐기는 인

94　요한 하위징아(Johan Huizinga), 1938

간'이고, 호모 비아토르(Homo viator)[95]는 '여행을 즐기는 인간'이며, 호모 사케르(Homo sacer)[96]는 '사회정치적인 삶은 박탈당한 채 생물학적인 삶만을 살아가는 인간'이고, 호모 모빌리쿠스(Homo mobilicus)[97]는 '휴대전화를 생활화하는 새로운 인간'이며, 호모 데우스(Homo deus)[98]는 '신(神)이 되고자 하는 인간'을 의미한다.

어떻게 살았건 간에, 인간의 마지막 겉모습은 여느 동물과 다름없다. 모든 걸 내려놓고, 속에 있는 모든 걸 쏟아낸 채 볼품없는 빈 몸뚱이만 남긴다. 장례식장에 조문을 와서 그리고 입관을 지켜본 후 사람들이 가장 많이 하는 말이, 인생 참 허무하다는 말이다. 맞다. 그런데 그다음, 즉 그래서 살아 있는 동안 어떻게 살아야 하는지 결심하는 부분에서 대부분 사람이 완전히 엉뚱한 결론으로 들어선다. 인생 허무하니 타인과 사회를 위해 가치 있고 의미 있는 뭔가를 하거나 남기겠다며 주체적으로 자기의 삶에 의미를 부여하고 채색하고자 하는 게 아니라, 인생 허무하니 맛있는 것 실컷 먹고 좋은 곳 자주 다니면서 가진 돈 다 쓰고 죽겠단다. 그것도 마치 진리를 깨달은 양 거들먹거리면서. 그야말로 개체의 생존과 번식이 100% 전부인 동물의 삶, 수생(獸生)이다. (하이데거의 지적처럼) 그저

---

95 가브리엘 마르셀(Gabriel Marcel), 1945
96 조르조 아감벤(Giorgio Agamben), 1995
97 삼성경제연구소 김성도(金聖道), 2008
98 유발 하라리(Yuval Harari), 2016

존재 자체의 놀잇감으로 세상에 내 던져진 허무한 삶이지만, 반대로 그런 삶이 자기만의 고유한 그림과 색과 향기를 그리고 칠하고 덧입힐 최적의 기회요 신의 은총이라는 생각은 조금도 없이 말이다.

인간의 하드웨어는 '동물'이다. 모든 동물과 인간은 네 가지 유전암호를 공유한다. 그로 인해 발생하는 것을 '본능(本能)'이라고 표현한다. 하지만 누가 뭐래도 인간은 동물 이상의 존재고, 그렇다면 그런 인간만의 고유함의 바탕은 당연히 하드웨어가 아니라 소프트웨어에 해당하는 '뇌의 활동'에 있다고 단언할 수 있다. 그래서 기억을 앗아가는 치매가, 인간의 존엄성을 가장 처참하게 짓밟는 질병이라고 불린다. 인간 뇌 활동의 결과가 '정신'이요 '마음'이요 '생각'이며, 정신과 마음과 생각의 매개체가 '언어'이고. 언어는 '사회적 상호작용의 도구'로 진화했으며, 사회적 상호작용의 열매가 '교육'을 통해 세워지고 계승되는 '문화'라고 할 수 있다. 그리고 문화 속에서 '경제활동'과 '놀이'와 '여행'과 '신이 되고자 하는 욕망'이 탄생했다. 우리의 본모습은 '자연스러운 본능'과 '인위적인[의식적인] 교육'의 결합체다. 따라서 동식물과는 달리, 인간에게는 '자연스러움'이 모두 좋은 것만도 아니고 '인위적'이라는 수식어가 모두 나쁜 것만도 아니다.

술과 담배 둘 다 하지 않는 게 가장 좋다. 부득이 둘 중 하나를 해야 한다면 무엇을 선택해야 할까? 열이면 아홉에서 열 모두 술을 선택한다. 근거는 없다. 그저 느낌상 그렇단다. 나는 100% 담배를 선택하고 권한다. 근거는 이렇다. 물론 담배가 더 많이 불쾌한 냄새를 주긴 하지만, 둘 다 냄새로 주위 사람에게 피해를 준다는 점에서는 다름없다. 담배는 거의 집중적으로 폐와 기관지에 치명적이지만, 술은 삶 전체에 치명적이다. 담배는 개인의 문제에서 끝날 수 있지만, 술은 고성방가(高聲放歌)와 시비 및 폭행으로 주위 사람들에게 피해를 주는 단계로 쉽게 넘어간다. 욱하면서 폭력적인 성향이 갑자기 드러나는 경우도 술에 취했을 때인데, 가정폭력도 예외는 아니다. 아빠가 아내와 자녀를 상습적으로 폭행하는 건, 상습적인 줄담배가 아니라 상습적인 음주 때문이다. 담배는 연달아 세 가치 이상을 피우기가 힘들다. 그래서 자연스러운 절제가 가능하다. 하지만 술은 절제했다고 느낄 때 이미 취해 있는 상태일 때가 많을 정도로 스스로 절제하기가 무척 어렵다. 가정폭력의 주된 원인도 담배가 아니라 술이다. 흡연 운전은 어떻게든 대처가 가능한 피해를 일으키지만, 음주 운전은 자신뿐만 아니라 특히 타인의 생명을 순식간에 앗아가는 돌이킬 수 없는 피해를 일으킨다. 특히 전도유망한 스포츠 선수들의 선수 생명을 한순간에 끝장내는 것 역시 음주 또는 음주 운전이다. 하지 말아야 할 말로 자신에게 또는 타인에게 상처를 주는 말실수는, 흡연할 때가 아니라 술자리에서 빈번하다. 성희롱과 성추행 나아가 성폭력은 흡연이 아니라 음주의 자녀들이다.

마지막으로 담배는 커피처럼 뇌를 각성시키지만, 술은 인간만의 고유한 영역인 이성을 마비시킨다. '술 마시면 개가 된다'라는 말도, 이성이 인간만의 고유한 특징임을 암시한다. 여담이지만, 인간의 능력 아니면 술의 능력이 정말 놀랍지 않은가? 개를 인간이 되게 할 수는 없는데, 인간은 개가 되게 할 수 있으니 말이다. 습관적으로 술을 마시는 사람 중 대다수는 사람들과 어울리는 걸 좋아하거나 아니면 스트레스든 뭐든 풀거나 잊고 싶어서일 것이다. 대체로 의존적인 사람들이 술자리를 좋아한다. 술자리에서 사람들과 허물없는 자리를 갖는 건 기껏해야 처음 몇십 분뿐이다. 이후로 술이 들어갈수록 했던 얘기를 지겹도록 반복하거나, 똥고집을 피우거나, 괜한 시비를 걸거나, 다른 손님들에게 피해를 줄 정도로 언성을 높이거나, 사람 속을 뒤집는 이야기를 꺼낸다. 난 이 모든 게 싫다. 그리고 주기적으로 술을 통해서만 풀거나 잊을 수 있는 스트레스가 늘 쌓인다는 건, 평소 멀쩡한 정신으로는 조금도 스트레스를 통제하지 못한다는 말과 다름없다. 나아가 사실 이런 사람들이 정말로 잊고 싶어 하는 건, 스트레스나 나쁜 기억이 아니라 '생각하기 그 자체'일 때가 많다. 생각할 거리가 많은 것도 겁나서 싫고, 생각이 꼬리에 꼬리를 무는 것도 지겨워서 싫고, 깔끔한 해답이 당장 나오지 않는 열린 과정도 답답해서 싫은 것이다. 사람이길 포기하고 싶다는 시그널(signal)인 셈이다.

영장류의 큰 특징 중 하나는 '호기심'이다. 무엇이든 신기해하고 궁금해하는 것이다. 인간으로 국한하면, '집중력'과 함께 어린 시절에 가장 두드러진다. 그러다가 나이를 먹어감에 따라, 집중력도 그리고 호기심도 서서히 자취를 감춘다. 말이 좋아 멀티태스킹이지, 무엇에 진득하게 오래 집중하지 못하고 매사를 휴리스틱(heuristic)으로 처리할 뿐 세세하게 생각하지 않는 모습일 뿐이다. 매사를 자세히 생각하고 파고들면, "왜 그렇게 힘들게 살아? 머리 안 아파? 난 머리 아픈 거 딱 질색이야!"라는 핀잔을 듣기 일쑤다. 결론부터 말하자면, 사람의 탈만 썼을 뿐, 사람의 삶은 포기한 것을 무슨 자랑인 줄 아는 셈이다. 아파야 청춘이듯, 아프고 힘들고 불안하고 선택의 갈림길에서 늘 초조해야 사람이고 사람의 삶이다. 아파 봐야 건강이 감사한 줄 알고, 힘들어 봐야 휴식의 소중함을 알고, 불안해 봐야 매 순간 살아있음을 느낄 수 있고, 선택의 무게를 늘 감당해 봐야 매 순간을 진지하고 깊이 있게 보낼 수 있다. 그리고 집중은 집중의 시기가 끝났을 때 우리에게 시원함과 개운함과 성취감과 자존감을 선사하고, 호기심과 궁금함은 매사에 감사와 감동을 선사해 삶을 더욱 풍요롭게 만들어 준다. 우리의 뇌는 몸무게의 2% 정도밖에 안 되지만, 총 산소 소모량과 총 혈액의 20%나 소비한다. 수많은 동물을 보라. 뇌, 나아가 큰 뇌는 생존의 필요조건이 아니다. 오히려 유지 비용이 엄청나게 드는 큰 뇌는 생존에 치명적일 때가 더 많다. 그럼에도 인간이 그런 뇌를 발달시켜서 지금에 이른 이유는 간단하다. 머리는 데코레이션(decoration, 장식품)이 아니다. 쓰라고 있는 것이다.

그게
밥 먹여주니?

참으로 동물다운 말이다. 물론 먹고 사는 건 중요하고 기본이지만, 극단적으로 말하자면 동물은 먹기 위해 살고 인간은 살기 위해 먹어야 한다. 동물은 육체가 전부이지만, 인간에게는 정신[영혼]이라는 또 다른 세계가 있기 때문이다. 그런데도 대부분 사람이 "다 먹고 살자고 하는 짓인데"라는 말을 창피한 줄도 모르고 내뱉는다. 육체를 위한 물질은 동물에게는 충분조건이지만, 인간에게는 꿈과 목표와 의미와 가치의 세계인 정신이 시동을 걸기 위한 필요조건일 뿐이다. 그래서 인간에게만큼은 밥 먹여주는 일보다 그렇지 않은 일들이 더 중요할 때가 훨씬 더 많다. 그러니 눈을 들어 한 단계 더 높은 곳을 보자.

먹을 때도 '무엇을' 먹느냐보다 '어디에서 어떻게' 먹느냐가 더 중요하고, '얼마나' 먹느냐보다 '누구와' 먹느냐가 더 중요하며, 소유한 물질보다 한 폭의 그림과 한 곡의 음악과 한 편의 시와 한 권의 책이 더 큰 영향을 끼칠 때가 많다. 세상살이가 힘들게 느껴질 때는, 물질이 부족해서 가난할 때가 아니라 세상이 각박(刻薄)할 때다. 누릴 수 있는 물질이 부족할 때가 아니라 눈에 보이지 않는 정신적인 것이 메말랐을 때다. 대체로 고등학교에서 문과[인문계]를 택하는 순간부터, 주위에서 어떻게 먹고살 거냐는 걱정 어린 푸념을 듣게 된다. 뭐 틀린 말은 아니다. 지금과 같은 물질만능주의 시대에서, 먹기 위해 산다면 인문학은 말 그대로 필요 없다. 인문학은 밥도 쌀도 만들어 내지 못하니까. 하지만 인문학에는 밥을 더욱 맛있게 만들고 삶을 더욱 풍요롭게 만들어 주는 고유한 능력이 있다. 앞서 언급했듯이, 먹고사는 생존이 최우선 과제인 한 (의미와 가치의 또 다른 말인) 선악의 구별은 무의미해지고, 선악의 구별이 무의미해지는 순간 동물과 인간의 구별도 무의미해진다. 극단적으로 보자. '돈 안 되는 일'과 '의미 없는 일' 중 무엇이 더 해선 안 되는 일일까? 잘 와 닿지 않는다면, 다른 예를 들 수도 있다. '돈 없는 사람'과 '가치 없는 사람' 중 무엇이 더 치명적일까?

난 돈 버는 일에는 영 재능이 없다. 돈 버는 일에는 관심도 없다. 난, 돈이 싫다. 인간으로서의 삶이 지닌 의미와 가치를 질식시키고, 눈에 보이지 않는 것들을 무의미하고 무가치한 것으로 매도(罵倒)하며, 사랑하는 마음과 가족의 인연까지 쉽게 내칠 정도로 모든 범죄의 근원이기 때문이다. 내가 돈이 싫다고 말할 때면, 사람들은 그럼 어떻게 살 수 있냐고 되묻곤 한다. 어쩜 그리도 극단적인 사고 방식을 지녔을까! 나는 돈이 싫다고 말하는 것이지, 돈 한 푼 없이도 살 수 있다고 말하고 있는 것이 아니다. 다시 말하자면, 남들보다 더 좋고 더 많고 더 화려한 의식주가 아니라 내가 만족하는 기본적이고 깨끗한 의식주면 충분하다는 말이다. 재테크까지 해가면서 수십 년 후의 걱정을 끌어오는 게 아니라 오늘내일 또는 1년 정도 족할 정도면 충분하다는 말이다. 돈은 삶의 필요한 '수단'이지, 결코 삶의 '목적'이 아니라는 말이다. 아마도 이것이, 지금껏 홀로 그리고 경제적으로 빠듯하게 세상을 살아가고 있는 이유일지도 모르겠다.

31

누구나 행복하게 사는 게
인생의 목표 아닌가요?

개념 정의부터 분명히 해야 한다. 행복이란 무엇일까? 대부분
이 생각하는 건, 부정적인 것들이 없거나 긍정적인 것들이 있는 상태
둘 중 하나다. 과연 그럴까? 일단 부정적인 것들에는 질병도 포함
되지만, 보통 고통과 수고로움과 고민과 불안 같은 정신적인 것
들이다. 그런 것들이 없는 편안하고 안락한 상태, 그것을 행복이
라고 생각한다. 그래서 고인(故人)과 마지막 인사를 나누는 입관
때, 대부분 사람이 "이젠 고통도 없고 아프지 않은 곳에서 편안하
고 행복하게 사세요"라는 말을 가장 많이 한다. 그리고 긍정적인
것들에는 사회적인 지위도 포함되지만, 보통 자녀와 많은 돈과
좋은 집과 좋은 가구와 좋은 차 같은 물질적인 것들이다. 그런 것
들이 차고 넘칠 때, 그것을 행복이라고 생각한다. 그래서 이런 말
을 흔히 한다. "이것저것 부족한 것 없이 다 가진 사람이 행복하
지 않다고? 엄살은⋯."

1929년 여름부터 시작되어 1930년대 중반까지 지속된 미국 대공황(大恐慌, Great Depression)의 절정기에, 영국 작가 올더스 헉슬리(Aldous Huxley)는 소설 『멋진 신세계(Brave New World)』(1932)를 출판했다. 그곳에선 행복이 최고의 가치이며, 사람들은 늘 그런 행복한 상태에 머물게 해주는 '소마(soma)'라는 일종의 마약을 매일 먹으면서 자기들의 삶에 매우 만족한다. 헉슬리는 철저히 진화론적인 관점에 근거한 것으로 보인다. 우리의 감정과 정신은 수백만 년의 진화를 통해 프로그램된 생화학적 체계의 지배를 받는다. 외부 환경의 조건이 맨발에서 고급 자동차로 동굴에서 아파트로 바뀌었다고 해도, 고작 1만 년 동안의 그런 변화는 우리 뇌에 아무런 차이도 불러일으키지 못한다. 우리 뇌는 그런 형태와 맛의 변화를 인지하지 못한다. 우리 뇌가 인지하는 건, 오로지 현재 세로토닌(serotonin)과 도파민(dopamine) 그리고 옥시토신(oxytocin) 또는 바소프레신(vasopressin)의 수치가 몇 퍼센트냐 하는 만족감뿐이다. 그런데 그 지속성은 영원하지 않다. 음과 양의 균형을 맞추려는, 즉 높은 건 낮추고 낮은 건 높여서 늘 일정한 수준을 유지하려는 우리 신체의 속성 때문이다. 이것을 생물학에서는 '항상성(恒常性, homeostasis)'이라고 부른다. 복권 당첨이든 끔찍한 사고든, 시간이 지나면 평균값으로 회귀한다. 물론 사람마다 그 평균값은 다르지만.

사실 현실적으론, 돈이 행복을 가져다준다. 하지만 그건 하루하루의 끼니와 거처를 걱정해야 하는 사람들에게만 해당한다. 몇

해 전의 통계를 보면, 그 수준은 대략 연봉 5,000만 원이다. 이 수준을 넘어서는 순간부터 돈의 중요성은 급격히 감소하고, 눈에 보이지 않는 사회적·윤리적·정신적 요인들이 삶에서 주도권을 행사한다. 대부분 사람이 선물과 숫자와 날짜와 좋아하는 사람들과의 공통점 등에 수없이 나름의 '의미'를 부여하고, '가치' 있는 삶과 죽음을 고민하고, 자신이 하는 일에서 '보람'을 찾으려고 하는 것이 하나의 근거다. 헉슬리가 그린 그런 세상이 정말 멋진 신세계일까? 많은 사람이 그렇지 않다고 생각할 테고, 그 이유를 들자면 자기 삶의 결정권 또는 주도권을 자기 자신이 아니라 약물에 양도했기 때문일 것이다. 이렇게 생각하는 사람들이, 현실에서는 자기 삶의 결정권 또는 주도권을 개념 없는 유명인과 실체 없는 대중에게 기꺼이 자발적으로 헌납하고도 행복하다고 착각하며 살아간다. 가치 판단 없이 유명인이나 수적으로 우세한 대중이 먹는 음식, 입는 옷, 다녀온 곳을 찾아가 똑같이 하려고 한다. 그러면서 좋단다. 앵무새나 원숭이의 후예인가? 행복을 부정적인 것들이 없거나 긍정적인 것들이 있는 상태 둘 중 하나로 정의한다면, 육아는 지독히도 불행한 일에 속한다. 그럼에도 대부분 부모는 아이가 행복의 주된 원천이라고 말한다. 왜 그럴까?

행복은 감정이고, 그래서 주관적이다. 부정적인 것들이 없건 긍정적인 것들이 있건 전혀 상관없이, 행복은 오로지 개인이 현재 처한 상황을 어떻게 '해석'하고 거기에 어떤 '의미'와 '가치'를 부여하는

가에 달려있다. 살아야 할 '이유'가 있다면, 어떤 고난이든 그것도 즐겁게 견뎌낼 수 있다. '의미 있는 삶'은, 아무리 힘든 고난이라도 그것을 행복으로 전환하는 힘이 있다. 반대로 의미 없는 삶은 아무리 안락하고 풍족할지라도, 끔찍한 고통이다. 우리는 지금껏 예전의 그 누구도 누리지 못한 물질적 풍요로움에 둘러싸여 있음에도 불구하고, 행복의 정도는 조금도 높아지지 않았다. 그 이유는 경험의 '양(量)[개수와 크기]'만 크게 늘었을 뿐, 경험의 '질(質)[깊이와 집중]'은 그대로이거나 오히려 낮아졌기 때문이다. 삶의 질을 높이기 위해선, 우리가 매 순간 하는 모든 경험의 질을 높여야 한다. 우리가 매일 그리고 매 순간 경험하는 것들이 쌓여서 우리의 삶을 만들기 때문이다. 그런데 양이 아닌 질의 문제는, 개인적이고 주관적이며 내면적인 문제에 해당한다. 따라서 생물학적인 본능과 사회문화적인 강압에 대항해 '자기 내면을 주체적으로 통제할 수 있는 사람'만이 삶의 질을 결정할 수 있다.

객관적이고 과학적인 관점에서 보자면, 인간의 삶에는 어떤 의미도 없다. 인간이라는 '현존재'는 영원한 '존재'의 놀이 속에서 잠시 세상에 내던져졌다가 사라지는 부속품이다.[99] 인간은 아무런 목적이나 의도 없이 진행되는 '눈먼 시계공'[100]인 진화의 산물일 뿐이다. 다시

---

99   마르틴 하이데거(Martin Heidegger), 『존재와 시간(Being and Time)』(1927)
100   리처드 도킨스(Richard Dawkins), 『눈먼 시계공(The Blind Watchmaker)』(1986)

말해서 모든 것이 '우연', 즉 '어떤 이유도 없음'일 뿐이다. 우리 뇌는 '이유 없는 우연'을 조금도 참지 못한다. 그래서 어떻게든 '인과관계'라는 나름의 이유를 만들어 내서 세상의 모든 것을 '필연'으로 색칠하고, 거기에 나름의 '의미'를 부여한다. 따라서 우리가 우리의 삶에 부여하는 의미나 가치는, 사실 그것이 무엇이든 '망상'이고 '상상의 질서'[101]에 지나지 않는다. 그렇다고 객관적인 사실이 우울하니까, 당연히 주관적인 의미 부여, 즉 상상의 질서도 쓸모없다는 결론으로 비약하면 절대 안 된다. 수많은 고통 속에서 우리의 삶을 지탱해 주는 '실낱같은 희망'도, 사실 상상의 질서이기 때문이다. '사실'과 '가치'는 별개의 범주다. 아무리 상대방이 내가 싫다며 인상 쓰고 직설적으로 말해도, 그 모든 것이 내 눈과 귀에는 사랑의 속삭임으로 들리던 경험들이 있을 것이다. 그렇듯이 우리의 모든 감정도, 사실 상상의 질서다. 만일 행복이 오로지 뇌의 생화학적 수준을 높게 유지하는 것에만 달려있다면, 행복해지기 위해 우리는 향정신성 약물을 꾸준히 먹기만 하면 될 일이다. 하지만 만일 행복이 우리가 우리의 삶에 부여하는 의미나 가치에 달려있다면, 행복해지기 위해 우리는 자신을 더욱더 효과적으로 속일 수 있는 상상의 질서를 계속해서 만들어 낼 필요가 있다.

의도적으로 노력하지 않은 채 가만히 놓아두면, 우리의 의식

---

101 유발 하라리(Yuval Harari), 『사피엔스(Sapiens)』(2014)

[정신]은 산만하게 흩어지고 작동과 성장을 멈추게 된다. 우리의 관심 즉 주의(注意)는 의도적으로 에너지를 소모하는 행위이고 그래서 불안과 고통을 필연적으로 수반하며, 우리의 주의를 어디에 얼마만큼 쏟는지에 따라 우리의 경험이 달라지고 그에 따라 삶의 질도 달라진다. '자신의 관심과 주의를 통제할 수 있는 능력' 그리고 '삶의 매 순간 몰입(플로우, flow)할 수 있는 능력'이 행복으로 가는 일방통행이다. 달리 말하자면, 행복의 전제조건은 '새로움과 낯섦과 천천히'고, 행복의 원동력은 편안함과 휴식과 소비가 아니라 자신 안에 잠들어 있던 '열정'과 '자존감'과 '승부욕'을 흔들어 깨워서 최대한 끌어올리는 것이다. SBS의 〈골 때리는 그녀들〉과 Sky Sports의 〈씨름의 여왕〉 같은 프로그램 출연진들의 모습에서 확인하고 느낄 수 있다. 삼매경(三昧境)이라고도 할 수 있는 '몰입'은, 마치 물이 흐르는 것처럼 편안하고 자연스러운 느낌이다. '마음 가는 대로 거닐고(소/逍) 서성거리면서(요/遙) 외적 보상에 연연하지 않은 채 완전히 자기 목적적인 경험을 하는(유/遊)' 장자(莊子)의 '소요유(逍遙遊)'다, 어쩔 수 없이 해야만 하는 일도 몰입의 활동으로 바꿀 수 있다. 포정해우(庖丁解牛)처럼 말이다.[102]

만족감인 '쾌락'과 행복인 '즐거움'은 전혀 다르다. 어떤 노력 없이도 누구나 '쾌락[만족감]'은 느낄 수 있지만, 주의를 집중하지 않

102　미하이 칙센트미하이(Mihaly Csikszentmihalyi), 『몰입(Flow)』(1990)

으면 재미와는 다른 개념인 '즐거움[행복]'을 느끼기란 불가능하다. 고통 즉 노력 없이는 얻는 것도 없다(No pain no gain). 늘 맛집만 찾아다닌다고 '미식가(美食家)'라고 부르지 않고, 하루에 커피나 포도주를 20잔 이상 마신다고 '바리스타(Barista)'나 '소믈리에(Sommelier)'라고 부르지 않는 것과 같다. 미식가와 바리스타와 소믈리에는 오랜 시간 주의를 집중해서 공부해야 도달할 수 있는 수준이다. 어떤 노력도 요구하지 않는 쾌락 속에 머물면서 자아의 성장을 기대하는 건 어불성설(語不成說)이다. 쾌락은 오히려 자아의 성장을 방해하는 걸림돌이 될 때가 더 많다. 긍정 사회요 피로사회인 현실에서 우리는 늘 일에 치여 살기에 일하지 않고 놀고먹는 걸 꿈꾸지만, 사실 그건 매우 괴롭고 힘들다. 돈이 아무리 많아도 놀고먹는 사람보다, 돈이 조금 부족해도 자신만의 할 일이 있는 사람이 훨씬 더 행복하다. 사회가 여전히 자기를 필요로 하고 자신이 여전히 쓸모 있는 사람이라는 느낌 때문이라도 상관없다. 중요한 건, 느낌처럼 정신적이고 눈에 보이지 않는 것이 그리고 나아가 수고로움과 땀과 활동과 꿈[목표]을 향해 달려가는 — 다시 말하지만 결과가 아니라 — 과정 자체가 우리의 행복을 우리의 삶을 좌지우지한다는 사실이다.

행복은 그 자체로는 존재하지 않는다. 대립물인 고통 속에서만 존재한다. 반대로 고통은 행복 속에서만 존재한다. 조금 더 정확히 말하면 이렇다. 행복은 고통처럼 보이는 것 속에만 있고, 고통은 행복처럼 보이는 것 속에만 있다. 다시 말해 보자. 행복은 고통의 탈을 쓴 채로만 다가오고, 고통은 행복의 탈을 쓴 채로만 다가온다. 우리에게 좋은 것과 나쁜 것은, 우리 눈에 보이는 것 또는 우리가 무의식적으로 느끼는 것과 정확히 반대라는 말이다. 위기가 곧 기회고, 장점이 곧 단점이며, 몸에 좋은 건 입에 쓰다. 이런 사실을 한 단계 높여서 생각해 보면, '내'가 곧 '너'고, '우리'가 곧 '그들'이라는 통찰에도 도달할 수 있다. 그러면 특별히 미워하거나 거부하거나 슬퍼하거나 좌절할 일도, 특별히 좋아하거나 집착하거나 기뻐하거나 으스댈 일도 없게 된다.

감정이 없는 식물의 삶의 목표는 '건강하게 오래 살기'고, 감정을 지닌 동물의 삶의 목표는 거기에 더해 '행복 추구'다. 따라서 감정 외에 충분히 발달한 이성(理性)까지 지닌 우리가 '행복 추구'를 삶의 목표로 삼아서는 안 될 일이다. 개인적인 행복 추구는 기본이요 삶의 수단일 뿐이다. 행복이, 지위 상승이라는 측면에서 사회적인 성공이, 돈을 많이 버는 것이 우리 삶의 목표가 돼서는 안 된다. 인간으로서의 삶의 가치를 다운그레이드(downgrade)하지 말라! 개인적으로는 끊임없는 목표 설정과 꿈의 달성, 스포츠 쪽이라면 끊임없는 한계의 극복, 사회 운동 쪽이라면 더 많은 사람의 안녕과 행복, 정치 쪽이라면 민주주의의 확립과 발전, 환경 운동 쪽이라면 환경 보호 및 자연과의 공존, 학문 쪽이라면 미지의 세계에 관한 탐구 등 개인적이고 신체적이고 물질적인 행복 추구보다 상위(上位)

에 있는 것들이 삶의 목표가 되기를 바란다.

자신이 할 수 있든 없든, 누군가를 또는 누군가의 어떤 행위를 칭송하고 존경하고 우러러본다는 건 그 또는 그의 행동이 선(善)이고 아름답고 귀하다고 느끼기 때문에 자연스럽게 드는 감정이다. 부러워하면 지는 것이라는 말처럼 말이다. 대학의 서열을 없애자고 부르짖고 자기는 공부를 못 했어도 큰 성공을 거뒀다며 자랑하는 이들도, 자녀를 좋은 대학에 보내려고 수많은 투자를 하고 좋은 대학에 입학하면 더없이 기뻐한다. 무의식적으로 지적인 어떤 것이 물질적인 것보다 더 좋고 귀하다고 여기기 때문이다. 수많은 참사마다, 자신들의 행복을 넘어 목숨마저도 기꺼이 타인을 위해 내던진 수많은 영웅이 존재한다. 일제 강점기 때의 독립운동가들을 예로 들 수도 있다. 우리는 그 영웅들에게 진심으로 감사와 존경심을 표한다. 국가적으로도 그들을 잊지 않으려고 노력한다. 그러나 반대로, 자신의 목숨 보전에 연연하고 자기와 자기 가족만의 행복이 인생의 목표인 사람들을 향해 이런 감사와 존경심을 느끼는 사람은 없다. 그렇다면 개인의 안위와 행복보다 더 고귀하고 가치 있는 것들이 있음이 입증된 셈이다.

자기와 자기 가족만의 행복이 인생의 목표인 사람들이 당당하게 내세우는 게 바로 '소확행', 즉 '소소하지만 확실한 행복'이다. 소소한 건 일리 있지만, 확실한 행복은 존재하지 않는다. 끊임없이 변화하는 세상과 불완전한 우리의 삶에 확실한 건 없기 때문이다. 그저 본인이 그렇게 느꼈거나 세뇌할 뿐이다. 이건 더불어 살아야만 하는 세상 속에서, 주위 사람들과 사회와 세상이 어떻게 돌아가든 신경 쓰지 않겠다는 일종의 무례(無禮)일 수도 있다. 수많은 짚신의 자기 합리화요 핑계다. 그러면서도 자기와 자기 가족에게 무슨 일이 생길 때면, 누군가 자기를 도와주길 바라는 도둑놈 심보다.

TV 프로그램 〈용감한 형사들〉엔, 우리와 사회의 안전을 위해서 불철주야(不撤晝夜) 노력하는 훌륭한 형사들이 출연한다. 너무 감사하고 존경스럽다. 그런데 그들이 이구동성(異口同聲)으로 하는 말이 하나 있다. 범인을 잡는 데 몰두하다 보니, 아이들이 성장하는 걸 함께하기는커녕 지켜보지도 못한 게 너무 미안하다는 것이다. 대다수에게는 지겨운 일상이, 형사들에게는 가슴에 한이 맺힐 만큼 이루고 갖고 싶던 꿈이었다니! 그들의 그런 말에, 익숙해져서 당연하다며 일상에 무관심한 나 자신이 한없이 부끄럽다. 여담 하나. 비가 일상인 곳에서의 물웅덩이는 눈에 잘 띄지도 않는 물웅덩이일 뿐이지만, 고온 건조한 날씨가 일상인 사막에서의 물웅덩이는 그렇게 감사할 수가 없다. 마찬가지로 휴가나 방학 중 서너 시간의 휴식은 잘 느껴지지도 않지만, 업무나 학기 중 서너 시간의 휴식은 그렇게 달콤할 수가 없다. 휴식과 휴가는 일상 속에 있을 때라야 비로소 본연의 의미가 발현된다. '금기'가 있는 곳에서 비로소 '위반'의 유혹이 힘을 발휘하듯 말이다. '멍석을 깔면 하던 짓도 멈춘다'라는 말이 있는 이유도, 일상 속에서 짬을 내 하던 달콤한 일이 일상으로 변하는 순간 그 달콤함을 잃어버리기 때문이다.

　우리는 소확행을 추구하면서, 형사들에겐 소방관들에겐 구급대원들에겐 그들만의 소확행을 포기하고 우리의 필요와 호출을 위해 늘 대기하고 있으라고 주문한다. 그만큼 우리 자신이 소중한 존재인가? 과연 어떤 면에서 그런지 열거해 보라! 만일 형사들이나 소방관들이나 구급대원들 역시 여러분들과 똑같이 개인과 가족의 안위만 위한다면, 사회의 안전은 누가 책임지고 피해자 가족들의 슬픔은 누가 위로하며 위급한 사람의 생명은 누가 구할 수 있을까? 그게 그들의 일이니까, 그러라고 세금으로 월급 주니까 당연하다고? 여러분이 과연 세금을 온전히 그리고 그런 생각에 기꺼이 내고 있는가? 어떻게 하면 세금을 줄일까만 생각하고, 세금을 줄일 수 있는 대로 줄이는 것을 똑똑한 것으로 생각하지는 않는가? 여러분은 피해자가 안 될 줄 안다면, 착각도 그런 착각이 없다. 특히 요즘 세상에 말이다. 장애우를 위한 도로와 주차장 그리고 그들의 대중교통 승하차 시간이 조금 늦는다고 난리를 치는 사람들이 태반이다. 그러다가 자기가 장애를 당하면, 그때는 똑같은 국민인데 장애우에 대한 처우가 너무 열악하다고 대한민국은 이래서 선진국이 못 되는 거라고 멋들어진(?) 사회 분석까지 곁들인다. 참으로 뭐 같은 인생이다.

　나와 가족을 챙기기도 바쁜데 타인까지 어떻게 신경 쓰냐고? 그건 너무 힘든 일 아니냐고? 세상에 힘들지 않은 일은 하나도 없다. 그리고 힘든 만큼, 자존감이 쌓이고 행복한 삶을 살게 된다. '전체[누구나]'라는 이름에 편승(便乘)해서 자신의 허약함과 무능함을 감추려 하지 말라! 스스로 창피한 일이다. 높은 수준의 삶일수록, 그 길을 걷는 이들은 더 적기 마련이다. 스스로는 그렇게 하지 못하더라도, 물귀신처럼 영웅들의 발목까지 잡아당겨 욕되게 하지는 말았으면 한다. 가장 성능이 좋은 안테나가 가장 많은 전파를 잡을 수 있듯이, 정신적으로 가장 깨어 있는 사람일수록 가장 많은 불안을 느끼고 그만큼 더 고통스럽다. 뭣 '모를 때'가 행복한 법이다. 만약 행복이 불안과 고통의 반대말이라면, 논리적으로 병장보다는 이등병이, 교수보다는 학생이, 사장보다는 사원이, 어른보다는 아이가, 아이보다는 자폐증 환자가, 자폐증 환자보다는 반려견이, 반려견보다는 곤충이, 곤충보다는 식물이 가장 행복하다는 결론에 도달한다. 과연 '개 팔자가 상팔자'일까? 그것은 행복을 불안과 고통의 반대말이라고 착각하고 있는 사람들, 인간이기를 포기하려는 그래서 인간으로서의 자격이 없는 사람들의 일종의 커밍아웃(coming out)이다. 스스로 행복하다고 연신 떠들어 대는 사람들 대부분은, 정말로 행복한 게 아니라 정신이 깊이 잠들어 있는 탓에 어떤 불안도 못 느껴서 행복하다고 착각하는 것이다. 의식주와 본능이 충족되었을 때 느껴지는 만족감, 변연계를 지닌 포유류 누구나 100% 자연스럽게 느끼는 감정을 행복이라고 착각하는 것에 지나지 않는다. 인간의 행복은 불안과 고통이 없는 상태가 아니라, 불안과 고통을 수용하고 초월함으로써 비로소 얻어지는 그 무엇이다.

32

친구 따라
강남 간다

인간은 사회적 동물이다. 늘 주변 사람들을 의식하고, 늘 알게 모르게 그들과 자신을 비교하며 살아간다. 원래 그렇게 생겨 먹었다. 특히 청소년기엔 남녀 할 것 없이 더 그렇다. 친구 따라 강남을 가는 게 우리의 본성이다. 친구들이 하는 건 나도 무조건 해야 한다. 그렇지 않으면 또래 집단에서 소외될 테고, 그건 특히 청소년에게는 사형선고나 마찬가지이기 때문이다. 여기에 우리 본성의 기본값(default)이 이기적이고 '세 살 버릇 여든 간다'라는 속담과 '바늘 도둑이 소도둑 된다'라는 습관의 기하급수적인 무서움까지 더해보면, 왜 예나 지금이나 어른들이 친구를 잘 사귀어야 한다고 당부하고 또 당부하는지 충분히 이해되고도 남는다.

친구 따라 강남을 가는 건, 대체로 계획적인 게 아니다. 우연적이다. 바로 이런 우연이 '약한 연결의 힘'[103]이다. 직업을 구할 때, 이직할 때, 가게를 차릴 때, 업종을 바꿀 때, 대학과 학과를 선택할 때, 비싼 물건을 살 때, 우리는 통념과는 달리 친한 사람들의 의견이 아니라 대충만 아는 지인이나 유명인의 말을 듣고 또는 TV 광고를 보고 결정한다. 우리가 흔히 '우연히'라고 말하듯, 좋아하는 연예인이 무심코 던진 한마디나 존경하는 사람의 조언으로 삶이 바뀌었다는 사람이 생각보다 많다. 친구 따라 오디션 갔다가 친구는 떨어지고 자기는 합격해서 지금 이 자리까지 오게 되었다는 연예인은 더 많다. 친한 사람들은 보통 거의 비슷한 정보를 갖고 있는 경우가 많기에, 새로운 정보를 얻고자 할 땐 '약한 (사회적) 연결'을 사용하라! 살다 보면 '약한 연결'이 강한 친분(親分)보다 더 결정적인 역할을 할 때가 많다. 그래서 가끔은 친구 따라 강남을 가는 것도 좋다. 다만 친구 따라 '중간'은 가지 마라!

---

103 마크 그라노베터(Mark S. Granovetter), 「약한 연결의 힘(The Strength of Weak Ties)」
  (1973)

가만히 있으면
중간이라도 가지

되묻자. 중간이라도 가서 뭐 하게? 하루하루 살아가는 행태를 보면, 딱히 크게 할 건 없어 보인다. 아니, 오히려 아무것도 하지 않기 위해 '중간'을 염원한다고 말하는 게 더 정확할 것이다. '중간'의 다른 이름은 '평균값'이고, '대중'이며, '다수'이고, '타인[남]'이며, '시대의 흐름'이고, '유행'이다. 그런 '중간'은 우리에게 여러 가지를 선물한다. 무엇보다도 가장 큰 선물은, 우리 내면의 어두움을 마음껏 표출할 수 있는 '익명성'이다. 인간을 포함한 모든 생명체가 '생존 기계'이듯, 인간의 본능 역시 '개체의 생존과 번식'이라는 이기주의가 기본값(default)이다. 익명성은 늘 '무책임'을 동반한다. 무책임은 '책임의 회피' 즉 스스로의 판단과 선택과 삶을 온전히 떠맡는 어려움과 역경과 도전과 노력의 과정으로부터의 도피다.

이런 사람들 대부분은 소셜미디어[SNS] 중독이다. 자발적으로 스스로의 판단과 선택과 삶의 결정권을 온전히 갖다 바친 '대중'의 일거수일투족을 늘 따라 해야 할 뿐만 아니라 사회적으로 소외되는 것이 두려워서이기도 하다. 대중과 비교해서 자기만 뒤처지거나 소외되는 것 아닌가 하는 두려움을 '포모 증후군(FOMO Syndrome)'이라고 부른다. '포모(FOMO)'는 '소외되는 것에 대한 두려움(Fear Of Missing Out)'을 뜻한다. 옥스퍼드사전은 포모를 "멋지고 흥미로운 일이 지금 어딘가에서 일어나고 있을 것이라는 불안감으로, 주로 소셜미디어의 게시물에 의해 유발된다"라고 설명한다. 참으로 가볍고 불안하고 산만하고 힘든 삶이 아닐 수 없다.

'동거'와 '결혼'을 비교해 보자. 공식적이고 공개적인 '책임'의 유무라는 단 하나의 차이가, 본질적인 면에서 엄청난 차이를 가져온다. 무책임은 잘못에 있어서 항상 내 탓이 아닌 '남 탓'을 동반한다. 모든 게 남의 탓이라는 건, 모든 유형의 범죄자들이 공통으로 내뱉는 변명이기도 하다. 그렇게 자기 삶의 모든 기준과 판단과 선택을 '남'에게 맡긴다면, 우리는 하나의 인격적인 존재가 아니라 좀비로 살아갈 뿐이다. 연쇄살인 사건이 발생했고, 다행히 범인이 검거됐다. 뭐가 가장 궁금한가? 범인의 이름이나 직업? 범인의 형량? 범행 방법? 피해자가 받을 수 있는 보상금의 액수? 아니다. 거의 모두가 '범행동기' 즉 '왜' 그런 끔찍한 범행을 저질렀는지 그 '이유'를 가장 궁금해한다. 왜 그럴까? 모든 행동이나 사건의 '이유'가 바로, 우리의 삶을 이끌어 가는 '의미'와 '가치'의 다른 이름이기 때문이다. 의미와 가치는 표면적인 게 아니라 본질적이어서 눈에 보이지 않는다. 그래서 어린 왕자는 지금도 말한다. 눈에 보이지 않는 것이 더 소중한 것이라고!

중간을 염원하는 사람들이 인생의 목표라고 외치며 기를 쓰고 찾아 나서는 행복과 즐거움과 자존감과 만족감은, 역설적으로 쉽게 보이고 얻을 수 있는 삶의 표면이 아니라 본질이라는 깊은 곳에 존재한다. 편안함과 편리함과 편승(便乘)과 안정 속에는 없다. 우물처럼 깊은 곳에 존재하는 행복과 즐거움과 자존감과 만족감을 꺼내려면, 어려움과 역경과 도전과 노력의 과정이라는 두레박이 절대적으로 필요하다. 그런데 사실 정확히 말하자면, 행복과 즐거움과 자존감과 만족감은 고정되고 불변하는 특정 형태를 띠고 있지 않다. 즉 우물 깊은 곳엔 아무것도 없다. 어려움과 역경과 도전과 노력의 과정이라는 두레박으로, 깊은 곳에 있다고 여겨지는 행복과 즐거움과 자존감과 만족감을 꺼내려고 시도하는 '순간순간'이 바로 행복과 즐거움과 자존감과 만족감 그 자체다.

이솝우화에 게으른 세 아들을 둔 아버지가 있었다. 죽음을 앞둔 그는 게으른 아들들이 걱정되어 다음과 같은 유언을 남겼다. "밭에 보물을 묻어 두었으니, 내가 죽고 나면 파서 공평하게 나눠 가져라." 아들들은 아버지가 죽은 후 밭을 샅샅이 파헤쳤지만, 어디에도 보물은 없었다. 실망감과 분노를 참지 못하던 아들들은 어차피 파놓은 밭을 놀리기가 뭐해서 씨를 뿌렸는데, 그것이 큰 수확으로 돌아오자 그제야 아버지가 자기들에게 남긴 보물이 무엇이었는지를 깨달았단다. 우리의 삶도 이와 비슷하다. 그러니 가만히 있지 말자. 늘 깨어서 뭐라도 하자. 시간을 낭비할 만큼 우리의 삶은 길지 않다. 도전이 곧 성공은 아니지만, 도전하지 않으면 성공할 확률은 아예 없다. 이것이 유명한 '달란트 비유'[104]의 의미다.

단 한 번! 가만히 있으면 중간이라도 간다는 말이 도움 될 때가 있다. 바로 사기꾼들의 유혹 앞에서다. 어떤 사기꾼이든, 분야는 달라도 변하지 않는 레퍼토리(repertory)가 있다. 그것은 바로, 얼마를 빌려주거나 투자하면 몇 개월 내로 그 몇 배에 달하는 돈을 배당금으로 준다는 것이다. 말도 안 되는 헛소리다. 하지만 많은 사람이 예나 지금이나 이런 달콤한 말에 현혹되어 사기의 피해자가 된다.

첫째, 인간 본성의 기본값이 이기주의라는 걸 몰라서 그렇다. 그런 사업이나 기회가 정말로 존재한다면, 누가 미쳤다고 생판 모르는 사람에게 거의 애걸복걸하다시피 해서 그 기회를 공유하겠는가? 행여 비밀이 새 나갈까 쉬쉬하며 가족끼리 모두 해 먹을 것이다. 대부분 회사의 주요 요직은 창업자나 회장의 가족과 친

---

104 〈마태복음〉 25:14~30

척과 극히 소수의 지인이 모두 차지하고 있는 것처럼 말이다.

둘째, 어쩌다 정말로 운이 좋은 경우가 있을 수는 있지만, 뿌린 대로 거두는 게 정상이고 그래서 모든 일이 그렇게 되기를 바라야 한다. 즉 땀 흘리지 않고 돈 벌기를 바라는 도둑놈 심보 자체가 잘못이다. 그렇게 일확천금을 꿈꾸는 마음과 정신자세가 바로 모든 사기의 배양기(培養器), 즉 모태(母胎)다. 따라서 그런 마음을 갖고 있고 그것이 실현되기를 정말로 원해서 사기의 피해자가 된 사람은, 미안하지만 나는 피해자가 아니라 공범이라고 생각한다. 그러니 가만히 있으라. 중간이라도 가면 피해는 보지 않을 테니.

셋째, 논리적으로 말하고 듣는 훈련과 함께 기본적인 공부도 하기 바란다. 내가 보고 들은 전청조의 말은, 너무도 유치하고 형편없었다. 앞뒤가 맞지 않는 문장에 어린아이 같은 말투도 그렇고. 그런데 전청조에게 사기를 당한 피해자들은 한결같이 그가 말을 너무 잘한다고 한다. 전교 100등을 몇 등의 시선에서 보느냐의 차이다. 결정적인 건, 그가 사용한 영어 표현 'I am 신뢰'다. 중학교나 제대로 다녔을까 싶은 수준의 창피한 실수다. 'Be 동사'인 'am/are/is'에는 두 가지 뜻이 있다. 바로 뒤에 주어가 어떤 상태에 있는지를 나타내는 '형용사'를 써서 '~이다'라고 해석하거나, 아니면 바로 뒤에 주어의 직업이나 신분을 나타내는 '명사'를 써서 '~다'라고 해석하는 것이다. 그런데 뜬금없이 '신뢰'라니!

사례 하나. 다단계 회사 뉴트로월드의 회장 조학연[105]은 더 기가 찬다. 자산이 1,000억 원이란다. 그럴 수 있다. 신뢰할 수 있는 기관의 인증서도 없이 무턱대고 자기가 아이큐 190의 '초인간'이란다. 이상해지기 시작한다. 모든 병, 특히 병원에서 치료 불가 판정을 받은 불치병 환자들을 자기가 치료할 수 있단다. 하나님의 계시로 불치병 환자 몸속의 병원균을 눈으로 보게 되어서. 그 모습을 그려달라는 제작진의 부탁에, 그는 눈과 코와 입과 귀가 달렸고 눈과 입은 마치 피를 마신 듯 빨간 꼬마 사탄의 얼굴을 그렸다. 사기꾼과 약장수의 레퍼토리에 사이비 교주의 레퍼토리까지 가미한 셈이다. 여기에 자신의 자산과 회사의 이윤까지 모두 기부해서 우리나라를 가난한 사람 하나 없는 세계 제일의 부자나라요 강대국으로 만들겠단다. 그의 무식함이 낱낱이 드러나는 대목이다. 기부의 시기에 관해서는 언급이 없다. 인간 본성의 기본값이 이기주의인데, 아내와 자녀들과 가족들의 의견은 모두 무시한 채 과연 사유재산 전부를 기부할 수 있을까? 설혹 그럴 수 있다고 해도, 가난한 사람 하나 없게 만든다는 건 음과 양 중 어느 하나도 완전히 소멸시킬 수 없다는 상식조차도 모르는 소리다. 하나님의 계시를 받았다는 그가 꿈꾸는 세계 제일의 부자나라요 강대국이란, 결국엔 돈의 관점과 힘의 관점에서 최고의 나라일 뿐 하나님과는 아무런 상관도 없다.

---

105 MBC, 〈실화탐사대〉 237회(2023.11.9.)

나아가 믹서기처럼 생긴 정수기에 물을 넣고 10여 분가량 돌리면, 그 물이 육각수(六角水)가 되어 만병을 치유한단다. 과학적인 상식이 조금만 있어도, 물 분자의 육각형 구조는 회오리처럼 물을 돌리는 방법이 아니라 물의 온도 변화와 관련이 있음을 알수 있다. 다시 말해서 물의 온도가 차가워질수록 육각형 구조의 비율이 높아진다. 그것이 우리 몸에 좋은 건 사실이지만, 병을 고치는 능력 따위는 없다. 그가 공기청정기라고 내놓은 것은, 모기 퇴치용 플러그처럼 생겼고 크기도 딱 그만했다. 그런데 그것이 박테리아부터 바이러스 그리고 미세먼지 등 모든 나쁜 것을 흡수해서 정화(淨化)한단다. 흡입구도 없고, 모터도 없고, 필터도 없는데 어떻게? 만일 그의 말이 사실이라면, 노벨상을 타고도 남는다.

34

자리가
사람을 만든다

　누가 출입구에 쓰러져 있는 사람을 도울 것인지 예측할 때, 개인의 성향과 관련된 정보는 별 도움이 되지 못한다. 오히려 쓰러져 있는 사람의 성별과 외모와 행색 그리고 지나가는 사람이 처한 상황과 관련된 정보가 더 큰 도움을 준다. 미국 사회심리학자들이 프린스턴대학교의 신학생들을 대상으로 '선한 사마리아인[106] 실험(Good Samaritan experiment)'[107]을 진행했다. 실험에 참여한 신학생들이 설교 시간에 늦었다는 정보를 받고 급하게 길을 갈 때는 건물 현관에 쓰러져 있는 사람을 약 10%만 도왔지만, 설교 시간까지 충분히 여유 있다는 정보를 받고 천천히 길을 갈 때는 약 63%가 도왔다. '약속 시각에 늦었다는 상황'이 신학생들이 멈춰

---

106 〈누가복음〉 10:30~37
107 존 달리(John M. Darley) & 대니얼 뱃슨(Daniel Batson), 1973

서서 돕는 것을 주저하도록 만든 것이다. 쓰러져 있는 사람은 한 명이고 그를 돕는 것은 사적인 일이지만, 자기를 기다리는 사람은 수십 명이고 그것은 공적인 약속이므로 당연히 옳은 선택을 한 셈이다. 그렇다면 성경 속 사제와 레위인 역시 단지 일정에 또는 공적인 약속에 늦은 것뿐이었을 수도 있다.

개인의 기질이나 성향[성격]에 초점을 맞추는 '성향주의'는 '기본적 귀인 오류'다. 오류라는 건, 잘못되고 틀렸다는 말이다. 그런데도 우리는 이런 오류가 진실인 양 철석같이 믿고 있다. 핵심은 '개인의 성향'이 아니라 '상황'이다.[108] 사회생활을 3~5년 이상 한 사람 또는 군대를 다녀온 남자들이라면 누구나 공감할 것이다. 신참일 땐 모든 것이 부조리하고 불만이다. 직원이나 군인의 복지 관련 행정은 개판이다. 윗사람들은 탱자탱자 놀면서, 온갖 일은 나만 시킨다. 난 저러지 말아야지. 그러다가 대리나 일병이 되고 과장이나 상병이 된 어느 날 자신을 보면, 나도 모르게 내가 달라져 있다. 부조리해 보이던 시스템이 왜 그럴 수밖에 없는지 이해가 된다. 개인의 복지도 중요하지만, 그보다는 팀과 부서와 회사와 부대가 목표한 것을 성취하는 게 더 중요하게 느껴진다. 육체적인 일은 조금 줄었지만, 그 대신 정신적인 스트레스가 극

---

108 리처드 니스벳(Richard E. Nisbett) & 리 로스(Lee Ross), 『사람일까 상황일까(The Person and The Situation)』(1991)

심해졌다. 그 결과 업무의 강도와 책임은 훨씬 더 커졌다.

학생일 땐, 아무리 시간이 남고 졸려도 끝끝내 우리의 바람과는 달리 수업을 강행하는 선생들이 참 싫었다. 그런데 학원 강사를 해보니, 선생의 마음도 학생들의 마음과 똑같지만 그렇다고 여러 사정상 놀 수는 없더라. 자녀일 땐 내가 늘 옳고 부모는 늘 내 앞길을 막으려는 듯 보였지만, 부모가 되어보니 그제야 부모의 마음을 알겠다고들 한다. 나의 기본적인 성향이 변한 걸까? 조금은 그럴 수도 있다. 하지만 내가 처한 상황의 변화에 따라, 자연스럽게 그 상황에 나 자신을 맞춰가기 때문이다. 인간은 적응의 동물이라서, 상황의 변화에 따라 자연스럽게 그 상황에 맞는 페르소나를 꺼내 쓰기 때문이다. 맹자의 어머니가 맹자의 교육을 위해 세 번 이사했듯, 책임감 없는 사람에게 책임 있는 자리를 맡기고, 끈기 없는 사람에게 끈기가 필요한 일이나 운동을 시켜보자. 언제나 그렇지는 않더라도, 어렵지 않게 기적을 목격할 수 있을 것이다.

야!
너는 안 그럴 것 같아?

사례 하나. 깨끗해 보이고, 인권과 사회의 정의(正義)를 위해서 헌신하던 사람이 국회의원으로 출마했다. 그래서 표를 줬고, 그는 국회의원이 되었다. 그런데 그 후 그가 하는 말이나 행동이 변하기 시작했다. 우리가 그를 '변절자'라고 부르니, 그를 지지하는 사람들이 우리를 보고 말한다. "야! 너희들은 그 자리에 가면 안 그럴 것 같아? 너희들도 똑같아져! 알아?"

사례 둘. 학생들의 실력향상을 위해 최선을 다하면서도 각종 항목으로 지출되는 과도한 사교육비를 비판하던 강사가 있었다. 그런 사람[개인]이 원장이 되면 참으로 바람직한 학원을 경영하리라고 기대했다. 얼마 후 그가 학원을 오픈해서 원장이 되었다. 그 후 학부모의 지갑을 열게 하는 항목의 수는 오히려 증가했다. 당신 자녀가 다니는 학원 원장이 그런 식으로 경영하면 좋겠냐는 비판에, 그는 말한다. "야! 네가 원장이 되면 안 그럴 것 같아? 나보다 더할걸? 깨끗한 척하지 마!"

자리[상황]가 사람을 만드는 것이기에, 틀린 말은 아니다. 그러나 문제는 그 후의 결론이다. 그렇기에 자기가 그렇게 변한 건 당연하고 자연스러운 것이라며, 자신의 더러움을 포장하고 감추고 정당화하고 합리화하는 경우가 대부분이다. 이것은 동시에 현재 자신들의 더러움을 지적하고 비판하는 사회의 공정(公正)한 목소리를 억압하는 쪽으로 작용한다. 이런 '결과론적인 궤변'으로 인해, 우리나라에 민주주의를 심었던 지성인들과 대학생들의 깨끗하고 생생한 목소리가 사라진 지 오래되었다. 물론 내가 국회의원이 되고 학원 원장이 되면, 기존에 내가 비판하던 사람들과 같아질 수 있다. 하지만 그렇지 않을 수도 있다. 확률은 정확히 반반이다. 그런데도 자기들이 얼마나 똑똑하고 나에 대해서 나보다 얼마나 더 잘 알기에, 감히 나의 미래를 한쪽으로 확정하는가! 그리고 한 가지 분명히 해둘 게 있다. 만약 우리가 그들의 자리에 이르러 그들과 똑같아진다면, 우리가 기존의 사람들을 향해 그랬듯이 그때의 우리를 향한 공정한 목소리의 지적과 비판을 겸허히 받아들일 자세가 되어있기만 하면 된다. 이 단 하나의 자세가 우리를 그들과 다른 사람으로 만들고, 사회를 조금이나마 더불어 살기에 좋은 사회로 만들어 가는 차선의 방법이다. 그러니 나중은 걱정하지 말고, 지성인들과 젊은이들은 공정과 정의에서 벗어난 것은 무엇이든 지적하고 비판해야 한다. 그들의 통렬한 지적과 비판이 사회를 정화(淨化)하는 유일한 방법이기 때문이다.

여담 하나. '결과론적인 궤변'은 장례 절차에서도 여실히 드러난다. 고인(故人)을 사랑하는 또는 고인께 죄송스러운 마음에, 수의나 유골함을 조금 더 좋은 것으로 해드리고 싶은 게 인지상정(人之常情)이다. 그런데 의외로 많은 상주가 가장 싼 것만 찾는다. 장례식장의 큰 빈소와 주차권 구매 그리고 화려한 제단과 가짓수 많은 손님 접대 음식 같은 쓸데없는 것에는 돈을 아끼지 않고 쓰면서 말이다. 그들은 변명한다. "어차피 화장(火葬)할 건데 좋은 게 무슨 필요 있어? 안 그래? 다 소용없는 짓이야." 그럴 때마다 차마 입 밖으로 내지 못한 말을 지금 속 시원하게 하련다. "그러면 당신들은 어차피 죽을 건데 밥은 왜 그리도 맛나고 비싼 것만 찾아 먹는가? 어차피 썩어 냄새날 몸뚱인데 뭐 한다고 그리도 비싼 옷을 걸치고 비싼 화장품을 덕지덕지 바르고 몸에 좋다는 건강식품은 눈에 불을 켜고 먹는가? 어차피 더러워질 텐데 왜 씻는가? 밥과 옷과 물이 아깝다! 안 그래? 다 소용없는 짓이야." 우리는 결과가 아니라 '과정'의 존재이고, 그래서 결과라는 마지막의 어느 한순간이 아니라 매 순간순간이 중요하다. 그런 기본적인 사실조차 모르기에 하는 이런 무지(無知)한 말에, 내 마음은 더 아파져만 간다.

여담 둘. 부모의 장례식에서, 주인공은 돌아가신 부모다. 그리고 장례 중 가장 중요한 절차는 입관(入棺)이고. 부모의 얼굴과 모습을 마지막으로 보면서, 그간 하고 싶었고 하지 못했던 마음 속 모든 말을 하는 시간이기 때문이다. 그런데 주객이 전도된 모습을 흔하게 볼 수 있다. 내가 입관을 준비하러 들어갈 때쯤, 상주들이 내게 시간이 얼마나 소요되냐고 묻는다. 왜? 입관 시간에 손님들이 몰릴 것이 예상되니, 될 수 있으면 빨리 끝내달라는 것이다. 입관 후 성복전[성복제]을 진행할 때도 마찬가지다. 손님들이 기다리니 될 수 있으면 빨리 끝내달란다. 그럴 때마다 내 마음엔 허탈함과 야속함과 슬픔과 화가 밀려온다. 누구를 위한 장례란 말인가! 나아가 부모의 죽음 앞에서는 모든 걸 '가장 싼 것'만 찾는 사람들이, 반대로 자신들이 키우던 반려동물의 죽음 앞에서는 '가장 비싸고 좋은 것'만 찾는 경우도 너무 많다. 말도 안 되지만, 부모가 개나 고양이보다 못한 것이 지금의 현실이다. 어느 정도 이해는 할 수 있다. 첫째는 함께 지내는 시간에 비례해서 정(情)이 쌓이기 때문이고, 둘째는 누군가를 향한 사랑의 본성이 '내리사랑'이기 때문이다. 하지만 인간은 수많은 면에서, 본성과 대치하고 본성을 극복하는 존재다. 따라서 본성상 아무리 그렇더라도, 이건 아니다. 반려동물의 가치를 절하(切下)하자는 게 아니라, 부모의 가치를 절상(切上)하자는 말이다.

강한 자가 살아남는 게 아니라 살아남는 자가 강한 자다!?

머리와 엉덩이를 비교하는 것처럼, 앞뒤 즉 범주가 맞지 않는 궤변이다. '강하다'는 건 '가치 판단'이고 '살아남는'다는 건 '사실 판단'이다. 단순히 어찌어찌 생존경쟁에서 살아남았다는 사실 판단에 근거해서, 그것이 더 '훌륭하고 능력 있고 똑똑하고 강하다'는 가치 판단으로 은근슬쩍 넘어가는 '논리적 비약(飛躍)'이고 '범주의 오류'다.

생각해 보자. 첫째 똑같은 가치 판단이라고 해도, '강함'이 반드시 '좋음'과 '선(善)'과 '바람직함'과 연결되는 건 아니다. 모든 종교와 신화에서, 악(惡)도 충분히 강하다. 아니 오히려 약한 악을 찾기가 거의 불가능하다. 둘째 살아남는다는 사실판단이 강하거나 좋은 것이라는 가치 판단과 연결되려면, 그 사이엔 반드시 '때' 또는 '상황'이 전제되어 있어야 하는데 위의 말에서는 살며시 빠져 있다. '개인'만 뚫어져라 보던 눈을 더 크게 떠서 '상황' 전체를 봐야 한다. 핵전쟁이 발생한 후의 상황이라면 바퀴벌레가 살아남을 가능성이 매우 높을 텐데, 그런 상황은 제외한 채 '지금' 바퀴벌레가 가장 강하다고 말할 수 있을까? 일대일로 맞붙는 상황이라면 어떨까? 사자와 악어가 물속에서 일대일로 겨룬다면 악어가 살아남을 테지만, 땅 위에서 겨룬다면 당연히 사자가 승리해서 살아남을 것이다. 사자와 호랑이는 어떨까? 초원이라면 사자가 유리하겠지만, 산속이라면 호랑이가 유리할 것이다. 그리고 셋째, 특별할 것 하나 없다고 떠벌리는 하찮은 인생을 뭐 그리 구차할 정도로 가장 오래 끌고 나가는 것에 그렇게도 가장 큰 가치를 부여하냐는 점이다. 항성도 크면 클수록 더 많은 에너지를 사용하고, 그만큼 수명도 더 짧다. 그래서 아주 작은 항성이 되고 싶은가? 단순히 오래 존재하는 것과 짧더라도 임팩트(impact) 있게 존재하는 것, 둘 중 나는 후자를 선택하련다.

우리의 삶으로 시선을 돌려도 마찬가지다. 강한 자가 살아남는 게 아니라는 건 옳은 말이다. 그렇다고 약한 자가 살아남는 것도 아니다. 최후까지 살아남았다는 건, 단순히 해당 환경과 상황에 가장 잘 적응했다는 사실만을 가리킬 뿐 그 이상도 그 이하도 아니다. 누군가가 조직폭력배 집단에서 최후까지 살아남았단다. 누군가가 몽골의 지배를 받던 고려의 조정에서, 일본의 지배를 받던 강점기의 정부와 관공서에서, 6·25전쟁 후 미군정의 지배를 받던 정부와 관공서에서, 온갖 비리와 불합리와 족벌체제로 썩어빠진 회사나 협회나 단체에서 최후까지 살아남았단다. 그들이 과연 강한 사람들일까? 아니면 가장 비굴하면서도 남 짓밟기를 주저 없이 하던 기회주의적인 사람들일까? 핵심은 '쿠이 보노(Cui bono)?' 즉 '누구의 이익인가?'라는 '수혜자 질문'이다. 이런 말 같지도 않은 말을 퍼뜨려서 이익을 보려는 사람들이 과연 누구일까? 1급수에서 활발히 살아가던 금강모치나 산천어를 3급수로 옮기면 죽는다. 그러면 3급수 물고기들은 자랑스러워하며 말하리라. "금강모치나 산천어도 별거 아니네!"라고 말이다. 과연 그럴까? 세상이 썩어 있다. 이런 세상에서 나는 잘 살 자신도 없고, 그러고 싶은 마음도 전혀 없다.

내가 자주 우스갯소리로 하는 말이 있다. 세상이 온통 썩어 있다. 이런 썩어빠진 세상에서 나름 잘 나가고 성공하고 고액의 연봉을 받는 사람들은, 그 성공의 크기와 지위의 높음과 고액의 연봉만큼 썩을 대로 썩은 사람들이라고. 세상의 흐름이 그러하니 어쩔 수 없는 것 아니냐는 변명도 지겹다. 기회주의자들의 공통된 레퍼토리(repertory)이기 때문이다. 이런 세상에서 나는 잘 살 자신도 없고, 그러고 싶은 마음도 전혀 없다. 내 삶의 방향은 내가 정했고, 내 삶의 길은 내가 개척해 왔다. 그래서 비록 지금 나의 생활은 경제적으로 곤궁(困窮)하고 다수의 사람에게 인정받지 못하며 앞으로도 분명 계속 그러하겠지만, 나 자신이 내 삶의 주인이 되는 길을 택한 이상 피할 수 없는 필연적인 결과임을 이미 잘 알고 있기에 지나온 길에 대한 후회나 타인의 경제력과 물질을 향한 부러움은 전혀 없다. 인생은 선택의 연속이다. 어차피 모두를 가질 능력이 없는 나로서는 둘 중 하나를 포기해야 했고, 그 결과 눈에 보이지 않는 정신과 마음을 선택한 것이다. 이것이 내가 물질적으로 힘든 만큼, 반대로 대중은 정신적으로 공허한 이유이다. 정신 즉 마음의 공허함을 채우려 하는 사람들이 가장 쉽게 선택하는 두 가지 방법은, 스스로 진정한 자존감을 쌓아가면서 내면의 레벨과 인격을 높이려는 게 아니라 돈으로 대변되는 '물질'과 외부의 시선인 '인정욕구'다. 정신이 가뭄과 기아에 허덕이고 있다는 신호인 공허한 마음을 값비싼 쇼핑과 여행 등 물질의 구매로 해결하려 하지만, 배 속이 아픈데 피부에 반창고를 붙이는 것처럼 완전한 범주의 오류다. 그런 생활을 위해서는 엄청난 돈이 필요하고, 그래서 범죄에 발을 들이게 되며, 그런 생활은 수준이 똑같은 세상 사람들에게 대단하다거나 성공한 사람이라는 '인정'을 받게 만드는 첫 번째 단계이기도 하다. 내면의 공허함을 외부의 것으로 채우려는 시도, 그 자체가 무지함이요 물질만능주의에 근거한 모든 다툼과 상처와 범죄의 근원이다.

늙으면
죽어야 해

흔히들 말하는 3대 거짓말이 있다. 눈에 넣어도 아프지 않을 딸의 "나 시집 안 가고 평생 엄마 아빠와 함께 살 거야"라는 말, 상인들의 "이거 이 가격에 팔아도 남는 게 없다. 밑지는 장사다"라는 말, 그리고 노인들의 "내가 죽어야지. 늙으면 죽어야 해!"라는 말이 그것이다. 이미 정답은 나와 있다. 다 거짓말이다.

나이가 들고 늙는 건 겉모습이고 몸이다. 겉으로는 나이를 먹어도, 마음만은 늘 청춘이라고 말한다. 그런데 그 말이 과학적으로도 맞다. 마음은 나이를 먹는 걸 실감하지 못한다. 시간은 우리의 마음속에선 영 힘을 못 쓴다. 마음속에서 시간은 정지해 있다. 동창회를 가 보라. 50대든 60대든 동창회 참석자들의 말과 행동은 영락없는 고등학생들이다. 발달 단계 이론들은 하나같이 비슷하게, 우리의 감정 즉 정서가 청소년 시기 그러니까 중고등학교 시기에 완성된다고 말한다. 청소년 시기에 감성이 가장 민감해진 후 그 상태 그대로 영구히 고착된다는 것이다. 그래서 그 후엔 아무리 노력해도 감성을 크게 변화시킬 순 없다. 따라서 누구나 마음속엔 청소년 시기의 자신이 살고 있다. 우리 마음속엔 중고등학교 때의 우리 자신이 영원히 살아 있는 것이다. 이것이 대체로 그 시기가 가장 그립고, 그 시기의 추억이 가장 깊고 많으며, 그 시기의 친구가 가장 오래 간다고 말하는 이유이기도 하다. 아무리 나이 먹어도 여자는 여자라고 한다. 당연하다. 80대 노인의 마음속에도 여전히, 떨어지는 낙엽과 빗줄기에 눈물짓고 친구들과 함께라면 하품만 해도 까르르 웃는 10대 후반의 소녀가 살고 있으니까.

그래서 늙으면 죽어야 한다는 말은 일종의 반어법이다. 마음속 젊은 시절이 너무 그리워서 그 시절로 되돌아가고 싶다는 외침이다. 어느덧 눈 깜빡할 새 늙어버린 모습을 도저히 받아들일 수 없다는 투정이다. 어느새 세상에서 아무 가치 없는 사람이 되어버린 것 같다는 슬픈 넋두리다. 빈말이라도 그렇지 않다고, 마음만은 여전히 청춘 아니냐는 위안을 받고 싶다는 SOS다. 와 닿지는 않겠지만, 나나 여러분도 곧 그럴 나이가 된다.

유유상종(類類相從)

　성향[성격]과 관심사와 추구하는 바가 똑같다. 그렇다면 별다른 말이 필요 없다. 눈빛만 봐도 아니까. 마음이 통하고, 상대방을 향한 신뢰도[믿음]가 급상승한다. 그 결과 누가 시켜서가 아니라 자연스레 본능적으로 끼리끼리 모이고 끼리끼리 논다. 돈을 크게 벌고 성공에 혈안이 된 사람이, 환경운동가나 자원봉사자가 눈에 들어올 리 없다. 사람과 삶과 인문학에 몰두하는 사람이, 명품과 비싼 수입차를 타고 부동산 시세를 말하는 사람 곁에 있을 리 없다. 그래서 '친구를 보면 그 사람을 알 수 있다.' 여러분 옆의 친구에게서, 여러분이 가장 많은 시간을 함께 보내는 사람들에게서, 조금은 떨어져서 객관적으로 그들의 행동과 언어와 말투를 살펴보라. 여러분이 자발적으로 가장 많은 시간을 보내는 사람들이 바로 여러분 자신이다.

짚신도
짝이 있다

 틀린 말이다. 무늬를 새긴 고무신이라면 크기가 같아도 제 짝이 있지만, 짚을 엮어서 만든 짚신은 크기가 같다면 제 짝을 구별할 수 없다. 크기가 같다면 어느 곳에서 누가 만들어도, 짚신은 구별이 힘들 만큼 거의 다 똑같다. 짚이라는 재료 자체가 너무도 흔하고, 네것 내것 구별할 수 없을 정도로 너무도 똑같기 때문이다. 따라서 네것 내것 구별 없이 아무거나 가져다 신어도, 마치 처음부터 제 짝이었던 것처럼 딱 맞는 게 짚신이다. 그래서 '짚신도 짝이 있다'라는 말은, 똑같음을 부인하고 감추고자 애써 '짝'이라는 고유성[개성]을 입히려는 짚신들의 애잔한 몸부림일 뿐이다. 세상과 삶의 모든 분야는 홀라키[위계/수준](holachy)로 이루어져 있고, 그 너비는 피라미드처럼 더 높은 수준으로 올라갈수록 좁아지고, 개수는 적어지며, 깊이[희귀성/고유성]는 더 깊어진다.[109] 거꾸로 말하면 이렇다. 위계질서 즉 수준이라는 피라미드는 더 낮은 수준으로 내려갈수록 수량적으로 가장 흔하고 많아지고, 깊이 즉 자신만의 고유함[개성]이나 희귀성은 그만큼 줄어든다.

대중(大衆)은 말 그대로 '가장 많은 수의 사람'이다. 그렇다면 '가장 낮은 수준'의 사람들인 셈이고, 그래서 '고유함'의 반대 개념인 '획일화'와 '우루루'의 성향을 띤다. 상품을 살 때도 다른 사람들의 구매 후기를 살펴보지 않으면 불안하고, 말이든 옷이든 음식이든 취미든 휴대전화든 가릴 것 없이 늘 당장의 유행과 트랜드(trend)를 따라 하는 데 극도로 예민하다. 평소에는 '빨리빨리'를 외치는 참을성 없는 사람들이, 맛집 앞에선 자발적으로 그리고 즐겁게 줄을 서서 한참을 기다린다. 이제 조금 있으면 자신도, 앞서 그 맛집을 들른 사람들과 똑같아지리라는 생각에 편안함과 안정감과 뿌듯함을 느끼기 때문이다. '자발적 짚신 회귀 성향'이라고 부를 수 있겠다.

뉴스를 접하거나 주위를 둘러볼 때마다 도무지 이해되지 않는 점 중 하나는, 범죄자나 지질한 사람들일수록 연인이 많거나 헤어지더라도 연인이 끊이지 않고 생긴다는 사실이다. '내가 저 사람보다 잘 났으면 잘 났지 못난 것 없는데, 왜 나는 누군가를 사귀는 게 힘들고 쉽게 생기지도 않을까?' 이제 이런 고민은 하지 말길 바란다. 발에

---

109 켄 윌버(Ken Wilber), 『모든 것의 역사(A Brief History of Everything)』(1996)

챌 정도로 많은 짚신이야 크기만 맞는다면 곧바로 제 짝이 되지만, 그 수가 짚신보다 훨씬 적고 지체 높은 양반들이 신던 고무신은 크기만 맞는다고 되는 게 아니다. 크기 외에도 무늬[문양]와 색깔 같은 미적(美的)인 측면까지도 모두 정확히 맞아야만 제 짝이다. 그러니 제 짝을 찾기가 어려울 수밖에 없다. 주위에선 조언이랍시고 "눈이 너무 높은 거 아냐? 눈을 낮춰!"라고 말하지만, 그건 고무신에 짚신이 되라는 짚신들의 말이니 한 귀로 듣고 한 귀로 흘려라!

자존감이
떨어졌어!

    자존감이 떨어졌다는 말은, 크기와는 상관없이 지속적인 성취가 멈췄다는 신호인 동시에 또다시 목표를 설정하고 도전해서 성취하기 위해 노력하라는 내면의 외침이다. 마음이나 주관적인 생각을 뜻하는 '심(心)'과 느낌이나 깨달음을 뜻하는 '감(感)'은 상당한 차이가 있다. 그 차이의 핵심은 '사실 또는 근거의 유무'다. 지인(知人)인 해성 님의『작업론』(2019)에서 배운 내용이다.

    마음이나 생각은 아무 근거 없이도 자유로이 상상의 나래를 펼칠 수 있지만, 지속력은 매우 짧다. 찰나에도 오만가지 잡생각이 우리 머리를 무의식적으로 훑고 지나간다. 따라서 아무리 마음을 새롭게 먹어봤자, 작심삼일이요 사상누각(沙上樓閣)일 뿐이다. 이런 면에서 모든 것은 마음먹기에 달렸다는 '일체유심조(一切唯心造)'는 일부분은 맞고 일부분은 틀린 말이다. '심(心)'은 말 그대로 마음만 먹으면 즉시 가질 수도, 없앨 수도, 작게 또는 크게 만들 수도 있다. 자부심·자만심·자긍심·애사심·애국심·이해심·배려심·동정심 등은 말 그대로 마음먹기에 달렸다.

하지만 느낌은 그 바탕이 되는 사실이나 근거가 필요하다. 의식적으로 자각하고 인식하는 지적 활동의 결과다. 그래서 '아는 만큼 보인다.' 지적 수준에 비례해서 강도(剛度)와 폭과 깊이가 달라지는 '자존감'은, 대체로 '쓸데없는'이나 '근거 없는'이라는 수식어가 붙는 정서적 활동의 결과인 '자존심'과는 다르다. 마음먹기나 감정 또는 의지의 문제가 아니라는 말이다. '자존심'이 외부로부터 자신의 못남을 방어하려는 급조된 나무 울타리라면, '자존감'은 자기 내면에 쌓아 올리는 철골 구조물과도 같다.

모두가 그렇게도 애타게 찾는 행복을 모두가 매 순간 누리지 못하는 이유는, 행복이 '심'이 아니라 '감'과 연결되기 때문이다. 어떤 상태가 어떤 순간이 무엇이 행복인지를, 지식의 습득을 통해서 그리고 경험의 축적을 통해서 의식적으로 자각하고 깨닫고 그런 경험을 지속적으로 쌓아가야 한다. 이것은 행복의 하위 개념이라고 할 수 있는 단어들을 보면 더 분명해진다. '기쁨[희열(감)]·상쾌함[청량감]·만족(감)·안정(감)' 등은 모두 '심'이 아니라 '감'이 붙는다. 따라서 '행복은 마음먹기에 달려있다'라는 말은 틀린 셈이다. '행복은 몰입할 수 있는 활동을 하는 순간순간 그리고

후에 그런 행동을 되돌아볼 때만 느낄 수 있다'라는 말로 대체해야
하리라.

초심을
잃지 마라!

모두가 인정하는, 전혀 건드릴 게 하나도 없는 옳은 말 같았다. 그러나 '심(心)'과 '감(感)'의 차이를 알게 된 이제는, 한 가지를 바꿀 필요가 생겼다. 바로 '초심'을, 특정 일을 시작하게 된 이유 즉 '본질 또는 목적'으로 말이다. 나도 내 마음을 알 때보다 모를 때가 더 많다. 그러니 타인의 마음이야 오죽하랴! 한 길 물속은 알아도, 열 길 사람 속은 모르는 법이다. 마음은 갈대보다 더 흔들리고, 일시적이다. 아무리 마음을 굳게 먹어봐야 작심삼일 아닌가! 게다가 마음은 생각이고, 나이를 먹을수록 방금 뭘 하려고 생각했는데 그 생각이 무엇인지 깜빡깜빡할 때가 더 많다. 몇 년 전에 쓴 일기를 보면서, '우와~ 내가 이런 문장력이 있었나?'라고 놀랄 때도 한두 번이 아니다. 당시에 했던 생각을 까맣게 잊은 것인데, 생각이 곧 마음이니 처음에 먹었던 마음도 까맣게 잊는 게 당연하다. 많은 사람이 초심을 영원불변하는 것으로 확신하는 경향은 분명히 틀렸다. 자리가 즉 자신이 처한 상황이나 지위[위치]가 사람을 만들기 때문이고, 또 그러는 게 당연하기 때문이다.[110] 각각의 자리나 지위가 요구하는 업무는 다를 수밖에 없으니까. 따라서 자신이나 타인에게 끝까지 초심을 강조하고 싶다면, 자리나 상황이 변할 때마다 그 자리나 상황이 요구하는 새로운 초심을 설정하는 게 차선책일 듯싶다.

다른 한편으로, 초심은 곧잘 '사명감'과 동의어로 취급되기도 한다. 특히 교사, 경찰관, 소방관, 구급대원, 군인, 간호사 등에게. 나는 개인적으로, 부디 사명감 따위는 절대 갖지 말기를 바란다. 사명감은 일을 처리하는 데 필요한 적절한 긴장감 이상의 과도한 긴장감을 동반하고, 과도한 긴장감은 심신을 경직시켜서 평소 자신의 실력을 제대로 발휘하지 못하게 만들기 때문이다. 나아가 사명감은 독선(獨善)과 독단(獨斷)의 어머니이기도 하기 때문이다. 어느 분야를 막론하고, 각 분야와 각각의 자리에서 자신에게 요구되거나 자신이 해야 할 일이라고 판단한 바를 그저 묵묵히 해내는 것으로 충분하다 못해 넘친다. 누가 칭찬을 하건 비난을 하건 그건 그저 그 사람만의 생각일 뿐이라고 여긴다면, 일희일비하지 않게 된다. 동료들 대부분이 어떻게 하고 있는지는 단순히 참고만 하면 된다. 스스로 정한 방법이 잘못된 것이 아닌 한, 인해전술(人海戰術)

---

110 34번의 내용 참조

에 겁먹고 굴복할 필요도 없다.

나의 예를 들면 이렇다. 대부분 장례지도사가 관의 바닥에 A4 용지 크기의 염지[습지] 세 장을 포갠 종이꽃을 수십 개 접어서 세워 놓지만, 나는 작두로 염지 4권을 잘게 자른 후, 붙어 있는 조각 한 장 한 장을 일일이 손으로 뗀 다음, 또다시 손으로 30분가량 구기는 작업을 거쳐 부피를 늘려서 관에 깐다. 준비부터 완성까지 2시간 이상 소요되지만 그렇게 하는 이유는, 그것이 종이꽃보다 예쁘고 준비하는 사람의 시간과 땀이 들어가는 만큼 그 결과물에 '정성'이 깃든다고 여기기 때문이다. 대부분 장례지도사가 관을 화려하게 장식하는 데 몰두하지만, 나는 '의미'를 부여하는 데 몰두한다. 인간의 삶엔 의미가 중요하고, 의미는 서사(敍事) 즉 스토리로 구성된다는 고리타분한(?) 신념을 갖고 있어서다. 많은 장례지도사가 이론을 소홀히 하지만, 나는 유교와 불교와 개신교와 천주교의 교리 및 각 절차마다의 정확한 근거를 알고자 노력하고 있다. 정확한 이유와 의미를 모른 채 내뱉는 말은, 주체성을 상실한 소음 즉 흉내에 지나지 않기 때문이다. 난 오늘도 이렇게 나의 길을 가고 있다.

다시 본론으로 돌아가자. 수영이나 풋살을 배우는 목적 즉 본질이 '잘하는 것'이라면, 다른 사람들의 실력향상에 스트레스를 받게 된다. 하지만 '땀 흘리고 스트레스를 해소하는 것'이라면, 실력이 빨리 늘지 않는 것은 크게 문제 되지 않는다. 학생들 앞에서 강의하는 게 두려운 것도, 그 목적을 '잘하는 것' 또는 '멋지게 보이는 것'에 맞춰서일 때가 대부분이다. 하지만 '할 말을 하는 것' 그래서 전달해야 할 내용을 '잘 전달하는 것'에 맞추면, 많은 어려움이 사라진다. 장례지도사의 일도 마찬가지다. 그렇다면 도박이나 게임을 포함해서, 자신이 '좋아하고 잘할 수 있는 것'이면 모두 본질일까? 자신이 '좋아하고 잘할 수 있는 것'이 5년이나 10년 후의 자신에게 '긍정적인 체력[밑거름]'이 될 것이냐 아니냐가 기준이 될 수 있다. 도박이나 게임이 당장의 스트레스는 풀어주겠지만, 5년이나 10년 후에 자신에게 어떤 긍정적인 영향을 줄 수 있을까? '본질'은 결국 '자기 판단'이다. 자기 스스로 선택하고, 그 선택에 대한 책임까지 져야 한다는 말이다. 예를 들어 "내버려 둬! 이렇게 살다 죽게!"라고 말하면서 그렇게 5년 또는 10년의 세월을 허송세월하고 나서 어려운 상황을 맞이했다면, 그 누구 또는 그 어떤 상황의 탓도 하지 말아야 한다. 자기가 선택한 시간이 누적된 결과이기 때문이다.[111]

본질을 발견하려는 노력과 더불어 본질이 아니라고 생각하는 것은 포기할 줄도 아는 용기, 그리고 그런 자기를 믿는 고집이 있어야 한다. "현상은 복잡하지만, 법칙은 단순하다. '버릴 게 무엇인

---

111 박웅현, 『여덟 단어』(2013)에서 발췌

지' 찾아내라." 불변하는 법칙을 찾기보다는, 변하는 현상을 제거하라는 것이다. '관점의 변화'를 강조한 미국 이론물리학자 리처드 파인먼(Richard Feynman)의 말이다. 시험을 볼 때도 마찬가지다. 오지선다형 문제에서 누구나 정답만 찾으려고 한다. 그러나 뒤집어서, 가장 분명한 오답부터 지워나가도 좋다. 그러다가 마지막에 하나 남는 것이 있다면, 그게 정답이니까. 스페인 화가 파블로 피카소(Pablo Picasso)가 했던 일은 아이디어를 더하는 게 아니라 빼는 것이었다. 빼고 또 빼서 본질만 남기는 것이었다. 프랑스 패션 디자이너 코코 샤넬(Coco Chanel)도 디자인한 옷에 온갖 액세서리를 붙인 후에 필요한 것만 남을 때까지 뺐다고 한다. 프랑스 화가 앙리 마티스(Henri Matisse)도 마찬가지였다. 예술은 궁극의 경지에서 '단순'해지고 '명료(明瞭)'해진다는 것을 예술가들의 작품을 통해 알 수 있다.[112] 그래서 나도 입버릇처럼 말한다. '포기할 줄 아는 만큼 성공한다'라고.

---

112 박웅현, 『여덟 단어』(2013)에서 발췌

호랑이는 가죽을 남기고,
사람은 이름을 남긴다

동물은 육체에 한정된 존재지만, 사람에게는 눈에 보이지 않는 정신의 세계가 육체보다는 조금 더 중요하다는 의미다. 그런데 이 말을 '호랑이는 가죽 때문에 죽고, 사람은 이름(을 남기고 싶어 하는 마음) 때문에 죽는다'라는 말로 바꿔서 말하는 이들도 있다. 과연 그럴까? 이것은 피해자가 이랬거나 저랬기 때문에 어쩔 수 없이 내가 죽일 수밖에 없었다는, 범죄자들의 변명과도 정확히 일치한다. 호랑이는 멋진 가죽을 갖고 있어서 죽을 수밖에 없는 게 아니라, 호랑이의 가죽을 특별히 멋지다고 판단하고 그것을 소유하려는 인간의 욕망 때문에 죽을 뿐이다. 마찬가지로 사람은 이름 때문에 죽는 게 아니라, 그 사람의 이름이 알려지고 역사에 남길 원하지 않는 나머지 사람들의 옹졸함 때문에 매장되고 죽을 뿐이다.

동양에서 '이름'은 곧 '그 사람의 전부'다. 그만큼 중요하기에

함부로 이름을 짓지도 않고, 불행이 이어지면 이름을 바꾸기도 한다. 귀신을 만났을 때도 절대 자신의 이름을 말하면 안 된단다. 먼 길을 이동해서 맛집으로 알려진 식당에 들렀다. 자리에 앉아서 메뉴부터 고를까? 아니다. 무의식적으로 사방의 벽면을 살펴본다. 왜? 어떤 유명인이나 연예인의 '이름' 즉 서명이 있는지 그리고 그런 것이 얼마나 많은지를 훑어보는 것이다. 아주 유명한 사람들의 이름이 많으면 많을수록, 그 후에 이어지는 식사의 가치와 맛도 그만큼 높아진다. 그런 유명한 사람들과 일종의 유대감까지 느끼면서 행복해하기도 한다. 유명인들은 이렇게 그들의 '이름'만으로도 다른 사람들에게 큰 영향을 끼친다.

난, 맛집을 방문하는 손님들이 뿌듯해하고 유대감을 느낄 수 있는 이름이고 싶다. 어디를 가든, 이름을 꼭 남겨달라고 부탁받는 이름이고 싶다. 가족과 친척과 지인들만 알다가, 그들의 죽음과 함께 완전히 존재 자체가 사라지는 이름은 결코 되고 싶지 않다. 그런 이름들일수록, 수십만 원에서 수백만 원짜리 속옷과 겉옷과 신발과 외투와 전자기기를 주렁주렁 단 채, 수천만 원에서 수억 원에 이르는 외제 차를 타고서는, 키우거나 구하기 어려운 온갖 동물과 과일과 약초를 먹으러 다니고, 해외여행과 레저와 쇼핑으로 삶을 채운다. 그런데 그 모든 걸 '행복'과 '당연한 권리'로 착각하는 그들에게서 최종적으로 나오는 것은, 오로지 '쓰레기'뿐이다. 봉사와 기부와 칭찬과 관용과 인정과 배려는 눈곱만큼도 나오지 않는다. 그런 이름들은 '환경오염'이다. 난 그럴 엄두조차 내지 못한다. 나는 아직 나 스스로가 그렇게 할 정도의 가치 있는 존재가 아니라고 생각하기 때문이다. 주위와 세상을 보면, 하다못해 하루 세 끼를 찾아 먹는 것조차 죄스러울 때가 많다. 지금 내가 누리고 있는 모든 건, 내가 잘나서가 아니라 단지 운이 좋아서임을 알기 때문이다.

'인생은 나그넷길'이라고 말한다. 우리는 '세상'이라는 주인의 집에 잠시 머물다 가는 '나그네'인 셈이다. 그런데 나그네 주제에, 하나부터 열까지 모든 걸 얻어먹고 얻어 입은 주제에, 주인에게 감사의 인사나 몸짓 하나 없이 온갖 쓰레기로 난장판을 만든 채 나 몰라라 하고 떠난다. 민폐 손님도 이런 민폐 손님이 없다. 내가 주인이라면, 굶어 죽거나 때려치우는 한이 있어도 앞으로 이런 손님들은 아예 안 받으리라.

43

빈 수레가
요란하다

겉보기에 단일한 개체는, 사실 정반대의 성질을 지닌 두 요소가 충돌하는 동시에 통일성을 유지하기 때문에 존재한다. 원자(原子)는 '핵(+)과 전자(−)'로 이루어져 있고, 우주는 '물질(+)과 반(反)물질(−)'로 가득하며, 고등생명체는 '수컷(+)과 암컷(−)'으로 이루어져 있고, 우리 몸의 자율신경계는 '교감신경(+)과 부교감신경(−)'의 협업이며, 우리의 성격도 '장점(+)과 단점(−)'으로 이루어져 있다.

빈 수레가 요란하고, 방귀 뀐 놈이 성내며, 도둑이 제 발 저리고, 무식할수록 목소리만 크다. 왜 그럴까? 윤리학의 '중용(中庸)'이나 생물학의 '항상성(恒常性)' 그리고 통계학의 '평균으로의 회귀'라는 우리의 본성과 관련 있다. 한쪽으로 치우침 없이, 부족하면 보태고 넘치면 덜어내면서 늘 '음과 양의 균형'을 맞추려는 무의식적이고

...250

본능적인 움직임 말이다. 그래서 속이 빈 수레는 겉으로는 꽉 찬 체하려는 것이고, 실제로 방귀 뀐 놈과 물건을 훔친 놈은 안 뀌고 안 훔친 척 꾸미는 것이며, 무식하니 겉으로라도 청산유수(靑山流水)처럼 말하거나 그럴 능력이 없으니 목소리라도 크게 지르는 것이다. 치부(恥部)를 들키지 않으려고 말이다. 그래서 무식한 사람에게 무식하다고 말할 때 가장 크게 화를 낸다. 치부를 들켰기 때문이다. 똑똑한 사람은 무식하다는 말을 들어도 아무렇지 않다. 신경도 쓰지 않는다. 틀린 말이니까, 감춰야 할 콤플렉스(complex)도 없으니까.

깊이가 얕거나 속이 비었으면, 겉으로는 그렇지 않은 척 빈번하게 시끄럽다. 깊이가 깊거나 속이 꽉 찼으면, 겉으로는 대체로 조용하다. 시냇물이나 참새가 전자(前者)라면, 바다나 독수리는 후자(後者)다. 사람도 마찬가지다. 겉으로 과격하면 속은 겁쟁이고, 겉으로 수줍으면 속은 끼로 가득 차 있고, 겉으로 차분하면 속은 활동적이고, 겉으로 늘 미소를 띠고 있다면 속은 쉴 새 없이 계획적이다. 속이 강인하면 겉으로는 여유롭고(그래서 '여유로움은 강자(强者)의 특권'이라고 말한다), 속이 나약하면 겉으로는 쉽게 분노하고, 속이 뜨거우면 겉으로는 차갑고, 속이 냉정하면 겉으로는 다정하다. 여름엔 바깥이 매우 뜨거운 만큼, 우리의 속은 매우 차갑다. 그래서 뜨거운 삼계탕이 여름 별미다. 차가운 우리 속에 뜨거운 것을 넣어 균형을 맞추기, 즉 중화(中和)시키기 때문이다. 반대로 아이스크림을 여러 개 먹으면 곧바로 배탈이 난다. 차가운 속에 차가운 것을 넣었기 때문이다. 그렇다면 겨울은 어떨까? 겉이 매우 차가운 만큼, 우리의 속은 매우 뜨겁다. 그래서 차가운 아이스크림과 냉면이 겨울 별미다. 냉면으로 유명한 곳이 추운 지방인 함흥과 평양인 이유이기도 하다.

시간이
약이다

'인간은 망각(忘却)의 동물'이기에, 맞는 말이다. 그러나 시간이 만병통치약은 아니다. 자녀를 먼저 하늘로 보낸 부모의 마음처럼, 시간이 아무리 흘러도 잊히지 않고 각인(刻印)되는 사건들도 있다. 대체로 엄청난 충격과 공포와 불안 등, 부정적인 것들이 이에 속한다. 학창 시절 내게 잘해 준 선생은 기억이 가물가물하지만, 뭐 같던 선생은 아무리 잊으려고 해도 또렷이 기억난다. 본능적으로 긍정적인 것들은 잊어도 생존하는 데 아무 문제가 없지만, 부정적인 것들은 잊는 순간 생존을 위협당하기 때문이다. 그러나 이것은 개인에게만 해당하고, 그것도 극히 드물다.

세월호나 이태원 참사 또는 세상을 떠들썩하게 만든 여러 사건 사고처럼, 분명 사회적으로 큰 슬픔이고 비극이지만 뇌리에 각인될 정도는 아닌 것들이 훨씬 더 많다. 직접적으로 자신과는 상관없는 일이라고 생각하기 때문이다. 나아가 일제 강점기 시대나 6·25전쟁처럼, 분명 해당 세대에게는 각인될 정도의 국가적인 위기 상황조차도 세대를 거듭하면 할수록 점점 희미해지는 게 일반적이다. 역시 해당 세대 외에는 자신과 상관없는 일이 되기 때문이다. 따라서 이런 두 경우엔, 기억하려는 의도적인 노력이 꼭 필요하다. '기억하지 않는 비극은 반복'되기 때문이다. 한 번 당하면 피해자라고 위로받지만, 두 번 세 번 계속 당하면 바보라고 놀림 받는다.

독일은 제2차 세계대전(1939~1945)의 잘못을 80년이 지난 지금도 내외적으로 분명하게 사죄하고 있다. 잘못을 잊지 않고 기억해서 재발을 방지하려는 노력이다. 우리는 10년이 지난 세월호 참사(2014.4.16.) 이야기만 꺼내면 짜증을 낸다. 아직도 그 얘기냐고, 그만 좀 우려먹으라고, 다 지난 일인데 왜 자꾸 들먹이냐고, 좋은 게 좋은 거 아니냐며 말이다. 원인을 파악해서 해결하고 싶어 하지 않는다. 눈에 보이지만 않게 잘 덮으면 그만이라는 생각이다. 국민이야 나라야 어떻게 되든, 내가 공직에 있을 때만 아무 일 없으면 된다는 생각이다. 그래서 우리나라 국민은 그 어떤 나라 국민보다도 특히 더 기억하려고 노력해야 한다. 기록해서 외워야 한다. 나 자신과 내 자녀와 내 가족과 내 이웃이 연루된 비극이 일어나지 않게 하려면 말이다.

비슷한 라임(rhyme)을 지닌 '시작이 반'이라는 말이 있다. 이 말은 첫째 인지부조화(認知不調和, cognitive dissonance)를 극복하기 위한 일종의 자기 최면일 수 있다. 둘째 어떤 일을 생각하고 준비하고 시작하기 위해 이미 투입된 비용, 즉 매몰 비용(埋沒費用, sunk cost)이 아까워서일 수도 있다. 하지만 더 큰 이유가 있다. 셋째 처음엔 행복의 두 기둥이라고도 할 수 있는 호기심과 새로움 때문에 시간 가는 줄 모른다. 그러다가 어느 정도 익숙해지면서 집중력이 떨어질 때쯤이 바로 절반쯤 지났을 무렵이기 때문이다. 여하튼 어떤 측면에서 보더라도 맞는 말이다.

'형만 한 아우 없다'라는 말도 있다. 왜 그럴까? 부모의 눈높이가 달라서다. 맏이이자 첫 번째 자녀인 형에겐 일단 아무 기대도 하지 않는다. 그저 평범하고 건강하게 자라기만 바란다. 눈높이가 '0'이다. 그 상태에서 예를 들어 1살 때 한글을 깨치고 2살 때 한자를 깨쳤다면, 그 모든 것이 놀랍기만 하고 그래서 플러스 점수가 된다. 그러나 아우를 바라보는 부모의 눈높이는 '형'이다. 아우 역시 1살 때 한글을 깨치고 2살 때 한자를 깨쳤다면, 엄청난 재능이다. 하지만 부모에게는 그것이 놀랍지 않다. 이미 경험한 것이니까. 그래서 아우의 재능은 '기본' 또는 '당연한 것'으로 치부되고 축소된다. 형보다 '특출나게' 뛰어나야만 '조금 더' 재능이 있다는 평가를 받는 아우는, 참으로 억울할 것이다. 세상 모든 아우는 힘내시라!

45

사랑은
움직이는 거야!

맞다. 사랑이란, 사실이나 근거가 없는 마음(心)의 작용인 동시에 호르몬의 작용이기도 하다. 그래서 첫눈 그러니까 한순간에 불붙어 뜨겁게 타오른다. 발화(發火)의 이유나 원인은 알 수 없다. 그냥 자연스럽게 불이 붙은 거니까. 그때 발생하는 연기가 뿌옇게 눈을 가리는 콩깍지가 되어, 눈을 떠도 눈을 감아도, 내 눈엔 오직 상대만 보이게 된다. 상대방이 내 눈을 완전히 뒤덮었기에, 상대방이 세상 그 자체처럼 느껴진다. 그(녀)가 없으면 죽을 것만 같고, 살아도 살아야 할 이유 즉 의미를 찾을 수 없을 것만 같다.

하지만 '그렇다'가 아니라 '그럴 것만 같다'라는 게 핵심이다. 하루에도 수십 번씩 바뀌는 마음의 작용인 동시에 일정 시간만 유지되는 호르몬의 작용이니, 사랑이 영원하기를 바라는 건 그리고 하나의 대상만 향해 있기를 바라는 건 거의 꿈이요 망상과 다름없다. 그래서 덧없이 순간순간 바뀌고, 시간의 흐름과 함께 식어가곤 한다. '동거'가 그런 사랑에만 전적으로 의존하는 것이라면, '결혼'은 그런 사랑의 옆에 책임이라는 단단한 지지대를 심어주는 것이다. 시간이 약이기도 하고 독이기도 하다. 아픈 사랑이나 잘못된 사랑이라면 시간의 흐름과 함께 치유되기에 약이지만, 순수하고 예쁜 사랑도 시간이 흐르면 더러워지고 퇴색하기에 그럴 땐 독과 다름없다.

비록 '작심삼일'이더라도, 3일마다 계획을 짜고 작심하기를 습관화한다면 장기적으로는 충분히 계획적인 사람이 될 수 있다. 마찬가지로 비록 짧은 유통기한을 지닌 사랑이더라도, 만기(滿期)가 될 때마다 그 내용을 새롭게 갱신해 준다면 장기적으로는 충분히 오랫동안 지속시킬 수 있지 않을까? 그렇게 갱신되면서 쌓인 사랑이 '정(情)'이 아닐지 싶다. '사랑'이 특정 종목에의 투자라면, '정'은 은행 예금에 비유할 수 있다. 사랑이 '이성(異性)'이라면, 정은 '가족'이다. 투기와 별반 다를 바 없이 투자도 그리 오래 유지하진 않는다. 길어야 몇 년이다. 게다가 투자 종목도 수시로 변한다. 그러나 은행 예금은 대체로 '오랜 시간 누적'된다. 특별한 상황이 아니라면, 대부분 주거래 은행은 바꾸지 않는다. 투자는 대부분 손해로 끝나고 간혹 이익을 보지만, 은행 예금은 (출금하지 않는다면) 비록 적은 액수이지만 늘 쌓여가는 이익이다. 투자는 짜릿함과 쾌감과 긴장과 떨림을 수반하지만, 은행 예금은 느긋함과 편안함과 뿌듯함과 만족감을 선사한다. 투자는 포기할 수 있어도, 은행 예금과 은행 거래를 포기하기란 거의 불가능하다.

　나이 불문하고 많은 사람이 알게 모르게 사귈 수 있는 이성의 조건으로, 첫눈에 반하거나 호흡이 거칠어질 만큼 심장이 뛰거나 손이 닿았을 때 찌릿찌릿함 같은 것을 느껴야 한다고 생각한다. 아니 확신한다. 아무런 두근거림이 없고 편하게 느껴지면, 그건 이성이 아니라 친구라고 말한다. 몇 번 보지 않은 사람이라면 맞는 말이지만, 몇 년을 두고 관계를 유지해 온 사람이라면 잘못된 확신일 수 있다. 늙으면 아이가 되듯, 평균적인 수준을 넘어선 고수의 행동은 초짜처럼 보이듯, 삶의 대부분 분야에서 처음과 끝의 모습은 겉으로는 구별할 수 없을 정도로 비슷하다. 혹시 여러분 주위에 동성처럼 편하다고 생각되는 이성 친구가 있는가? 그렇다면 그(녀)는 정말로 친구이든가 아니면 불타오르고 찌릿찌릿한 단계를 넘어서서 사랑이 깊어질 대로 깊어져 정의 단계에 도달한 평생의 반려자로 손색없는 사람일 수도 있다. 잘 살펴보시라.

46

누구나 인생에
세 번의 기회는 온다

　많은 사람이 마치 진리인 양 믿는 말 중 하나지만, 틀린 말이다. 먼저 '인생'의 기간을 생각해 보자. 분명 태어나는 순간부터 죽는 순간까지는 아닐 것이다. 그렇다면 '인생'이 의미하는 시작과 끝을 어디로 잡아야 할까? 이런 시종(始終)의 정의(定義)에 따라 엄청난 차이가 발생할 것은 당연하다. '기회'의 개념 정의도 중요하다. '기회'란 과연 무엇을 뜻하는가? (돈을 벌 듯) 무엇을 '할' 기회인가 아니면 (로또에 당첨되듯) 무엇을 '받을' 기회인가? 그것도 아니면 우연의 다른 이름인가? 타인은 기회라고 하지만, 내겐 기회가 아닌 것들도 많다. 그리고 '기회'란, 과정 중에는 그 누구도 알 수 없다. 지나고 나서 되돌아볼 때라야 그나마 특정한 '무엇'이 자신에게 기회였는지 아니었는지 판단할 수 있는 결과론적이고 자의적(恣意的)인 해석일 뿐이다. 그래서 귀에 걸면 귀걸이 코에 걸면 코걸이다. 나아가 '기회의 크기[중요도]'에 대한 언급도 없다. 그래서 자연히 '세 번'이라는 개수도 틀린 게 된다. 여덟 조각으로 나뉜 피자 한 판은, 한 개일 수도 있고 여덟 개일 수도 있으니까.

끝으로 이 말은, 우리의 미래가 이미 구체적으로 온전히 결정되어 있다는 뉘앙스(nuance)를 내포하고 있다. 그렇다면 우리는 자유의지를 상실한 꼭두각시나 로봇에 불과한 존재로 전락한다. 그러나 걱정할 필요는 없다. 나를 포함해 세상의 셀 수 없을 만큼 수많은 요소는 모두 연결되어 있다. 그 경우의 수는 우주의 별보다 훨씬 더 많다. 그런 내 행동과 운명이 이미 구체적으로 온전히 결정되어 있다고? 말도 안 되는 소리다. 다만 대충의 추측은 가능하다. 늘 일이 닥쳐서 허겁지겁하고 정리 정돈을 못 하는 사람을 보면, '조만간 크게 실수하겠네'라고 생각할 수 있고 또 그 말이 맞을 확률이 높다. 이 정도의 예측은 굳이 무속인이 아니어도 할 수 있다. 그리고 가장 중요한 건 과연 '누구나'일까? '누구나'는 '모든 사람'이라는 건데, 평생을 고통 속에서 살다가 간 그러니까 너무도 운이 없는 수많은 사람에게는 참으로 가혹한 말이 된다. 30대에 생을 마친 안중근(安重根)이나 고흐(Vincent van Gogh)에게도 세 번의 기회가 찾아왔었을까?

반드시 기억할 것은, '삶의 모든 사건과 상황은 무작위(life is random)'라는 사실이다. 유독 당신에게만 살을 에는 시련이 쉼 없이 몰아친다고 느껴지는가? 그렇다면 펭귄이나 북극곰으로 태어났다고 생각하고, 당신의 삶[운명]을 그대로 인정한 채 최고의 펭귄이나 최고의 북극곰이 되려고 노력하라! 내 성향은 매우 소심하고 예민하고 겁이 많다. 아마도 토끼나 쥐가 아닐지 싶다. 그래서 난 최고의 토끼나 최고의 쥐가 되려고 노력할 뿐, 개나 소나 호랑이로 태어나지 않았다며 그것들을 부러워하고 나 자신을 원망하면서 내 삶 전체를 낭비할 생각은 추호도 없다. 노력해서 바꿀 수 있는 것과 노력해도 바꿀 수 없는 것을 구별할 수 있는 지혜가 필요하다. 스스로 바꾸거나 통제할 수 없는 것을 고민하고 바라는 것만큼 어리석은 짓은 없다. 내일 지구의 종말이 오더라도, 난 한 마리의 토끼나 쥐로서 오늘 하루를 충실히 살아가련다.

높이 나는 새가
멀리 본다

맞다. 꿈을 높게 가지라는 의미로도 사용하는 데, 좋다. 그러나 높이 올라가는 만큼 멀리 볼 수 있다면, 낮게 내려가는 만큼 자세히 볼 수 있다. 무엇이 더 좋은 걸까? 이제 부디 절대적이고 유일한 것을 고르려는 본능을 통제할 수 있기를 바란다. 둘 다 똑같이 옳고 좋다. 문제 또는 주된 고려 사항은 '상황'이다. 이와 유사한 것으로 "일찍 일어나는 새가 먹이[벌레]를 잡는다"라는 말도 있다. 아침 일찍 일어나 상쾌한 몸과 마음으로 하루를 힘차게 시작하자는 의미로 사용한다면, 좋다. 그러나 아주 중요한 전제조건이 언급되어 있지 않기에, 조심해야 한다. 그것은 바로 '먹이[벌레]도 일찍 일어나야 한다'라는 것이다. 예를 들어 먹이의 습성이 오후 1시부터 활동하는 건데 나만 아침 7시에 일어난다면, 본격적으로 먹이를 잡아야 할 시간에 이미 나의 몸과 마음은 지칠 대로 지쳐 있다. 잠에서 깬 후 7~8시간 주기로 우리 몸은 휴식이 필요하기 때문이다. 이것이 점심을 먹었든 걸렀든 오후 1~3시 사이만 되면 졸리고 노곤해지는 이유다. 따라서 대체로 나만 어떻게 한다고 되는 건 없다. 역시 주된 고려 사항은 '상황'이다.

관점을 180도 바꿔서 한 번만 생각해 보면 위의 사실들이 너무도 분명해지건만, 많은 사람이 생각 즉 '시스템 2'의 스위치를 꺼 놓은 채로 세상을 살아간다. 그래서 새해만 되면 너나 할 것 없이 '아침형 인간'이 되려고 안간힘을 쓴다. 그중 많은 사람이 성공한다. 그들은 아침에 활동하는 참새이기 때문이다. 그러나 실패하는 사람들도 분명히 성공하는 사람들의 수만큼이나 존재한다. 그들은 밤에 활동해야 하는 올빼미이기 때문이다. 올빼미가 참새 흉내를 내려니 얼마나 힘들겠는가! 이와 비슷하게, 우리 주위엔 고양이가 강아지를, 강아지가 돼지를, 돼지가 소를 따라 하려는 모습들로 넘쳐난다. 자기 자신을 돌아보며 자기가 어떤 유형과 성향의 사람인지 깊이 고민해 보지 않은 채 무작정 대중[평균값]을 따라 하는 대중을 보고 있자면 참 딱하다.

공부도 마찬가지다. 서울대나 외국 유명 대학에 진학한 친척이나 이웃 또는 누구누구 연예인의 공부 방법을 그대로 따라 한다. 그러면 자기에게도 뭔가 좋은 결과가 오리라는 착각에서 말이다. 그러나 문제는, 그 사람과 자기 자신의 체력·건강 상태·성향·지능·암기력·이해력·감성·가정환경·생활 습관 등 무수한 요소가 다르다는 사실이다. 드라마 여주인공이 착용하고 입은 액세서리나 의상과 똑같은 것을 구매해도 변하는 건 없다. 그 여주인공과 나는 생김새, 체형, 키, 몸매, 자세, 얼굴 크기, 사용하는 화장품 · 미용실을 이용하는 횟수, 입고 신는 브랜드, 그 외 알게 모르게 받는 관리 등 무수한 요소가 다르기 때문이다. '너 자신을 알라(노스케 테 입숨, Nosce te ipsum)!'

내 일 아닌데 뭐
/ 나랑 상관없는데 뭐

잘못된 생각이다. '범위[규모]'의 문제가 있긴 하지만, 세상에 나와 상관없는 일은 단 하나도 존재하지 않는다. 세상 모든 것은 서로 밀접하게 연결되어 있다. 불교는 연기설(緣起說)로, 혼돈이론(Chaos theory)은 나비효과(Butterfly effect)의 예를 들어 설명한다. 여섯 단계 정도만 거치면 세상 사람 모두가 아는 사이다.[113] 하찮게 보이는 파리나 모기조차도 그것들이 멸종하는 순간, 모든 생태계는 커다란 타격을 입는다는 사실은 이제는 상식이다. 이제는 누구나 환경이나 기후 문제를 자연스럽게 언급하는 세상이 되었다.

따라서 내 자녀만 귀하고, 내 자녀만 잘 키우면 된다는 생각도 틀렸다. 내 자녀 혼자 감금 생활을 하는 게 아니라면, 태어나

---

113 스탠리 밀그램(Stanley Milgram), 「작은 세상 실험(Small-world experiment)」(1967)

는 순간부터 그 귀한 내 자녀는 좋은 의사와 좋은 간호사와 좋은 병원을 만나야 하고, 정직한 식품과 안전한 장난감과 위생적인 생활용품을 만드는 기업을 만나야 하며, 좋은 유치원과 좋은 학교와 좋은 친구들과 좋은 선생들을 만나야만 잘 클 수 있다. 또한 우리 자신이나 가족이 범죄나 사고 그리고 자연재해 등의 피해자가 됐을 때, 이웃 또는 일면식도 없던 사람들의 자발적인 도움이 없다면 우리는 자신이나 가족의 생명을 지킬 수 없다. 따라서 내 자녀가 귀하다면, 바로 그만큼 남의 자녀도 귀한 줄 알아야 한다. 자기 자녀를 끔찍이도 사랑하는 모습에, 나는 어떤 감동도 받지 않는다. 그건 거의 모든 동물도 힘 하나 들이지 않고 본능적으로 하고 있는 짓이기 때문이다. 교육과 힘겨운 통제를 통해서 의도적으로 범위를 넓혀가며 남의 자녀도 내 자녀만큼 귀함을 체화(體化)하는 노력을 하지 않는다면, 인간으로서 실격(失格)이다. 다시 한번 분명히 말하지만, 얼마나 했냐가 아니라 얼마나 하려고 노력했느냐가 기준이다. 내 자녀만 잘 키우면 된다는 생각과 행동이 다른 자녀들과 학부모와 교사와 사회 구성원들에게 큰 아픔을 주게 된다면, 귀하게 키운 내 자녀가 집단따돌림과 무동기[묻지마] 폭행과 데이트 폭력과 보이스 피싱과 사기와 연쇄살인의 희생자가 되지 않으리라는 보장은 어디에도 없다.

연쇄살인 특히 무차별[무동기] 살인의 희생자들을 보면서 우리는 흔히 이런 말을 하곤 한다. "아니, 왜 아무 죄 없는 사람을…."

이런 상식적인 생각은 범죄자들에게는 적용되지 않는다. 여기에서 '죄'가, 민형사상 법적인 죄인지 아니면 도덕적인 죄인지는 전혀 중요치 않다. 어떠한 죄라도 개인이 사적으로 처벌하는 건, 현대 사회에서는 용납되지 않기 때문이다. 잔혹한 범죄자들의 머릿속은 우리와 완전히 다르다는 사실을 명심해야 한다. 그들의 머릿속은 '완전한 자기중심주의'와 '나르시시즘(Narcissism)'이 점령하고 있어서 타인을 향한 관심과 배려 그리고 타인의 감정에 대한 공감 능력이 조금도 남아 있지 않다. 그래서 역지사지(易地思之)가 불가능하다. 그들의 머릿속에는 '부정(否定)의 피드백', 즉 우리 몸의 부교감신경에 해당하는 일종의 제어장치가 고장 나 있다. 그래서 자신의 화와 분노를 조절할 수 없다. 오로지 자기 자신에게만 매몰되어서 자신의 감정이 일희일비 변화하는 대로만 행동하는 것 그리고 나아가 이성(理性)을 정복한 그 마음조차도 '자존감'이 아닌 '자존심'만 차고 넘친다는 것, 이것이 잔혹한 범죄자들이 저지른 대다수 범행의 단순한 범행 동기다. "상대방이 나를 화나게 해서 우발적으로 홧김에…" "그냥 살인하고 싶은 욕구를 참을 수 없어서…" 이것이 잔혹한 범죄자들의 전형적인 변명이다. 자기 자신이 아니라 타인에게 잘못을 온전히 떠넘기려는(소인 구제인, 小人 求諸人)[114] 얄팍한 핑계다. 이런 이유로 그들은 대체로 '은혜를 원수로' 갚는다.

---

114 공자, 『논어』 15편 「위령공(衛靈公)」

그들에게 상식과 합리적인 이유는 존재하지 않는다. 관점을 뒤집어 보면, 자기중심적 사고와 행동에 근거한 나르시시즘 그리고 감정의 제어장치가 고장 난 사람은 잔혹한 범죄자가 될 수 있다. 무서운 건 이런 상태의 사람들이 겉으로는 오히려 더 멀쩡해 보이고, 우리의 친구와 동료와 선후배와 이웃의 얼굴로 우리 가까이에 널려 있다는 사실이다. 최근 '데이트 폭력'과 '안전 이별' 관련 범죄가 급증하는 이유도, 바로 이런 종류의 사람들이 급증하고 있기 때문이다. 21세기 사회가 인간에게, 인간의 가장 큰 특징인 생각 자체를 못 하게 하는 방향으로 나아가고 있어서다. 이런 상황에서 나만 우리 가족만 조심하면 될까?

여담 하나. 사실 연쇄살인범들만큼 우리와 전혀 다른 세계에 살고 있다고 느껴지는 건, 사법부 특히 판사들도 마찬가지다. 연쇄살인범들이 자신들의 '감정' 속에만 매몰되어 있다면, 판사들은 자신들의 '이성[법리(法理)해석]' 속에만 매몰되어 있다. 두 집단 모두 (내용은 다르더라도) 일종의 '선민의식'을 지니고 있다는 점 그리고 일반적인 의미에서의 '사회성'이 결여되어 있다는 점에서 공통점이 있다. 여하튼 이성과 감정을 양손에 쥐고 있는 보통 사람들이 보기엔, 두 집단 모두 이해되지 않는다. 그래서 보통 사람들은 연쇄살인범들을 향해서는 조금만이라도 이성과 상식을 지니길 바라는 한편, 판사들을 향해서는 조금만이라도 시대적·사회석으로 공감할 수 있는 감정을 지니길 바란다. 이런 바람은 객관적으로는 결코 지나친 것이 아니지만, 매우 극단적인 두 집단에는 거의 불가능한 것일 수 있음이 안타까울 뿐이다.

내 가족이 귀한 만큼 남의 가족도, 내 도시가 귀한 만큼 남의 도시도, 내 나라가 귀한 만큼 남의 나라도 귀한 줄 알아야 한다. 인간이 귀한 만큼 다른 동물도, 다른 동물이 귀한 만큼 다른 식물과 곤충과 벌레도 귀한 줄 알아야 한다. 그렇다면 음식이나 급식으로 장난치는 짓, 철근 없는 '순살 아파트' 같은 부실 공사, 책임 전가(轉嫁), 유전무죄 무전유죄, 주객전도(主客顚倒) 식의 고소 남발, 갑질, 님비(NIMBY) 현상, 인종 또는 나라 차별, 환경 파괴 및 쓰레기 무단 투기 등이 상당히 사라지지 않을까? 물론 '우리 vs. 그들'이라는 구별 짓기가 생명체의 본성이고, 그렇게 구별된 '우리'와 '그들' 사이엔 심연(深淵)이 있어 어떠한 공감과 역지사지도 불가능하지만, 달걀로 바위를 치듯 그리되리라 믿고 싶은 마음은 결코 거두기 싫다.

세상에!
어떻게 그럴 수가 있지?

충분히 그럴 수 있다. 가장 단순하게, 1과 2 두 요소로만 이루어져 있고 A와 B 두 사람만 존재하는 세상을 가정해 보자. 이때 모든 요소가 영향을 주고받아 일어날 수 있는 일의 경우의 수는, 1A·1B·1AB·2A·2B·2AB·12A·12B·12AB·12BA 총 10가지다. 여기에선 순서도 중요하다. 1과 2라는 요소가 A와 연결되어 B에 끼치는 영향은, 1과 2라는 요소가 B와 연결되어 A에 끼치는 영향과 전혀 다르니까. 그렇다면 세상이 몇 가지 요소로 이루어져 있을까? 파악 자체가 불가능할 만큼 무한하다. 구름이라는 하나의 요소만 보더라도, 구름의 크기[분포 영역]·밀도·두께·위치·발생 시간 및 계절 등에 따라 각각 하나의 요소로 취급해야 하니 말이다. 그래서 '정확한' 일기 예보는 아직 불가능하다. 그러면 세상의 인구수는 얼마일까? 2024년 9월 현재 81억 명을 넘어섰다. 해외토픽을 보면서, 사람들은 보통 '상상도 못 한 일'이라고 이구동성으로 말한다. 당연하다. 우리의 상상력은 사실 빈약하다. 특히 성인이라면, 자신이 속한 문화와 역사와 종교와 과학 등에 의해 무의식적으로 자체 검열을 받는 게 일반적이기 때문이다.

쉽게 말해서, 온갖 일이 일어날 수 있는 게 지금의 세상이고 우리의 삶이다. 우리는 아직 그런 발생 가능한 온갖 일의 10%도 채 설명할 능력이 안 된다. 우리 인간의 본성 중 하나는 '인과관계 찾기'다. '아니 땐 굴뚝에 연기 나랴!'처럼, 기필코 근거나 원인을 찾아내야만 안심이 되고 이해가 된다. 그로 인해 탄생한 학문이 '논리학'과 '과학'이라고 할 수 있다. 그래서 논리학적으로 맞지 않는다는 의미로 '말도 안 된다'라고 말하기도 하고, 미확인비행물체(UFO)나 귀신 같은 심령현상처럼 '과학으로는 설명할 수 없는 일'이 있다고 말하기도 한다. 하지만 정확히 말하면 이렇다. 첫 문장은 논리학적으로 필요한 몇 가지 근거를 아직은 찾지 못했다는 것뿐이고, 둘째 문장은 '현재의 과학 수준'이라는 전제가 빠져 있다. 혹여 모든 근거를 찾아낸 후의 논리학으로도 그리고 더는 발전할 수 없을 정도의 과학으로도 여전히 설명할 수 없는 현상들이 있을 수 있다. 그렇다면 논리학과 과학처럼 분명한 근거를 지니 돼, 아직 우리가 찾아내지 못한 제3의 학문이 앞으로 깔끔하게 설명할 수 있을지도 모르는 일이다. 수많은 과일이 있음에도 불구하고 사과와 배만 놓고서 "사과를 싫어해? 그럼 '당연히' 배를 좋아하겠네"라고 결론 내리는 것처럼, 이해하기 어려운 현상들이 논리학과 과학의 영역을 벗어나 있다고 곧바로 '종교'나 '무속신앙'적인 것이라고 결론 내리는 것 또한 매우 위험한 극단적인 사고방식이다.

인간으로서의 '인간다움'은 뇌에 그것도 특히 신피질이라고 불리는 '이성의 영역'에 존재한다고 앞서 여러 번 강조했다. 그래서 술로 인해 이성이 마비되거나 끊기는 것도 위험하지만, 더 위험한 건 판단과 선택의 영역인 지혜가 없는 '무지(無智)'와 후천적 학습의 영역인 아는 것이 없는 '무지(無知)'이고, 이 두 가지는 '무개념(無概念)'이라는 단어로 통합할 수 있다. 좁게는 어휘의 정확한 의미이고 어느 정도는 이성이며 넓게는 시대적인 양심과 상식과 문화를 가리키는 '개념'은, '마음'이라는 감정의 영역을 보호하는 일종의 '울타리' 역할을 한다. 그렇기에 무개념이란, 울타리가 사라진 목장과 같다. 울타리가 사라진 목장이 가축들의 천국이듯, 이성이 사라진 무개념의 뇌는 감정의 천국이다. 가축들이 어디로 튈지 모르듯, 감정의 폭주만 있게 된다. 순간순간 마음 가는 대로 행동하는 예측 불가능성만 존재한다. 예측할 수 없기에 대비할 수 없고, 그래서 감정의 널뛰기 속에 사는 사람들의 예측 불가능한 행동에 몸서리친다. 울타리는 늘 유지 보수가 필요하듯, 어휘와 이성과 양심과 상식과 문화 역시 늘 유지 보수가 필요하다. 그러지 않으면 울타리는 썩고 갈라져서 마침내 사라진다.

갑자기 이런 이야기를 꺼낸 이유는 분명하다. '무개념' 범죄자들의 범행을 접할 때마다, 많은 사람이 "사람으로서 어떻게 저럴 수가 있지?"라고 반문한다. 그리고 서둘러 그들을 '악마'라고 단정한다. 그들을 자신과는 전혀 다른 존재로 규정한다. 그렇게 그들과 심리적인 거리감을 최대한 멀게 유지하면 마음의 안정을 찾을 수 있기 때문이다. 범죄자들에 국한해서는 이런 방법도 괜찮다. 하지만 문제는, 그런 범죄자들이 사실은 악마가 아니라 그전까지는 평범해 보이던 우리 자신들이었고 주변 사람들이었다는 점이다. 세상에서 가장 무서운 건, 귀신이 아니라 사람이라고들 한다. 하지만 정확히 말하자면, '악마'는 특정한 '개인'이 아니라, 기본적인 상식조차 없는 '무개념한 상태'다. 도킨스의 말처럼[115], '개념'과 '상식'은 반드시 후천적인 교육이 필요하다. 때문에 젊은 남녀가 누군가를 사귈 때 "마음만 착하면 됐지"라고 조언 아닌 조언을 하는 사람들의 말은, 절대 해서는 안 될 매우 무지한 말이다. 마음은 감정이고, 그래서 예측 불가능하기 때문이다. '무지(無智)'하고 '무지(無知)'해도 무개념이 되지만, 뭔가 절박한 상황에 놓여도 무개념이 된다. 자신이 원하는 어떤 하나에 목을 매는 순간, 눈이 멀어 타인도 상식도 절차도 공동체도 공공질서도 보이지 않게 되기 때문이다. 한순간에 악마로 변할 수 있는 '잠재적인 범죄자들' 속에 우리가 살고 있고, 늘 깨어서 스스로를 감시하고 통제하고 유지 보수하지 않으면 우리 자신도 언제든 한순간에 악마가 될 수 있다.

---

115 28번의 내용 참조

사례 하나. 2003년 12월 29일 새해를 이틀 남겨둔 연말 저녁, 송파구 거여동의 한 아파트에서 우리나라 최초의 밀실 살인사건이 발생했다. 피해자는 31세의 아내 박 씨와 3살짜리 아들 그리고 10개월 된 딸로, 이들의 사인은 모두 질식사였다. 범인은 피해자 박 씨의 고교 동창생 이 씨. 반지하에 월세로 살면서 직장도 없이 아르바이트로 근근이 생계를 유지하고 있던 이 씨가, 어느 날 우연히 만난 박 씨 집에 초대되어 가면서 불행은 시작되었다. 학창 시절 모든 면에서 자기보다 아래였다고 여기던 박 씨가 번듯한 남편과 집 그리고 사랑스러운 두 자녀와 함께 행복하게 살고 있는 모습을 본 이 씨는 피가 거꾸로 솟구쳤다. 이 씨의 눈에 세상은 너무 불공평했다. 박 씨의 모든 걸 빼앗기로 결심한 이 씨는 이틀에 한 번꼴로 박 씨의 집을 드나들었고, 끝내 박 씨의 남편 나 씨와 내연 관계로 발전하는 데 성공했으며, 이후 6개월여의 준비 기간을 거쳐 박 씨와 두 아이를 잔혹하게 살해했다. 두 아이를 죽인 후에는 아이들의 목을 밟고 발로 몸을 차기도 했다. 박 씨와 두 아이는 나 씨와 새로운 가정을 꿈꾸려는 이 씨가 느끼기에 장애물 그 이상도 이하도 아니었다. 어떤 반성의 기미도 없었던 이 씨는 무기징역을 선고받고 현재 청주여자교도소에서 복역 중이며, 내년이면 가석방 심사를 받고서 출소할 가능성이 크다. 핵심은 범행을 저지르기 전 이 씨에게는 아무런 전과도 없었다는 점이다. 겉으로 보기엔 너무도 평범했던 30내 여성이, 단 한 순간에 이토록 잔인한 악마가 될 수 있었다는 사실이다.

자기 가족만 잘 먹고 잘살고자 타인의 삶을 조금의 죄의식도 없이 파괴하는 사기꾼과 보이스 피싱 조직, 자신의 재미를 위해 시시덕거리며 친구와 후배를 괴롭히는 학교폭력 가해자, 자신의 성욕을 위해 여성에게 지워지지 않는 트라우마를 버젓이 남기는 성범죄자, 유명 인플루언서들처럼 폼(?)나는 삶을 살고자 돈 때문에 남편과 아내와 부모와 자녀를 무참히 살해하는 존비속 살해범, 일확천금을 위해 주식과 도박에 중독된 사람, 편안함과 즐거움을 위해 인간이기를 포기한 마약에 중독된 사람, 우월감을 느끼기 위해 여성과 노인과 장애우를 대상으로 무차별 폭행을 가하는 사람, 자기 기분이 조금이라도 상할 때마다 폭력을 행사하는 분노조절장애자, 이들에게 특별하거나 합리적인 이유는 없다. 죄책감도 없다. 무개념이니까. 그리고 가볍고 감정적이며 즉흥적이다. 파충류의 뇌와 포유류의 뇌만 있을 뿐, 인간의 뇌가 없으니까. 만나고 헤어지는 사람과의 관계를 비롯해 모든 걸 일회용으로, 시간을 죽이는 소일거리로, 게임으로 가볍게 소비할 뿐이다. 생명으로 존재함의 기적 그리고 나아가 인간으로 존재함의 무게를 전혀 알지 못하는, 말 그대로 '참을 수 없는 존재의 가벼움'이다. 이들은 특이한 사람들도 아니다. 우리 자신이고, 우리 이웃이다. 이것이 한나 아렌트(Hannah Arendt)가 경고한 '악의 평범성'[116]이다.

---

116   한나 아렌트, 『예루살렘의 아이히만 - 악의 평범성에 대한 보고서(Eichmann in Jerusalem - A Report on the Banality of Evil)』(1963)

"눈에 잘 띄지 않는 것, 금세 사라져 버리는 것, 긴 것, 느린 것이야말로 오직 깊은 사색적 주의[집중] 앞에서만 자신의 비밀을 드러낸다. 즉각 반응하고 모든 충동을 그대로 따르는 '활동 과잉'은, 일종의 질병이며 소진[탈진]이다. 멀티태스킹(multitasking)과 게임 같은 분주함은 어떤 새로운 것도 낳지 못한다. 그것은 기존의 것을 재생하고 가속화할 따름이다. 진정 다른 것으로의 전환이 일어나려면 '중단'이라는 부정성(否定性)이 필요하다."[117] 두뇌를 깨우는 건 '새로움'이고, 새로움은 익숙하지 않은 '낯선 것'이자 기존의 것과 다른 '이질성'이고 생존을 위협할 수도 있는 '고통'이며 '부정성'이다. 긍정사회이자 성과사회이고 피로사회인 현대 사회에서 사람들은 이질성과 차이와 고통을 회피하지만, '사유[사색]'와 '영감(靈感)[창의성]'은 부정성을 주식(主食)으로 삼는다. 앞으로 그 어떤 디지털 기술이 출현하건, 우리가 잊지 말아야 할 것은 우리의 두뇌는 아날로그라는 사실이다.

갈수록 주위에 무개념의 인간들이 기하급수적으로 늘어나고 있다. 일상이 너무도 빨라지고 있기 때문이다. 유튜브를 대표적인 사례로 꼽을 수 있다. 총천연색 화면은 정신을 못 차릴 정도의 속도로 전개되고, 속사포처럼 발사되는 고음의 째지는 소리는 내 귀와 뇌를 멍하게 만들고 짜증을 유발한다. 이런 환경 속에

---

117 한병철, 『피로사회(The Burnout Society)』(2010)

서 생각은 시동조차 걸리지 않는다. 그런데 대부분 사람은 이런 분주함에 너무도 익숙해져 있다. 보기는 하지만 각 장면의 고유한 가치는 묵살하고, 듣기는 하지만 각각의 어휘나 문장의 고유한 가치는 외면한다. 그래서 보기는 했는데 기억해서 삶을 풍요롭게 만들 만한 건 없고, 듣기는 했는데 기억해서 살아가는 데 응용할 만한 건 없는 상태가 지속된다. 느리게 진행되는 '생각'의 스타트 버튼(start button)은 '읽기'인데, 분주함에 익숙해져 버린 사람들은 읽기를 매우 어려워한다. 한글은 알기에 읽긴 읽어도, 무슨 의미인지 도통 이해하지 못한다. 그러면서 불평한다. 쉽게 쓰면 안 되냐고. 이것이 『삶은? 달걀! PART1 Built-out』에 대한 대체적인 반응이었다. 미안하지만, 난 그 내용을 그것보다 더 쉽게 풀어 쓸 자신도 능력도 전혀 없다. 느리면서 간헐적인 중단없이는 '읽기'가 불가능하고, ― 물론 소설이나 에세이는 예외다 ― 읽기가 되지 않으면 '생각'도 불가능하며, 생각 없이는 다양한 '개념 정립'도 불가능하다. 시간이 걸리고 수시로 읽기를 중단한 채 돌이켜 봐야 하는 생각 없이, 한글만 알면 이해되는 소설과 따라만 하면 부자가 될 수 있다는 책들이 베스트셀러 자리를 양분하고 있음이 안타깝기만 하다. 무개념엔 합리적인 이유나 죄책감이 없다. 그렇다면 가까운 미래에 '무동기[묻지마] 범죄' 또는 '이상동기 범죄'가 늘어나리라는 예측은 명약관화(明若觀火)하다.

50

우리나라에도 굶주리는 사람이 많은데
해외 후원이 말이 돼?

가능한 한 가까운 이웃부터 그래서 우리나라의 어려운 사람부터 돌보는 게 맞다. 그런데 가만히 보자. 대체로 위의 말을 누가 하는가? 후원이라는 건 전혀 하지 않는 사람들이 주로 이런 말을 한다. 그런 사람들에겐 그 어떤 대답도 아까우니 함구(緘口)하겠다.

만약 조금이라도 후원을 하는 사람이 이런 질문을 한다면, 이렇게 답하리라. '접근성과 구체성의 차이'라고. 당연히 우리나라에도 굶주리거나 어려운 사람이 매우 많지만, 구체적으로 그들이 누구인지 알 수도 없고 찾아 나설 수도 없는 경우가 대부분이다. 나아가 각종 후원 단체에 대한 불신도 크다. 그러나 해외에서 굶주리거나 어려움에 처한 사람들은 '구체적으로 즉 개개인의 모습'으로 TV에 '자주' 노출된다. 개인과 단체는 다르다. 단체보다는 개인을, 즉 '내 눈앞'의 '구체적인 누군가'를 돕고자 하는 게 우리의 본성이다. 그리고 하나부터 '완전히' 해낸 후 다른 하나를 하겠다는 생각 자체도 잘못이다. 우리나라의 어려운 사람부터 온전히 구제한 후, 해외로 눈을 돌려야 한다는 생각은 틀렸다. 음과 양은 명확히 구분되어 있지 않다. 혼재되어 있다. 따라서 비중(比重)과 퍼센티지에 차등을 둬 가능한 한 우리나라의 어려운 사람부터 돌보려고 노력하되, 동시에 대중매체를 통해 자주 노출되는 해외의 어려운 사람도 도우려고 노력하는 게 가장 좋을 듯하다. 아니면 일부는 우리나라에 집중하고, 다른 일부는 해외에 집중하는 것도 좋을 듯하다. 단 서로가 서로를 인정하면서 말이다.

51

수신 제가
치국 평천하

『대학(大學)』의 주제는, 자기의 마음과 몸의 수양 그리고 '동시에' 가문과 나라와 천하를 다스리는 방법인 '수기치인(修己治人)'이다. 이것을 여덟 단어로 풀면 '격물(格物)·치지(致知)·성의(誠意)·정심(正心)·수신(修身)·제가(齊家)·치국(治國)·평천하(平天下)'가 된다. 앞 문장에서 '동시에'를 강조한 건, 대부분 사람이 이 여덟 단어를, 하나를 완성한 이후에 그다음 것을 시작하는 식의 '순서'라는 해석에 고착(固着)되어 있기 때문이다. 물론 치지는 격물에 '뿌리를 둬야' 하고, 성의는 치지에 '뿌리를 둬야' 한다는 식의 '선후(先後) 관계'는 분명히 있다. 하지만 정심을 '완성한 이후라야' 수신이 가능하고, 수신을 '완성한 이후라야' 제가가 가능하다는 식의 해석은 틀렸다.

여덟 가지를 늘 함께 수행하되, 비중과 퍼센티지에 차이를 둬야 한다. 예를 들면 '정심'을 70% 정도의 비중으로 수행하고 그 과정을 70% 정도 이루었다면, 다시 '수신'을 70% 정도의 비중으로 수행해야 한다는 말이다. 이것은 공부 방법과도 같다. 하루는 아니더라도 일주일을 기준으로 볼 때 국어와 영어와 수학을 늘 공부하되, 이번 주 또는 이번 달에는 국어에 60~70% 정도의 비중을 두었다면 다음 주 또는 다음 달에는 영어에 60~70% 정도의 비중을 두는 식으로 공부하는 것처럼 말이다.

예수나 부처 정도를 제외하고 그 누가 있어 수신을 '완성했다'라고 말할 수 있을까? 수신을 '완성한 이후라야' 제가가 가능하다면 결혼해서 제가할 사람도 예수나 부처 정도에 불과할 텐데, 하필이면 그 둘 다 제가에는 전혀 관심이 없었다. 어떤 국회의원이 이혼했다. 그러자 반대 당의 국회의원들이 기회는 이때다 하고 일제히 비난했다. 자기 가정도 제대로 꾸리지 못하는 사람이, 어떻게 국가 운영을 담당할 수 있겠냐면서 말이다. 무식한 소음이다. 이혼한 사람이라도, 정치[치국]를 할 자격은 그렇지 않은 사람과 동등하다. 나아가 '완성한 이후라야 다음 단계'를 강조하는 건, '단번에 깨달은 후에도 지속적인 수행이 반드시 수반되어야 한다'라는 '돈오점수(頓悟漸修)'와도 맞지 않는다. 본성상 우리는 늘 변화 속에 있기에, 그래서 늘 고정되고 불변하고 완전한 그 무엇을 찾아 헤맬 수밖에 없는 운명이기에 무의식적으로 저지르는 오류라고 할 수 있다. 부족하나마 여덟 가지 모두를 함께 조금씩 끌고 나가야 한다.

52

네 인생[가치관]이 소중한 만큼
내 인생도 소중해!

　맞다. 모든 인생이 그리고 모든 가치관이 소중하다. 하지만 '얼마나' 소중한가, 즉 소중함의 '정도(程度)' 또는 소중함의 홀라키에는 분명한 차이가 있다. K리그 선수들과 손흥민 모두 프로축구 선수라고 해서, 수준[위계질서]도 모두 똑같다고 말할 사람은 없으리라. 아이의 그림과 피카소의 그림은 그림이라는 공통점만 있을 뿐, 주관적인 부모의 관점을 떠나 객관적으로 그 두 가지가 똑같이 소중하다고 말할 사람은 없다. 병장이라고 다 같은 병장이 아니며, 선생이라고 다 같은 선생이 아니다. 신발이라고 다 같은 신발이 아니며, 사람이라고 다 같은 사람이 아니다. 병장과 선생과 신발과 사람이라는 종(種)·품목·직업군 내에는, 각기 엄청난 수준의 차이가 존재한다. 모든 분야가 그렇다.

　따라서 "네 인생[가치관]이 '네게' 소중한 만큼, 내 인생도 '내겐' 소중해!"라고 말한다면, 또는 "네게 인생이 '있는' 것처럼, 내게도 인생이 '있다'"라고 말한다면, 100% 맞는 말이다. 하지만 '네게'와 '내겐' 그리고 '있는'과 '있다'를 빼고 말한다면, 그건 틀린 말이다. 소중함의 정도, 그러니까 소중함이라는 홀라키에는 수없이 많은 레벨이 존재하기 때문이다. 그리고 이런 말을 하는 사람들 대부분은, 자신의 부족함과 게으름을 이미 알고 있는 경우가 대부분이다. 그래서 바보에게 바보라고 말하면 화를 내듯, 자신의 부족함과 게으름을 지적받는 걸 싫어하기에 방어하려고 이런 말을 하는 것이다. 고치고 싶지 않고, 배우고 싶지 않으며, 더 나은 수준으로 올라가고 성장하고 싶지 않다는 뜻이다. 그저 동물의 수준에서, 동물로 살다가 죽더라도 만족하겠다는 뜻이다. 자기 인생의 가치가 그 정도밖에 되지 않는다는 자기 고백이다.

53

어디 두고 보자!

강하고 권력 있고 부유한 사람들은 다음과 같이 대답한다. '어디 두고 보자는 놈치고 무서운 놈 하나도 없더라.' 강하고 권력 있고 부유한 사람들의 말이 옳다. 대체로 두고 보자는 말은, 약하고 없는 사람들의 변명이자 자기 위안일 때가 많기 때문이다. 더 높은 수준으로 성장하려는 고통의 노력을 지금 당장 하지 않는다면, 변하는 건 없다. 그런 노력이 없는 사람은 수십 년이 흘러도 예전 모습 그대로다. 변한 게 없다. 그러니 그런 사람을 조금도 겁낼 필요가 없는 것이다. 하나도 무섭지 않다. 중요한 건, 지금 당장 이 순간이다. 스스로 설계한 미래의 자기 모습을 위해 지금 당장의 순간순간에 뼈를 깎는 노력과 최선을 다하는 사람만이 '어디 두고 보자!'라는 말을 할 자격이 있다.

역사가
판단해 줄 것이다!

과연 그럴까? 일단, 순수하게 객관적인 '과거의 사실'은 존재하지 않는다. 역사가는 누구나 현재 그가 속해 있는 시대와 나라와 사회와 문화와 계급과 이해관계와 편견과 상식의 산물일 수밖에 없다. 그래서 과거의 사실이 어떻든 현재 역사가에 의해 재구성될 때, 그것은 현재 역사가의 관심사와 상황 또는 역사가 나름의 신뢰도나 중요도에 따라 취사선택 되거나 재배치되고 드러나거나 은폐되며 오염되거나 왜곡된다. 따라서 역사 즉 과거의 사실에 모두가 동의하는 유일하고 완전한 '정답'은 없다. '사실(fact)'이 곧 '진실(true)'인 것도 아니다. 늘 수많은 역사가의 수많은 '해석'만이 있을 뿐이다. 영국 작가 이언 피어스는 네 명이 처한 상황과 이해관계에 따라 똑같은 단 하나의 사건을 그들이 의도하지 않았음에도 네 명 모두가 완전히 다르게 진술하는 모습을 생생하게 묘사하면서, 목격자의 기억도 믿을 수 없음을 보여준다.[118] 역사에 '객관적인' 사실도 없다. 백제는 고구려의 속국이었던 적이 없었음에도, 공식적 사료(史料)인 광개토왕릉비는 버젓이 '백제와 신라가 고구려의 오랜 속국'이었다고 기록하고 있다. 역사는 대체로 승자의 기록이다.

역사가가 '과거의 사실'에 말을 걸 때라야 비로소 '과거의 사실'은 자기의 이야기를 쏟아내지만, 역사가의 수준과 그가 결정한 순서와 문맥에 따라 '과거의 사실'이 들려주는 이야기는 크게 달라진다. 오래된 사료일수록, 역사가의 언어[문자] 해독 능력이 중요하다. 나아가 사료의 의미를 제대로 파악하려면, 최소한 사료를 기록한 사람과 비슷한 수준의 언어 활용 능력을 갖추고 있기도 해야 한다. 그래야만 예를 들어 공자의 주관적인 판단이 주를 이루는 역사 해설서인 『춘추(春秋)』에서, 공자가 '죽이다'라는 뜻은 똑같지만 단지 죽였다는 사실만 담담하게 표현하는 '살(殺)'과 아랫사람이 윗사람을 부당(不當)하게 죽였다는 의미의 '시(弑)' 그리고 죽을 짓을 했기에 죽였다는 정당한 의미의 '주(誅)'를 사용했음을 제대로 해석해 낼 수 있다. 나아가 해당 시대의 정치 조직·경제 구조·관직 체계·사회생활·문화 등에 대한 해박한 지식이 없다면 단어 하나의 의미조차 정확히 밝힐 수 없을 때가 많다.

---

118 이언 피어스(Iain Pears), 『핑거포스트, 1663(An Instance of the Fingerpost)』(1997)

어떤 해석이 좋은지 나쁜지를 결정하는 기준은 '문맥[상황]'이고, 더 많은 문맥을 고려하면 할수록 해석은 더 좋아지고 더 풍성해진다. 부분은 언제나 전체 속에서라야 제대로 파악할 수 있기 때문이다. '진실'은 '문맥 의존적'이다. 언제나 대체로 가려져 있는 문맥을 무시하는 건, 마데카솔은 피부 염증 치료에 탁월하고 위나 장도 피부와 똑같은 세포이니 위염을 치료하기 위해 마데카솔을 복용하는 게 좋다고 생각하는 것과 다를 바 없다. 혹여 순수하게 객관적인 '과거의 사실'이 존재하더라도, 그것은 우리에겐 무의미하다. 11번에서 언급했듯이, 역사가나 우리나 카이사르(Julius Caesar)가 루비콘강(Rubicon)을 건넜다는 '사실'보다는 '왜' 건넜는지를 더 궁금해하기 때문이다. '왜'라는 건 '동기'나 '목적'을 묻는 것이고, 그런 질문을 우리가 가장 중요하게 여기는 건 인간의 삶을 끌어 나가는 게 '의미'와 '가치'이기 때문이다.

게다가 현재 해결해야 할 문제가 있어서 '과거의 사실'에 말을 거는 것이지, 현재가 만족스럽고 밝은 미래가 확실한데도 '과거의 사실'에 말을 거는 역사가는 거의 없을 것이다. 즉 '해석'엔 미래를 위한 '목적'이 내재해 있으며, 그 목적은 퇴보가 아닌 '진보' 즉 '더 나은 상황을 위한 변화'다. 역사를 해석하려는 사람에 따라 그리고 특정 시대와 특정 상황이 원하는 해답에 따라 역사적인 판단은 수시로 변하기 마련이다. 따라서 역사가 판단해 줄 수는 있어도, 정확한 때를 특정하지 않는 한 그 판단은 시대와 상황마다 변할 수

밖에 없다. 따라서 결론적으로, 역사가 판단해 주리라는 외침은
공허한 메아리다. 누가 뭐래도 자신은 옳았다는, 혼자만의 슬픈
위안이다.

암탉이 울면
집안이 망한다!?

'(수탉을 대신해서) 암탉이 새벽을 알리는 임무를 맡는다'라는 '빈계사신(牝鷄司晨)'에서 나온 말이다. 수탉의 송과체(松果體, 솔방울샘)가 암탉보다 훨씬 더 민감하다. 사람을 예로 들면 쌀 한 톨 정도의 크기로 뇌 중앙에 짝 없이 존재하는 유일한 기관인 송과체는, 눈을 통해 받아들인 빛의 자극에 따라 수면을 유도하고 조절하는 멜라토닌(melatonin)을 생산하는 곳이다. 새벽이 밝아오면 송과체가 더 예민한 수탉이 먼저 크게 울고, 암탉은 나중에 조용히 운다. 그런데도 암탉이 울면 집안이 망한다고?

첫째, 잘못된 비교 대상이다. 동물의 지능을 제대로 평가할 수는 없지만, 대체로 닭의 지능은 30 안팎으로 여겨진다. 애완견처럼 자기 이름을 부르면 달려오기도 하고, 배변을 가리기도 한다. 생각보다 똑똑하다고 해도, 여성을 이런 암탉과 비교하는 건 일종의 성희롱(性戲弄)이다.

둘째, 보통 농가의 주된 수입처는 농사 아니면 소나 돼지의 사육이다. 양계 농가가 아닌 한, 닭은 달걀을 얻기 위한 소일거리에 불과하다. 심심풀이로 키우는 암탉이 울었다고 집안이 망한다? 이건 '논리적 비약(飛躍, logical leap)' 또는 '대표성 휴리스틱(representativeness heuristic)'이라고도 불리는 '성급한 일반화의 오류(fallacy of hasty generalization)'다. 다르게 보자. 로또 당첨이 가정불화나 패가망신으로 이어지는 경우가, 암탉이 울어서 집안이 망한 사례보다 훨씬 더 많을 것이다. 그렇다고 "로또에 당첨되면 집안이 망한다"라고 말하지는 않는다. 패가망신의 이유는 로또 당첨이 아니라 대부분 다른 요인들에 기인함을 알기 때문이다. 로또 당첨과 마찬가지로, 암탉이 우는 건 어떤 의미도 없는 사건이다. 우리가 받아들이고 생각하기에 따라 좋은 일이 될 수도 있고 나쁜 일이 될 수도 있는 중립적인 사건이라는 말이다.

셋째, 정말로 암탉이 울자마자 또는 울어서 집안이 망했다고 치자. 그렇다고 해도 그건 우연의 일치일 뿐이다. 그 집안은 이미 기울대로 기울었거나 망하기 일보 직전이었으리라. 망한다는 건, 일련의 과정이지 특정 순간이 아니다. 축구 경기에서 0:4로 지고 있다. 시간은 후반 40분을 향해 달려간다. 선수들은 의욕을 잃는다. 물론 종료 휘슬이 울리는 순간 "졌다"라고 최종적으로 말하겠지만, 이미 진 경기다. 휘슬이 울리기 전에 이미 졌다. 휘슬 '때문에' 진 게 아니듯, 암탉이 울었기 때문에 망한 게 아니다.

넷째, 그렇다면 암탉 즉 여성이 나섰기 때문에 집안이 그리고 나라가 망한 게 아니라 이미 수탉 즉 남성이 집안이나 나라를 운영할 능력을 상실한 상태여서 암탉과 여성이 나설 수밖에 없었을 수 있다. 우리나라 최초의 여왕인 신라 27대 선덕여왕(?~632~647)과 그 뒤를 이은 진덕여왕(?~647~654)이 그랬다. 당시 왕위를 이을 성골(聖骨) 남성이 없었다. 또한 잘못은 자기들이 해놓고, 어쩌다가 마지막 순간에 선 암탉과 여성을 총대 메는 '희생양'으로 삼을 때도 있었다. 신라 마지막 왕 51대 진성여왕(?~887~897)도 즉위 상황은 비슷했다. 오빠가 둘이었는데, 첫째 오빠는 49대 헌강왕이었고 둘째 오빠는 50대 정강왕이었다. 헌강왕이 886년 음력 7월 5일에 사망하면서 즉위한 정강왕은 정확히 1년 후인 887년 음력 7월 5일에 아들 없이 사망했다. 당시 헌강왕의 아들이 있었지만 겨우 두 살이었고, 그래서 정강왕은 유언을 통해 여동생 진성여왕에게 왕위를 물려준 것이다. 이때 이미 신라는 나라가 아니었다. 물론 진성여왕 자신도 수많은 미소년 품에 빠져 지냈지만, 조정(朝廷)도 간신과 뇌물과 관직 매매 등 나라가 망할 수 있는 모든 여건이 이미 무르익을 대로 익은 상태였다. 고려 말기 원나라에 포로로 끌려갔다가 간신히 살아서 돌아온 여자들을 미안함과 반가움으로 맞아주지는 못할망정, 사람들은 그녀들을 향해 '환향녀(還鄕女)'라며 손가락질했다. 임금이, 조정의 대신들이, 남자들이 잘못해서 고초를 당한 여자들에게 말이다. 성적인 쾌락을 좇아 불륜을 저지르는 여자를 가리키는 욕설인 '화냥년'의 기원이다.

여기서 또다시 '수혜자 질문'을 할 수밖에 없다. 이런 말 같지도 않은 말을 퍼뜨려서 이익을 보려는 사람들이 과연 누구일까? 남자들일 것이다. 그것도 여성에게 밀려 뒤편으로 처진 남자들, 자신보다 잘난 여성을 시기 질투하는 지질한 남자들 말이다. 분명한 건, 암탉도 목청이 막히지 않은 이상 언제든 운다는 사실이다. 그렇다면 이미 모든 집안이 망한 상태여야 한다. 그런데 현실은 그렇지 않다. 그렇다면 암탉이 언제 어떻게 울어야만 집안이 망하는지에 관한 구체적인 언급이 있어야 한다. 그런데 없다. 그렇다면 이건, 자기보다 잘난 여성을 인정하지 못하는 남존여비 사상에 매몰된 지질한 남자들이 구석에서 지푸라기 인형을 만들어 웅얼거리는 초라한 저주일 뿐이다.

닭 모가지를 비틀어도
새벽은 온다!

뭔가 의미심장한 말 같지만, 두말하면 입 아플 말이다. 새벽이 왔기 때문에 즉 빛의 강도가 세졌기 때문에 수탉이 우는 것이지, 그 반대가 아니다. 따라서 당연히 닭 모가지를 비틀어도 새벽은 온다. 닭의 행동에 철저히 무관심한 지구가 자전하기 때문이다. 중요하지도 않은 닭을 뭔가 중요한 것처럼 위장한 무지(無知)한 말일 뿐이다. 중요한 건, 때가 되면 새벽이 온다는 '우주의 순리'다. 비슷한 예로, '매미를 몰살해도 여름은 온다'라고도 말할 수 있다.

여담 하나. 지구의 자전 속도는 적도에서는 약 시속 1,674km(초속 465m)이고, 우리나라를 기준으로 보면 시속 300km(초속 83m) 안팎인 KTX보다 4배 이상 빠른 시속 1,336km(초속 356m)에 이른다. 여담 둘. 이렇게 빨리 자전하는 지구에서 우리가 현기증을 느끼지 않고 또 모든 게 흔들리지 않은 채 고정된 것처럼 느껴지는 건, 지구 위의 모든 사물과 우리가 함께 똑같은 속도로 움직이기 때문이다. 여담 셋. 지구의 공전 속도는 시속 10만 8,000km(초속 30km)에 이른다. 그러나 이것도 시속 10억 8,000만km(초속 30만 km)인 빛의 속도에 비하면 1만분의 1에 불과하다. 태양이 은하를 공전하는 속도는 시속 79만 2,000km(초속 220km)로 지구의 공전 속도보다 훨씬 더 빠르다.

귀신은 뭐 하나?
저런 놈 안 잡아가고

일단, 일반 사람들이 생각하는 대로 귀신의 존재와 종류와 세계가 있다고 가정해 보자. 귀신의 세계에도 7~9등급 정도의 위계질서가 있단다. 대체로 7등급이라면 2~3등급 이상, 그리고 9등급이라면 4~5등급 이상의 신들은 세상사와 인간사에 절대 관여하지 않는단다. 그렇다면 자신과 가족과 후손의 안녕과 풍요를 기원하는 게 신을 믿는 목적인 대부분 사람에게, 그런 천상의 신들은 비록 있어도 없는 것과 다름없다. 천상의 신들만큼이나 인간사에 무관심한 지하의 신들이 위계(位階)의 가장 아래쪽을 차지한다. 소위 말하는 '저승사자', 죽은 이의 혼령을 대신해서 무속인의 몸에 깃들어 고인의 유언을 전달해 주는 '넋대신', 그리고 49일 동안 죽은 이의 삶을 판단하는 7명의 재판관과 아주 큰 죄를 지어서 특별히 검증할 시간이 더 필요한 사람들을 100일과 1년과 3년이 될 때 각각 판단하는 3명의 재판관을 모두 일컫는 '시왕(十王)'이 그들이다.

천상과 지하의 신들과는 반대로, 세상을 떠났음에도 구질구질(?)하게 시시콜콜 인간사에 관여하면서 자기가 인간 위에 있다는 지질한 자부심을 느끼며 거들먹거리기 좋아하는 관심 종자(?) 신들에는 누가 있을까? 그런 관심 종자의 가장 아래에 바로 일명 '잡귀들'이 있고, 그 위에는 하나의 건물[집]을 지키는 성주(城主)신을 비롯해 부엌을 지키는 조왕신(竈王神)·우물을 지키는 용신(龍神)·화장실[뒷간]을 지키는 측신(廁神) 등 집안 곳곳의 '가신(家神)들'이 있으며, 그 위에는 집안의 '조상신들'이 있고, 그 위에는 마을 어귀에 나무를 깎아 세운 천하대장군과 지하여장군처럼 마을이나 '하나의 군 또는 지역 전체를 지키는 신들'이 있으며, 그 위로는 우리나라나 중국의 '유명 장군들'이 있다. 대체로 여기까지가 인간 세상과 관련 있는 신들이다. 우리에게 가장 익숙한 신인 동자나 할머니 또는 할아버지 신들은 대체로 낮은 등급의 신이다.

귀신의 세계도 인간의 세계와 거의 똑같다고 한다. 아니 우리 사회보다 더 고립되고 딱딱하며 훨씬 덜 민주적이라고 한다. 원래 똑같은 건지 아니면 우리의 상상이 만들어 낸 세계이기에 똑같은 것인지는 각자가 판단할 일이다. 이제 막 죽은 이는 이제 막 태어난 아기와도 같단다. 아기가 옹알이하다가 세 살 정도부터 말하듯, 이제 막 죽은 이가 무속인을 통해 무슨 말이라도 하려면 그 정도의 시간이 걸린단다.

귀신은 평소 뭐하며 지낼까? 쉬기도 잘 쉬지만, 공부도 끝없이 많이 한단다. 귀신의 공부란, 무속인의 몸에 깃들어서 기운이 좋다는 산천(山川)을 찾아다니며 굿하고 명상하는 일이다. 인간사에 어떤 영향력을 끼치려면, 적어도 수십 년에서 수백 년은 공부해야 한단다. 그래서 비록 어린아이인 동자신이라도 그 정도의 공부를 했기에, 어느 정도는 신통할 수 있단다. 하지만 23번에서 언급했듯이, 새로운 배움이 없이 생각과 명상만 한다고 무엇을 알 수 있겠고, 설혹 그렇게 해서 알아낸 것이 있어도 그것이 과연 옳거나 제대로 된 것일지는 의문스럽다. 무속인들의 의상과 신당(神堂)에는 왜 유치할 정도로 강렬한 색의 한복이 즐비할까? 무속인들이 모시고 있는 신들이 그 정도로 옛날 사람들이기 때문이다. 혹시 모른다. 2000년 초에 죽은 이들이 열심히 공부해서 무속인들의 몸에 깃든다면, 아마도 2050년이나 2100년쯤에는 무속인들이 힙합 패션을 하고 신당의 제단에도 무지개 왕사탕과 한과가 아니라 피자와 치킨과 마라탕 등이 놓여 있을지도 말이다.

귀신은 뭐든지 다 알 것 같은가? 그렇지 않은 듯하다. 산 사람이 숨어 있으면 잘 찾지도 못하고, 산 사람과 지푸라기 인형을 구분 못할 때도 많은 걸 보면 말이다. 귀신도 일종의 영(靈)이니, 마치 하나님처럼 여기에 있는 동시에 저기에도 있을 수 있을까? 그렇지 않다. 인간사에 관여하고 우리에게 공포를 불러일으키는 대부분 귀신은, 자신이 죽은 장소에 묶여 있는 '지박령(地縛靈)'이다. 보통은 원한이 깊어서 저세상으로 가지 못한 귀신들인데, 원한이 너무 깊어 뇌 속까지 스며들어서 그런지 생각이란 게 없이 이 사람 저 사람 가리지 않고 자기의 분노를 표출하고 해를 끼친다. 나는 가끔 이런 귀신들이 너무도 한심하고 바보 같다. 합리적으로 생각해 보자. 누군가에게 살해당했다면, 당연히 자기를 살해한 살인자를 지구 끝까지라도 찾아가 온갖 방법을 동원해 복수해야 하리라. 만약 알 수 없는 이유로 그 장소에서 벗어나지 못한다면, 그곳을 찾은 처음 본 사람들에게 조용히 나타나 자신의 억울함을 말하고 대리 복수나 신고를 부탁할 일이다. 그런데 그렇지 않고 기절할 정도로 무섭게 나타나 해코지까지 한다면, 자기를 죽인 살인자와 다를 게 뭔가? 아무리 자기의 사정이 딱하다고 해도, 그건 오로지 자기 사정일 뿐이다. 출현과 표현이라는 방법에 큰 문제가 있다면, 사정의 딱함은 사라지고 만다. 형식에 문제가 있다면, 내용의 가치가 사라지듯 말이다. 지박령들은 부디 이 사실을 명심해서, 평소 휴식 시간에 어떻게 나타나서 어떻게 부탁해야 할지 곰곰이 연구하길 바란다.

자 그럼, 귀신들에게 어떤 놈을 잡아가 달라고 부탁해야 할까? 쉬운 문제가 아니다. 소위 무속인이 살(殺)을 날리듯 모든 사람이 각자 자기 자신에게 해를 끼친 사람을 지목한다면, 모두가 한꺼번에 죽을 것이다. 적(敵)이 없는 사람은 거의 없으니까. 공동체에 해를 끼치며 이기적으로 행동하는 사람이면 되지 않을까? 이것도 어렵다. 공동체의 규모를 결정하기도 어렵고, 무엇이 해인지 그리고 무엇이 이기적인지 규정하려면 수백만 페이지의 책으로도 모자랄 테니 말이다. 연쇄살인범조차도 대체로 자기 자녀들에게는 좋은 아빠와 엄마인 경우가 허다하다. 나아가 국민 청원처럼, 도대체 몇 명의 사람들이 원해야만 잡아가게 할지를 정하는 것도 문제다. 나조차도 대중의 판단과 그 숫자를 믿지 않기 때문이다.

많은 이들이 사람의 운명은 정해져 있다고 믿는다. 운명이 울타리의 개념이라면, 나 역시도 그렇다고 생각한다. 아마도 몸과 마음의 통합 시스템이 수명을 좌우할 것이다. 그러나 분명히 해둘 건, 구체적인 사건 사고로 생을 달리하는 건 정해져 있지 않다는 사실이다. 100% 우연이다. 물론 그마저도 그리스도교인들은 하나님이 정하신 것이고, 불자들은 전생의 업이라고 말할 테지만 말이다. 앞서 귀신의 세계와 삶이 인간의 세계와 삶과 거의 똑같다고 말했다. 그렇다면 우리가 잡아가길 바라는 인간은, 귀신의 관점에서도 자기들의 세계에 들여놓기 싫으리라. 나아가 인간사에 관여하는 귀신치고, 오로지 인간의 행복을 위해 주야(晝夜)로 일하는 귀신은 거의 없는 게 현실이다. 따라서 귀신이 잡아가길 바라느니, 차라리 우리가 사는 이 세상이 지옥이려니 생각하고 적응하며 살든지 아니면 귀신 대신 우리가 철저하게 처벌하든지 하는 게 현명한 방법이라고 생각한다.

58

난 물만 마셔도
살이 쪄

정말 그렇다면 매우 희귀한 체질이 분명하다. 대부분 사람은 그렇지 않으니까. 아니라면 거짓말이거나 또는 착각했을 수 있다. 습관적으로 하루 세 끼 다 찾아 먹고 간식까지 먹었지만, 그건 누구나 다 그렇게 한다고 생각할 수 있다. 그러면 그런 습관이 익숙해지고, 익숙해지는 만큼 뇌는 그에 관한 정보를 과감히 제거한다. 그래서 가장 마지막에 한 행동, 즉 물만 마신 기억만이 남아 있는 것일 수 있다.

특이 체질이 아니라면, 사실 다이어트는 꽤 간단하다. 대체로 섭취한 에너지[칼로리]보다 사용한 에너지가 적으면 살이 찌고, 많으면 살이 빠진다. 문제는 섭취는 게걸스럽게 최대한 많이 하고 싶지만, 몸을 움직이는 건 귀찮다는 점이다. 그 결과 현대인들의 문제점은, 다이어트조차 뭔가를 섭취해서 성취하고자 한다는 것이다. 그런 사람들의 심리를 겨냥해서 시중에 나온 먹으면서 살을 뺄 수 있다는 보조 식품의 종류는 엄청나게 많다. 물론 그런 보조 식품을 섭취하면 정말로 살이 빠질 수도 있다. 하지만 얼마큼의 양을 얼마 동안 꾸준히 섭취해야만 어느 정도의 살이 빠지는지는 따져보지 않는다. 고기를 굽다가 탄 부분이 보이면 즉시 가위로 도려낸다. 암을 유발할 수 있다면서 말이다. 맞는 말이지만, 얼마큼의 탄 부분을 얼마 동안 꾸준히 섭취해야만 암에 걸릴 확률이 그렇지 않았던 사람보다 몇 퍼센트 더 높은지는 따져보지 않는다. 그래서 내가 아는 의사에게 물어봤다. 물론 그만의 개인적인 견해일 수 있지만, 엄지손톱 크기의 탄 부분을 3년간 매일 꾸준히 섭취해야만 그렇지 않았던 사람보다 암에 걸릴 확률이 7% 정도 더 높다고 한다. 어느 누가 탄 부분을 3년간 매일 꾸준히 섭취하겠는가! 그러니 가끔 먹는 탄 부분은 아무 걱정할 것 없다. 나트륨[소금] 섭취도 마찬가지고, 소주 한 병 정도를 마신 후 평균 10일 정도 지나면 체내 알코올이 완전히 분해된다고 한다.

순리대로 하자. 음식은 굳이 건강식이라며 심심하게만 먹지 말고, 조금 탔든 조금 짜든 입맛에 맞게 맛있게 여러 사람과 대화하며 먹자. 즐거운 술자리는 한 달에 두 번 정도만 갖자. 그리고 몸의 에너지는 몸을 움직여서 태우자. 다이어트의 목적 즉 본질은 내 몸을 타인에게 보여줘서 타인의 인정을 받으려는 게 아니라, 내가 움직이기에 숨이 찰 정도로 무겁거나 불편하기 때문에 하는 것이어야 하리라.

59

어떤 경우에라도
폭력과 살인은 정당화될 수 없다!?

"세상에 죽여도 좋을 만한 사람은 단 한 명도 없다"라는 말을 흔히 듣곤 한다. 과연, 무조건 인간의 모습으로 태어나기만 하면 장땡인 걸까? 인간의 목숨이라는 게, 여타 동물의 목숨과는 비교도 되지 않을 만큼 그렇게 고귀한 것일까? 본인이 원하는 안락사 [존엄사]마저도, 국가가 법적으로 허용할지 말지를 치열하게 고민할 만큼? 하지만 주위를 둘러보면, 죽어도 싸다고 할 만한 '인생 뭐 있어?'를 외치는 사람들이 꽤 있는 듯해서 한번 해보는 말이다.

개인은 '도덕적(moral)'이지만, 집단과 사회는 '비도덕적(immoral)'이다.[119] 서로 전혀 다른 삶의 영역이라는 말이고, 이럴 땐 항상 '규모

---

119 라인홀드 니버(Reinhold Niebuhr), 『도덕적 인간과 비도덕적 사회(Moral Man and Immoral Society)』(1932)

의 문제' 즉 양질전화(量質轉化) 현상이 발생한다. 서로 다른 영역에서는 서로 다른 기준이 필요하다는 것이다. 혼자 있을 땐 하지 못할 일을 여럿이 모여 있을 땐 과감히 할 수 있는 군중심리도, 강과 바다의 성질이 전혀 다른 것도, 직원 수가 50명 이내일 때와 그 이상이 됐을 때 회사의 시스템과 동료 간의 대인 관계 형태가 완전히 변하는 것도 모두 규모의 문제 중 몇 가지 사례라고 할 수 있다. 도덕적인 개인적 삶의 영역에서는 '비폭력'인 '대화'와 '타협'이 충분히 통할 수 있지만, 비도덕적인 집단적 삶의 영역에서는 '폭력'인 '힘의 논리'가 기준이다. '힘의 논리'가 기준인 집단적 삶의 영역에서는, 똑같이 '힘'을 사용하지 않는 한 집단 내의 불평등을 해소할 수 없다는 것이 니버의 주장이다.

인간의 본성상 개인은 역지사지(易地思之)와 측은지심(惻隱之心)에서 우러나오는 타인을 향한 '공감'과 '이해심'을 갖고 있다. 자신의 이해와 타인의 이해를 '동등[평등]'하게 취급할 수 있다는 것이고, 그래서 적어도 같은 공동체 내의 구성원과는 '대화'와 '타협[조정]'으로 갈등을 해결할 수 있다. 특히 친구 관계나 가족 관계 같은 특별한 범위 내에선, 이해관계를 따지지 않고 베푸는 '아가페[무조건적인 사랑]'도 가능하다. 이런 의미에서 개인은 '도덕적'이라고 할 수 있다. 그러나 집단과 사회의 경우는 다르다. 어떤 집단[사회]이건, 집단은 마치 하나의 생명체처럼 구성원 개개인의 도덕과 양심과는 전혀 관계없는 '자기만의 이해관계' 즉 '집단 이기주의'를 갖고 있다. 2024

년 상반기 '의대 증원'과 관련되어 목격했던 의사들의 모습이 하나의 사례다. 이것은 '개인의 이타심'을 거의 항상 '집단적 이기심'으로 바꿀 수 있는 만능열쇠다. 나아가 '집단[사회]의 이익'이라는 공통된 이해관계 내에서는 구성원들 사이에 개인적 삶의 영역에서처럼 '대화'와 '타협'이 가능하지만, 그 외의 부분에서는 갈등과 불화(不和)가 끊이지 않는다. 구성원들 개개인의 이해관계와 성장 배경이 천차만별(千差萬別)이기 때문이다. 따라서 어떤 집단에서건, 집단 고유의 이익을 은밀히 또는 가시적으로 강제할 수 있는 '강제력', 즉 힘 또는 폭력은 집단 내의 갈등과 불화를 해결하기 위한 강력하면서도 필수적인 수단일 수밖에 없다. 이런 의미에서 집단[사회]은 '비도덕적'이라고 할 수 있다. 집단의 규모가 크면 클수록 집단의 이기성도 커지고, 개인의 목소리에 점점 더 귀를 닫기 때문에 비이성적이고 무반성적(無反省的)인 목적을 추구하는 경향이 강해지며, 거기에 집단의 힘이 강하면 강할수록 집단 내의 개인은 자기가 속한 집단의 모든 것이 보편적인 가치이며 진리라고 맹신(盲信)하게 된다.

집단 내의 구성원들 사이가 아니라 집단과 집단의 사이에서는, 종교의 상징인 '관용(寬容)'도 그리고 객관적이고 합리적인 이성의 상징인 '대화'와 '타협'도 맥을 못 춘다. 역사상 모든 종교는 집단 이기주의에 저항은커녕 그것을 더 자주 징낭화해 왔고, 가장 이성적이고 합리적인 사람이라도 자신이나 내집단(in-group, 우리)의 이해관계가 걸린 일에는 전혀 이성적[합리적]이지 못했다.

인간의 '이성'은, '사회적 상황'에서는 늘 '이해관계의 노예'일 정도로 약하기 때문이다. 어느 시대 어느 사회에서나 최고의 지성인(知性人)들도 자신이 속한 집단의 이익을 대변하는 데 자신의 이성을 사용해 왔다. '선택적 분노'라는 표현을 예로 들 수 있다. 개개인 모두가 '무지의 장막(veil of ignorance)'에 가려진 '원초적 입장(original position)'에 서서[120], 편견에 근거한 흥분은 잠시 내려놓고 객관적이고 논리적으로 생각하며 토론하는 모습? 존재하지 않았고, 존재하지도 않으며, 인간의 본성상 존재할 수도 없다.

개인의 자비심과 사회적 선의지(善意志)는 결코 순수하거나 강력하지 않다는 것 그리고 우리 자신의 권리나 욕망에 비추어 다른 사람들의 권리와 욕망을 고려할 수 있는 합리적인 능력이 그렇게 충분히 발달해 있지는 못하다는 것, 이것이 유토피아가 실현 불가능하리라는 사실을 믿을 만한 충분한 이유가 된다. (…) 모두가 완전히 평등한 이상 사회가 도래하리라는 희망은, 인간 본성의 한계를 완전히 도외시한 지극히 낭만적인 주장이라고 할 수밖에 없다. (…) 도덕적 요인들과 사랑의 정신은, 사회적 경쟁과 갈등 및 투쟁을 막는 데는 역부족이다. 대화와 타협을 통한 설득이나 이성을 통한 논증만으로는 어떤 집단도 기득권의 권좌(權座)에서 물러나게 할 수 없다. 통치 집단에 맞서고 도전하고 강제하는 (정치적·경제적·군사적) 힘만이, 통치 집단을 몰아내고 정의로운 상황을 만들

---

120   존 롤스(John Rawls), 『정의론(A Theory of Justice)』(1971)(개정판 1975)

수 있다. (…) 폭력이 자유와 평등을 획득하는 최선의 방법이 아닌 것은 분명하지만, (비록 고통을 수반하는 한이 있더라도) '평등'이 (불의와 불평등으로 무감각해지고 생명력을 잃은) '평화'보다 더 높은 사회적 목표인 것은 명백한 사실이다. 폭력은 그 목적이 정의로울 때도 부정과 불의를 지속시키는 경향이 있지만, '폭력의 (완전한) 제거'는 불가능한 이상(理想)이다. 따라서 '폭력의 합리적인 사용'이 충분히 비폭력적인 사회를 고민하는 것이, 분명히 사회의 문제들을 해결하는 하나의 방법이 될 수 있다.

…… 라인홀드 니버, 『도덕적 인간과 비도덕적 사회』(1932)

현대 사회의 갈등과 불평등을 정신이 물질적인 진보의 속도를 미처 따라가지 못하는 '문화지체(文化遲滯, cultural lag)' 현상으로 이해하고, 그래서 적절한 교육과 이성의 개발을 통해 정신이 물질적 진보와 속도를 맞추게 되면 모든 문제를 해결할 수 있다는 생각은 망상(妄想)이다. 정신은 결코 물질의 발목조차도 따라간 적이 없고 따라갈 수도 없다. 물질적 진보 수준은 천지개벽(天地開闢)에 빗댈 만큼 발전했지만, 우리의 마음은 여전히 1만 년 전 돌도끼 돌리던 수준에 머물러 있다.[121] 집단 간의 관계에서 갈등은 불가피하고, 이기성과 힘의 논리가 지배하는 집단 간의 관계는 윤리적이 아니라 정치적이며, 그래서 각 집단이 지닌 힘의 크기에 따라 문제가 해결되고 위계가 정해지는 집단 간의 관계에서는, 힘에 대항해

---

121 행크 데이비스(Hank Davis), 『양복을 입은 원시인(Caveman Logic)』(2009)

힘으로 맞설 수밖에 없다.

세상과 우리의 몸과 마음 그리고 삶 모두, 음(-)과 양(+)이라는 대립하는 두 성질의 끊임없는 투쟁과 통합의 과정으로 프로그램되어 있다. 그렇게 대립하는 두 성질 중 하나를 최대한 억제하거나 최소화할 수는 있어도, 둘 중 하나를 (완전히) 없앨 수는 없다. 그럼에도 불구하고 극단적인 사고에 젖어 있는 우리는, 늘 무의식적으로 '완전함'과 '절대적인 기준'과 '100%'라는 신기루를 좇는다. '범주의 오류(category error)'라고 할 수 있다. 그래서 개인적으로는 단점을 그리고 사회적으로는 빈민촌과 빈곤과 실업과 범죄를 완전히 없애는 데 집중하지만, 돌아오는 건 늘 의도하지 않은 결과인 '풍선효과(balloon effect)'뿐이다. 영어는 잘하는데 수학이 부족하다고 한두 달 수학만 붙잡아서 성적을 올리면, 그사이 잘 나오던 영어 점수는 뚝 떨어져 있는 경험을 누구나 해봤으리라. 폭정(暴政)을 자행하는 대통령이나 관리가 사라지면 평화가 오리라 생각해서 혁명을 일으키지만, 현실은 조금도 변함없다. 늘 또 다른 사람이 그 자리를 차지해 똑같은 폭정을 저지르기 때문이다. 그때야 그런 생각이 착각임을 깨닫는다.

'과정'과 '결과' 그리고 우리의 '의도[마음]'와 '행동'도 이와 같다. 둘 중 하나만 좋다고 좋은 게 아니다. 둘 사이의 균형을 맞추는 것이 중요하다. 결과와 겉을 먼저 보되, 이어서 과정과 속도 최대한 고려하자! '100 : 0'이 아니라 가령 '70 : 30'이나 '60 : 40' 같은 상대적인 비율로 음과 양을 아울러서 함께 끌고 가야 한다. 열심히 준비한 만큼의 결과가 나올 수 있도록 긴장하지 않아야 하고, 상대방을 존중하는 내 마음이 최대한 표현될 수 있도록 표정과 몸가짐에 신경 써야 한다. 결과가 나쁘면 열심히 준비한 노력이 완전히 묻히고, 겉으로 드러나는 표정과 몸가짐이 거칠면 상대방을 존중하는 내 마음을 그 누구도 알 수 없기 때문이다. 따라서 개인적인 단점은 늘 인식하고 감시하면서 현재보다 커지는 것만 막는다면 충분하고, 대신 대부분의 힘은 장점을 더욱 갈고 닦는 데 쏟는 게 바람직하다. 그러지 않고 너무 단점에 신경을 쓰면 쓸수록, 단점은 우리의 그런 관심을 먹고 끝없이 자란다. 그러는 사이 장점마저 온데간데없이 사라져, 닭 쫓다 지붕 쳐다보는 신세가 된다.

11번에서 잠시 다뤘듯, 비슷한 관점에서 이제 우리는 '폭력'과 '비폭력'의 절대적인 평가를 재고(再考)할 필요가 있다. '폭력'은 본성상 '악의지(惡意志, ill-will)'의 표현이고 '비폭력'은 본성상 '선의지(善意志, good-will)'의 표현이라는 개념 정의는, 개인 간의 관계에서는 타당할지 몰라도 집단 간의 관계에서는 타당하지 않다. 개인 간의 관계와 집단 간의 관계가 전혀 다른 영역이라는 사실을 인정한다면, 폭력과 비폭력의 구별도 그 개념 자체가 아니라 (어느 정도 위험성이 내포되어 있긴 하지만) '직면한 상황'에 근거해서 그것이 지향한 '목적의 정당성' 여부에 따라 판단해야 하지 않을까? 폭력과 살인은 정당화될 수 없지만, '어떠한 경우에라도'가 아니라 '대다수 경우에'만 그렇다.

사적인 폭력과 살인을 허용하면 인간이 세운 모든 제도가 허물어지기에 '어떠한 경우에라도'라는 단서를 인위적으로 세뇌하는 것일 뿐이다. 이미 상상의 질서 중 하나에 불과한 국가와 법에 강제력과 사형의 권한을 위임했으니, 어떠한 경우에라도 폭력과 살인은 허용되지 않는다는 논리도 사실 성립하지 않는 셈이다. 전쟁이라는 상황에서, 폭력과 살인은 정당화된다. 왜 그럴까? 나와 가족과 국가의 목숨이 위태로운 상황이기 때문이다. 그렇다면 나와 가족의 목숨을 위협하는 누군가가 있는 상황에서, 나와 가족의 생명을 지키려는 몸부림 즉 폭력과 살인은 정당화될 수 있어야 한다. 개인의 생명이 그 무엇보다도 가장 중요하다는 것, 이것이 '정당방위'의 법적 근거다. 목숨만큼 소중한 것이 자존감이다. 그렇다면 직접적인 목숨의 위협은 아니더라도, 성폭력에 직면한 여성이나 폭행에 직면한 사람의 (살인은 더 논의가 필요하더라도) 폭력도 정당화되어야 한다.

그리고 정말이지 반성과 죄책감과 미안함을 조금도 찾아볼 수 없는 인간 같지 않은 범죄자들의 인권과 생명까지 우리가 지켜줘야 하는지도 의문이다. 비록 미국 법원이 2001년 9·11테러의 주동자 5명에게조차도 인권이 있다고 판결한 사례가 있긴 하지만 말이다. 몇몇 특정한 경우에 한정하더라도, 폭력과 살인을 인정할 때의 부작용을 염려하는 사람이 있으리라. 그들의 염려는 옳다. 늘 그런 사람들의 말에 귀를 기울이면서 부작용을 최소화 해나가야 한다. 하지만 구더기 무서워 장 담그는 일을 포기하는 누는 범하지 말자. 어떤 것에도 부작용이 없는 것은 없으니까. 심각한 부작용이 있다고 해서 자동차 사용을 금지하지 않고, 먹거리에서 복어를 제외하지도 않으니까 말이다.

'그 누구도 타인의 목숨을 거둘 또는 타인을 죽일 권리는 없다'라는 말을 흔히 한다. 맞다. 그 누구도 타인을 죽일 '권리'는 없다. 하지만 앞 문단에서 든 사례들처럼, 어쩔 수 없이 타인을 죽일 수밖에 없는 '상황'은 존재할 수 있다. 권리와 상황은 전혀 다른 범주이기 때문이다. "타인이 당신에게 폭력과 살인으로 해를 가했다고 당신도 그에게 똑같이 해를 가한다면, 당신과 그가 다를 게 뭐가 있는가? 당신도 그와 똑같은 사람이 될 뿐이다"라는 말도 같은 맥락이다. 이와 관련해선 2번의 내용을 적용할 수 있다. 말로 해서 알아들을 수 있는 '사람'에게는, '대화[말]'를 통해 그가 잘못했음을 깨닫게 한 후 예수의 가르침대로 일곱 번씩 일흔 번이라도 용서하는 게 바람직하다. 그러나 말로 해서는 알아듣지 못하는 사람들 즉 '동물'에게는, 물리적이고 신체적인 '행동'을 통해 함무라비 법전과 모세의 율법인 '팃포탯(Tit for Tat)' 즉 받은 대로 주는 전략으로 대응해야 한다. 아파트 단지 내 아무 데서나 배변의 욕구가 있을 때마다 자신의 욕구에만 충실해서 똥을 싸지르는 반려견[동물]의 행동을 직접적인 행동이 아니라 반려견과의 대화를 통해 바로잡으려는 주인이 있다면, 그 주인이 반려견보다 더 나쁜 범죄자다. 반려견의 수준 또는 이해할 수 있는 능력에 맞춰 반려견 스스로 자기의 잘못을 깨달을 기회조차 주지 않은 셈이기 때문이다. 오히려 시간이 지날수록 반려견은 자기 행동이 용인될 수 있다는 느낌이 강화되면서, 같은 행동을 더 빈번하게 거리낌이 없이 자행할 것이다.

집단 내 그리고 집단들 사이에서의 평화와 질서는 언제나 강제력이라는 힘[폭력]을 통해 획득되기 때문에, 항상 불안정하고 불의(不義)하며 일시적이고 잠정적이다. 따라서 강제력이라는 폭력이 없는 완전한 평화와 정의로 충만한 사회라는 망상에서 벗어나, 갈등이 재앙이 되지 않을 정도의 충분한 정의는 있되 강제력이 충분히 비폭력적인 그런 사회의 건설을 논의하고 추구해야 하리라. '완전히'가 아니라 '최소화'에 집중하자는 말이다. 개인에 매몰된 '기본적 귀인 오류'가 아닌 '상황[시스템]'의 문제로 접근한다면, 충분히 긍정적인 해결책을 찾을 수 있으리라 생각한다.

여담 하나. 세상에 존재하는 것 중 그 자체로 좋거나 나쁜 것은 단 하나도 없다. 무엇이든 또는 어떤 사건이든, 그것을 우리가 어떻게 '의미 부여'해서 '해석'하고 어떤 상황에 '적용'하느냐에 따라 좋거나 나쁘다는 '가치'가 결정될 뿐이다. 좋고 나쁘다는 건, 우리가 부여하는 '의미의 영역'이지 사물이나 사건 그 자체의 '본성의 영역'이 아니기 때문이다. 길거리에 누가 싸 놓은 건지는 몰라도, 똥이 여기저기 널려 있다. 자신과 타인들을 위해 그 똥을 치울 수도 있고, 아니면 똥이 더럽다며 피해 가거나 길을 돌아갈 수도 있다. 어차피 더러워졌다며 거기에 자신의 똥까지 추가하지만 않는다면, 어떤 선택이든 괜찮다. 다만, 나와 다른 선택을 한 사람을 '인정(認定)'하는 것이 가장 중요하다. 자신과 타인들을 위해 그 똥을 치우고 싶더라도 개인적으로 부득이한 사정이 있거나 공적인 업무상 시간적인 여유가 없어서 어쩔 수 없이 그날은 그냥 갈 수도 있고, 똥이 더럽다며 피해 가고 싶더라도 개인적으로 특별한 사정이 있거나 어떤 공적인 약속 때문에 옷이 더러워지고 냄새가 배는 것조차 참고 똥을 치우는 사람이 있을 수도 있기 때문이다.

대부분이 '똥이 무서워서 피하냐? 더러워서 피하지!'라고 생각하며 집단 내의 여러 불의(不義)에 눈을 감을 때, 한두 명쯤은 들고 일어나 잘못된 건 잘못됐다고 말하고 바로잡으려는 사회가 가장 건강한 사회다. 다양성이 생태계 보전의 필수 요소이듯 말이다. 그래야만 잘못이 수면 위로 드러나고, 이후 수정 및 개선될 수 있는 길이 열린다. 또한 침묵하며 피한 채 남아 있는 사람들은 잘못의 개선이라는 이득의 수혜자가 돼서 좋고, 들고 일어난 후에도 그 집단에 남아 있거나 아니면 떠난 소수도 자신들의 신념을 지켰다는 자존감과 당당함을 쟁취하니 좋고. 이것이 2024 파리올림픽 배드민턴 여자 개인전에서 금메달을 딴 후 대한배드민턴협회를 향해 할 말을 한 안세영 선수의 용기를 지지하는 이유다. 개인에게서든 집단에서든, '점진'과 '급진'은 '7:3'이나 '8:2' 정도로 공존해야 한다. 점진은 고인 물처럼 부패하고 타성에 젖을 수 있지만, 일관성 있는 체계와 계획을 가능하게 해 안정감을 줄 수 있다. 급진은 예측 불가능성으로 인한 불안감을 조성하지만, 봄바람 같은 신선함과 개혁과 활력을 줄 수 있다. 다시 한번 강조하지만, 점진과 급진이 서로를 인정한다면 말이다.

해봤어?
해보지도 않고는 무슨…

'결혼'을 못 한 내가 여성의 심리에 관해 이야기할 때마다 듣는 말이다. 그렇게 잘 알면 왜 여태 결혼도 못 하고 혼자 사냐는 핀잔도 곁들여진다. 이유는, 많은 사람이 무의식적으로 '아는 것'과 '행동하는 것'을 동일시하기 때문이다. 그리고 그렇게 하는 것이 옳다고 여긴다. 하지만 아는 것과 행동하는 것은 별개다. 요리를 잘하는 것과 하루에 먹는 끼니 수가 별개이듯, 아는 것과 가르치는 것이 별개이듯 말이다. 운전 중 차선을 바꿀 땐 방향지시등을 켠 후 바꿔야 하는 걸 모르는 운전자는 없다. 그러나 방향지시등 없이 차선을 바꾸는 운전자가 많다. 직진과 우회전 동시 차선에서 방향지시등 없이 서 있다면, 뒤차는 앞차가 당연히 직진하리라 예상한다. 그런데 신호가 바뀌자마자 갑자기 우회전하거나 우회전한 후 방향지시등을 켜는 사람들도 있다. 모든 공공질서의 원칙은 모두가 알지만, 모든 공공질서의 원칙을 지키려는 사람은 찾아보기 어렵다. 결혼부터 태클을 거니, 육아와 교육은 더 말할 것도 없다. 내 말은 씨알도 안 먹힌다.

정말로 무슨 일이든, 해봐야만 알 수 있을까? 그렇지 않다. 해본다 한들 생각하고 공부하고 정리하지 않으면 알 수 없고, 해본 사람들 사이에서도 다시 기간과 레벨의 차이를 따지기도 하기 때문이다. 1년 차 축구선수가 있다고 치자. 정식 선수 생활을 하고 있으니, 축구에 관해 이렇다 저렇다 말할 수 있을까? 아니다. 5년 차 선수들이 비웃는다. 그럼 5년 차 정도 되면, 비로소 축구에 관해 말할 수 있을까? 아니, 10년 차 선수들이 비웃을 것이다. 나아가 10년 이상 국내 프로리그에서 뛴 선수들이 축구에 관해 말할 때, 3년 차 해외파 선수들은 또다시 그들의 말을 비웃을 것이다. 그리고 3년 차 해외파 선수들이 축구에 관해 말할 땐, 같은 해외파라도 빅리그에서 그것도 명문 팀에서 뛰는 선수들은 또다시 그들의 말을 비웃을 테고. 그럼 도대체 몇 년을 어느 곳 어느 팀에서 뛰어야만 축구에 관해 말할 수 있을까? 축구에 관해선 차범근이나 박지성 아니면 손흥민만 말할 수 있을까? 이런 무한 소급은 끝이 없다. 축구를 예로 들었지만, 삶을 포함한 모든 분야가 거의 똑같다. 그리고 실제로는 해보거나 겪어보지 않은 사람의 시선이 더 객관적인 경우가 훨씬 더 많다. 해보거나 겪은 사람은 자기만의 편견에 곧잘 갇히기 때문이다. 똥인지 된장인지 굳이 먹어보지 않고도 알 수 있는 일들도 많고, 관심과 노력과 몰입을 통해 알 수 있는 사람들도 많다. 경찰과 프로파일러와 범죄심리학자는 살인자들의 심리 파악에 능하다. 살인이라곤 해보지도 않았는데 말이다.

역설적인 건, 해보지도 않고는 무슨 할 말이 있냐며 내게 핀잔을 주는 사람들이, 이런저런 스님과 신부님들의 조언은 끝까지 경청한다. 공정하지 못하다. 그들도 나처럼 결혼해 본 적이 없는 사람들인데 말이다. 사회생활과 직장생활을 해보지도 못했고, 해봤다고 해도 잠깐이었던 목사님들이 그에 관해 조언할 때도 경청한다. 역시 공정하지 못하다. 만약 성직자들의 조언에 귀를 기울이는 게 옳다고 여겨지고 앞으로도 그럴 거라면, 다른 사람들의 말에도 "해봤어? 해보지도 않고는 무슨…"이라는 이중잣대를 적용하지는 않기를 바란다.

여담 하나. 사실 사람들이 내 말을 가벼이 여기는 또 다른 이유는, 결혼 못 했으면 나아가 아이를 낳아서 길러보지 못했으면 '철(딱서니)'이 없다고 단정(斷定)하기 때문이다. 그렇다면 되묻는다. 결혼하고 자녀를 키우는 수많은 기혼자는 과연 철딱서니가 있는가? 따라서 그들이 말하는 철딱서니가, 한낱 혼인신고서와 출생신고서에 들어 있지 않음은 명백하다. 만약 서로 다른 환경에서 자란 부부와 양가(兩家) 사이에서 그리고 자녀를 키우면서 발생하는 '기쁨과 슬픔의 과정을 겪는 동안 느끼고 깨닫는 그 무엇'이라면, 결국엔 '삶의 여러 가지 경험에서 깨닫는 그 무엇'과 매우 유사하지 않을까? 그렇지 않다면, 수많은 성직자 역시 나처럼 철딱서니가 없다는 결론이 도출된다. 철딱서니가 '삶의 여러 가지 경험에서 깨닫는 그 무엇'이라면, 오로지 결혼과 자녀 양육만이 판단의 기준이 된다고 말하는 건 독선적(獨善的)이고 어불성설(語不成說)이다. 삶의 여러 가지 경험은 '월인천강(月印千江)'이기 때문이다. 예를 들어 '인생'을 알려면 무엇을 해야 할까? 야구 선수는 야구에, 축구선수는 축구에, 골프선수는 골프에, 마라톤선수는 마라톤에, 음악가는 음악에, 미술가는 미술에, 배우는 드라마와 영화에, 바둑 선수는 바둑에 인생이 들어있다고 말한다. 모두 맞는 말이다. 인생 또한 '월인천강'이기 때문이다.

끝으로, 그렇다면 삶의 여러 가지 경험을 통해 깨달을 수 있는 '그 무엇'은 과연 무엇일까? 내가 중요한 만큼 남들도 중요하다는 것 그래서 세상은 나만의 세상이 아니라는 것, 내가 하고 싶다고 모든 걸 내 맘대로 할 수는 없다는 것 그래서 양보와 배려와 서로 돕는 것이 필요하다는 것, 세상을 살아가는 방법은 매우 다양하다는 것 그래서 서로의 다름을 인정할 줄 알아야 한다는 것이 아닐까? 이런 것들은 해보기만 한다고 저절로 알게 되는 게 아니다. 수많은 경험을 통해 반복적으로 데이터를 축적하고, 수정하고, 또다시 새로운 데이터를 축적하는 피드백(feedback) 과정, 즉 늘 깨어 있는 '생각(thinking)'이 반드시 전제되어야 한다. 농부가 저절로 키우는 작물에 관한 영양학자가 되는 게 아니듯, 대식가가 저절로 미식가

가 되는 게 아니듯, 경력이 저절로 실력이 되는 게 아니듯, 노인
과 어른은 전혀 다른 것이듯 말이다.

부러워하면
지는 거다!?

과연 그럴까? 누구나 타인의 모든 것을 무턱대고 부러워하지는 않는다. 부럽다는 감정은 자신이 관심을 두고 추구하는 분야에 한정되기 때문이다. 손흥민이라면 축구와 관련된 펠레나 마라도나의 어떤 면을 부러워할 수는 있어도, 많이 먹는 사람이나 춤을 잘 추는 사람을 부러워하지는 않을 것이다. 세상 거의 모든 사람이 돈 많은 사람, 높은 지위에 오른 사람, 호화로운 저택에 거주하면서 비싼 스포츠카를 소유한 사람, 명품으로 치장한 사람, 예쁘고 몸매 좋은 사람을 부러워한다. 그건 세상 거의 모든 사람이 그런 것들에 관심을 두고, 자신도 그렇게 되기를 소망하고 노력한다는 뜻이다.

하지만 나는 그런 것들에 전혀 관심이 없기에, 그런 사람들을 조금도 부러워하지 않는다. 내가 관심을 두는 분야는, 인간의 삶은 무엇이고, 인간의 삶을 만들어 내고 유지해 주는 세상 모든 조건은 무엇이며, 그런 인간의 삶을 어떻게 살아내야 하고 얼마나 예쁘고 멋있게 살아낼 수 있는가이다. 그래서 내가 부러워하는 사람들은 인류의 역사에 선한 영향력을 남긴 철학자, 물리학자, 화학자, 생물학자, 천문학자, 심리학자, 사회학자, 의학자, 종교학자, 사상가, 저널리스트 등이다. 여하튼 누군가의 무엇을 '부러워한다'라는 건, 자신을 그 수준으로 끌어올리려는 '노력의 원동력'이 되는 긍정적인 힘이다.

그런데 부러워하면 지는 거란다. 부러워하지 말라는, 즉 자신의 성장을 위한 노력 자체를 하지 말란다. 그냥 가진 대로 되는 대로 살다가 죽으란다. 이런 말을 퍼뜨려서 이익 또는 위로를 얻는 수혜자(受惠子)는 누굴까? 인생 뭐 있냐며 동물의 삶에 큰 만족을 느끼며 사는 존재들이다. 주위 사람들이 열심히 살고 노력하면 할수록 게으르고 무지하고 무능력하고 무개념한 자신만 상대적으로 비참해지는 게 싫어서, 주위 모두를 자기와 같은 하찮은 인생으로 다운그레이드(down-grade)시키려는 초라한 물귀신 작전이다. 그러지 말자. 나쁜 것만 아니라면, 부러워하면서 자신도 그 수준에 도달하기 위해 열심히 노력하자! 살아 있음은 끊임없는 움직임이고, 인간은 매 순간 극복되어야 할 존재[그 무엇]이며, 불완전한 인간의 삶을 판단하는 유일한 기준은 '해냄'이 아니라 '해내려고 노력하는 것'이니까.

옷깃만 스쳐도
인연!?

당연한 말이다. 오히려 그저 그런 인연이 아니라 '꽤 깊은 인연'이다. 사람들은 흔히 옷깃을 소매나 겉옷의 끄트머리라고 생각한다. 그래서 길을 가다 스쳐도, 한두 번 만난 사이에서도 '옷깃만 스쳐도 인연이라는데'라는 말을 한다. 하지만 '옷깃(collar, neckband)'의 사전적 정의는 '저고리나 옷 따위의 목에 둘러대어 앞에서 여미도록 한 부분'이다. 사람들의 생각과는 전혀 다르게, 목의 깃부터 가슴에 이르는 부분이다.

그렇다면 생각해 보자. 그런 옷깃이 스치려면 어떻게 해야 할까? 외국에서 인사의 방법으로 사용하는 포옹 정도로는 턱도 없다. 몸과 몸이 완전히 밀착되게 꼭 껴안아야 한다. 그런 포옹이 한두 번 있었던 사이에서라야 비로소 '옷깃만 스쳐도 인연'이라는 말을 사용할 수 있다. 그런 포옹은 가장 친한 친구나 연인이나 가족 사이에서나 가능하다. 그렇다면 우리를 낳고 키워 준 어머니와 가장 많은 옷깃을 스친 셈이고. 그래서 누구에게나 '어머니'라는 이름은 깊은 여운을 남기나 보다. 여하튼 가장 친한 친구나 연인이나 가족은 보통의 인연이 아니라 어마어마한 인연인 셈이니, 부디 살아 있을 때 잘하자!

이런 뜻이었어?

초판 1쇄 인쇄 2024년 10월 24일
초판 1쇄 발행 2024년 11월 01일
지은이 별

펴낸이 김양수
책임편집 이정은
교정교열 연유나

펴낸곳 휴앤스토리
　　　　　출판등록 제2016-000014
　　　　　주소 경기도 고양시 일산서구 중앙로 1456 서현프라자 604호
　　　　　전화 031) 906-5006
　　　　　팩스 031) 906-5079
　　　　　홈페이지 www.booksam.kr
　　　　　이메일 okbook1234@naver.com
　　　　　블로그 blog.naver.com/okbook1234
　　　　　페이스북 facebook.com/booksam.kr
　　　　　인스타그램 @okbook_

ISBN 979-11-93857-11-3 (03800)

휴앤스토리, 맑은샘 브랜드와 함께하는 출판사입니다.